KB114021

黑劍

검은 벌

허담 新무협 판타지 소설

FANTASTIC ORIENTAL HEROES

# 검은 별 2

허담 新무협 판타지 소설

초판 1쇄 찍은 날 § 2014년 10월 17일
초판 1쇄 펴낸 날 § 2014년 10월 24일

지은이 § 허담
펴낸이 § 서경석

편집부장 § 권태완
편집책임 § 박가연

펴낸곳 § 도서출판 청어람
등록번호 § 제387-1999-000006호
등록일자 § 1999. 5. 31
어람번호 § 제2-2538호

주소 § 경기도 부천시 원미구 부일로 483번길 40 서경B/D 3F (우) 420-822
전화 § 032-656-4452   팩스 § 032-656-4453
http://www.chungeoram.com
E-mail § chungeorambook@daum.net

ISBN 978-89-251-9249-3 04810
ISBN 978-89-251-9247-9 (세트)

검은별

2

무명도

허담 新무협 판타지 소설

FANTASTIC ORIENTAL HEROES

도서출판 청어람

제1장

흐르는 물

여덟 개의 암기가 허공을 날았다. 어둔 밤을 가르는 유성처럼 암기가 허공을 가른다. 그러다 암기들이 여덟 갈래로 흩어졌다. 암기들의 움직임이 별처럼 아름답다.

날카로운 파공음을 내며 허공을 날아가던 암기들이 한순간 물고기처럼 유영하기 시작했다. 다듬어지지 않은 돌기둥이 길을 막았으나 암기들은 살아 있는 생명체처럼 석주들을 피해 나갔다.

팍!

날카로운 소음이 일어났다. 가장 먼저 날아가던 암기가 사람의 본래 크기보다 조금 작게 만든 목인(木人)의 목에 정확하게 꽂혔다.

퍼퍼퍽!

뒤이어 날아간 암기들이 석주들 사이에 교묘하게 서 있는 목인들을 연달아 파고들었다. 놀라운 암기술이다. 사천의 당문이 독과 암기에 있어 천의무봉의 존재라지만 지금 눈앞에서 펼쳐진 암기술 역시 당문의 그것에 못지않을 듯 보였다.

"대단하군."

암기가 모두 목인의 급소에 명중하자 문득 무거운 여인의 음성이 들려왔다. 지긋한 나이가 느껴지는 목소리다. 암기를 날린 궁비영이 시선을 돌렸다.

어디서 나타났는지 얼굴에 숨길 수 없는 세월의 그늘이 느껴지는 여인이 궁비영을 향해 걸어왔다. 그녀의 신분을 알고 있는 궁비영이 두어 걸음 물러나며 그녀에게 말없이 고개를 숙여 보였다.

"도주의 칭찬이 있었지만 이렇게 성취가 빠를 줄은 몰랐네."

여인이 궁비영을 보며 말했다. 여인의 눈빛에 담긴 감정이 궁비영을 혼란스럽게 한다. 싸늘한 듯하다가도 얼핏 따스함이 느껴지고, 그러다가 또 갑자기 살기조차 느껴지는 차가움을 보이는 여인의 눈빛이다.

"어려서부터 비도술을 익혀온 덕입니다."

"음, 비산 궁가의 조도(鳥刀)는 나도 알고 있네."

순간 궁비영의 눈빛이 반짝였다. 조도를 안다는 것은 궁가에 대해 제법 깊이 알고 있다는 의미다.

'아버님과 인연이 있었던가?'

궁가 출신으로 강호에 나와 활동한 사람은 궁비영의 아버지 궁도요가 유일하다. 그 말고는 더 이상 강호에 내놓을 고수가 없는 가문이 궁가이다. 그러니 궁가에 대해 속 깊이 알고 있다면 그건 필시 궁도요와 인연이 있다는 의미이다.

여인의 이름은 곽묘랑. 흑성을 길러내는 무명도에서 삼관의 관주를 맡고 있는 여인이다. 오십 전후의 나이에 그 출신이 불분명하기는 하나 암기술에 관한 한 천하에서 다섯 손가락 안에 드는 고수로 알려진 여인이다.

항간에는 그녀가 사천당문에 뿌리를 두고 있다는 소문이 돌았으나 누구도 그녀의 진실한 내력을 알고 있는 사람은 없었다.

"암기를 쓰는 사람들 사이에서 조도는 유명하지. 물론 자네 부친과 약간의 인연이 있기도 하고."

"그러시군요."

궁비영이 고개를 끄떡인다. 그런데 아버지 궁도요에 대한 이야기를 하면서 삼관주 곽묘랑의 안광이 좀 더 강렬해졌다. 필시 궁도요와의 인연이 심상치 않음이 분명했다.

'선연인가, 악연인가?'

궁비영은 내심 궁도요와 곽묘랑과의 관계가 궁금했지만 지금 그것을 물을 수 있는 때는 아니다.

"아무튼 자넨 삼관을 통과했네. 이제 이곳을 나가도 좋아."

그러자 궁비영이 고개를 갸웃했다. 그가 삼관에 들었을 때 그에게 전해진 암기술은 화우(華雨)란 이름을 가지고 있었다. 풀어보면 암기술의 최고봉이라는 만천화우에서 연유한 이름일 것이다. 그렇다면 그에게는 아직 더 수련해야 할 것이 남아 있다.

"아직 익혀야 할 것이 더 있는 듯합니다만……."

"물론 자네가 화우를 십성 성취한 것은 아니네. 그러나 숨겨진 목인 다섯 이상의 몸에 암기를 꽂으면 삼관은 통과일세. 그런데 자넨 여덟 개의 목인에게 암기를 꽂았지. 그러니 더 이상 이곳에 남아 있을 이유가 없네. 그리고……."

곽묘랑이 말꼬리를 흐리다가 다시 입을 열었다.

"그리고 지금 펼친 팔방우 다음에 수련해야 할 단계가 무엇인지 아는가?"

"그건 아마도 화우라는 이름에 걸맞은 암기술이겠지요."

궁비영이 대답했다.

"맞네. 만천화우! 암기와 비도술의 최고봉이지. 그러한 경지에 이르기 위해선 십 년의 고련이 필요한 법이네. 그러니 그 수련을 이 무명도에서 할 수는 없지. 자네들에게 제공되는 무공을 모두 십성 수련하려면 수십 년이 필요할 거야. 그래서는 흑성을 언제 써먹는단 말인가?"

"듣고 보니 그렇군요. 알겠습니다. 그럼 아예 여기서 인사를 드리지요."

"알겠네. 잘 가시게. 부디 무사히 남은 관문을 통과하길 바라네."

"노력하겠습니다. 그럼."

궁비영이 곽묘랑에게 고개를 숙여 보이고는 천천히 바위산 깊은 협곡에 만들어진 삼관을 벗어나기 시작했다. 곽묘랑은 그런 궁비영을 한참 동안 바라보고 있다가 나직하게 중얼거렸다.

"많이 닮았어. 그러나 그 운명만큼은 닮지 말거라. 그의 불행이 너에게까지 이어질까 두렵구나."


"이제는 자넬 따를 자가 없겠군."

무명도주 천도수가 궁비영을 보며 말했다.

'모두 눈빛이 왜 이럴까?'

문득 궁비영은 무명도에 있는 오관의 관주들과 무명도주가 자신을 보는 눈빛이 언제부터인가 모두 비슷하다는 것을 느꼈다. 가늠할 수 없는 복잡한 시선들이다. 호의와 적의가 함께 느껴지는 눈빛. 도대체 이 모호한 눈빛의 정체가 무엇일지 궁금했지만 그 이유를 직접 물을 수는 없었다.

"삼관을 나온 사람이 없습니까?"

"삼관은 어려운 곳이야. 얼마나 통과할지 솔직히 자신할 수가 없네. 자네야 어려서부터 비도를 수련해 왔으니 수월했을 테지만."

'이 양반도 조도를 알고 있어.'

어쩌면 무명도의 관주 모두가 궁가의 조도를 알고 있을 거란 생각이 든다. 그건 곧 이들이 아버지 궁도요와 모두 관련이 있다는 의미일 터다.

'어쩌면……'

궁비영의 마음속에 하나의 실마리가 떠오른다. 입 밖에 낼수는 없지만 그 가능성은 충분한 생각이다. 어쩌면 무명도의 관주들도 모두 흑성일지도 모른다. 아버지 궁도요와 동료로서 활동했던. 그렇다면 궁도요에 대해 잘 알고 있는 것이 이상한 일은 아니다.

'하지만 전대 흑성은 거의 모두 죽었다고 했는데……'

흑성이 되기 위해 북산을 떠날 때 제룡가주 척담산은 분명 전대 흑성들이 마천과의 싸움에서 전멸했다고 말했다. 그러나 척담산이 군이 흑성들의 생존을 자신과 중광에게 속일 이유가 있을까?

'혹은 내가 모르는 무엇인가가 있는 건가?'

의구심이 생긴다. 그러나 이런 의심은 그가 흑성이 된 훗날에나 풀 수 있을 것이다.

"무슨 생각을 그리하는가?"

천도수의 말에 궁비영은 자신이 너무 오랫동안 자신만의 생각에 빠져 있었음을 깨달았다.

"그냥 이것저것……"

"혹 궁금한 것이 있나? 얼굴을 보니 그런 생각이 드는군."

천도수가 물었다.

"그것이… 혹 제 아버님을 잘 아십니까?"

"음, 궁 가주 말인가? 조금 알지. 그런데 그건 왜 묻나?"

"삼관주님도 그렇고 궁가의 조도에 대해 알고 계신 것이 뜻밖이라……."

"듣고 보니 궁금할 만도 하겠군. 그러나 사실 궁가의 조도가 그리 큰 비밀은 아니네. 특히나 맹의 고수들에게야 더욱 그러하네."

생각해 보면 틀린 답은 아니다. 그러나 여전히 무엇인가 숨기는 듯한 기분이 든다.

"그렇군요. 제 생각보다 본 가의 조도가 많이 알려졌군요."

"워낙 대단한 비도술이니까."

슬쩍 칭찬을 곁들이는 천도수다. 이 역시 평소와는 다른 모습이다. 변명하는 듯 보이기도 했다. 그러나 이 문제로 그와 입씨름을 할 이유는 없었다.

"이관은 언제 들어갑니까?"

궁비영이 오히려 먼저 말머리를 돌렸다. 그러자 천도수의 얼굴에 여유가 살아났다.

"음, 닷새 정도 화곡에서 쉬었다가 들어가면 되네."

"알겠습니다. 그럼."

궁비영이 천도수의 거처를 나오기 위해 자리를 털고 일어났다. 그러자 천도수가 물었다.

"이관 대해 궁금한 것이 없나?"

"가보면 알겠지요."

"후후, 그 성정은 꼭 궁 가주를… 음, 가보게."

천도수가 얼른 말을 끊고 손짓한다. 더 이상 궁도요를 입에 올리는 것을 꺼려 하는 듯 보였다.

"그럼."

궁비영이 천도수에게 고개를 숙여 보이고는 그의 처소를 벗어났다. 그러자 천도수가 한 손으로 이마를 짚으며 중얼거린다.

"늙었나? 쓸데없는 말이 흘러나오고……."

\*      \*      \*

화곡(火谷)이 죽은 자들의 무덤처럼 조용하다. 당연한 일이다. 삼관을 통과해 화곡에 돌아온 사람은 궁비영이 유일하기 때문이다. 계절은 어느새 깊은 가을이다. 남쪽에 위치한 무명도이기에 아직은 추위가 느껴지지는 않았지만, 고향 무선북산에는 눈이 내리고 있을지도 모른다.

궁비영은 동굴 앞쪽으로 걸어 나갔다. 절벽에 벌집처럼 뚫려 있는 동굴들이 보인다. 그러자 갑자기 깊은 고독이 밀려들었다. 사람을 볼 수 없다는 것이 문득 공포스럽게 느껴진다.

삼관의 수련처에서도 궁비영은 혼자였지만 그때는 화곡에 홀로 있는 것처럼 고독함이나 공포감을 느끼지는 않았다. 사람이 있어야 할 곳에 사람이 없다는 것이 문제인 것이다.

"중광이 놈은 나올 것도 같은데……."

애초에 사관을 통과할 때 중광에게 조도 쓰는 법을 알려줬으므로 암기술을 연마하는 삼관을 통과하기가 한결 수월할 것이다.

"뭐, 그래도 제법 걸리겠지. 미련한 놈이니까."

궁비영이 다시 중얼거렸다. 비록 중광이 조도를 쓰는 법을 대충 익히기는 했지만 그것만으로는 화우를 수련하는 데 한계가 있을 것이다.

"이쯤에서 혼자 가야 하는 건가?"

삼관에 들 때까지는 중광과 함께이던 궁비영이다. 그러나 삼관에서 차이가 벌어졌으니 이제 이관과 일관은 궁비영 홀로 들어가야 할 것이다.

그런데 그때였다. 문득 궁비영의 눈빛이 번쩍였다. 조용하던 화곡에 인기척이 느껴진 것이다.

"누구지?"

궁비영의 시선이 화곡으로 들어서는 한 사람에게 닿았다. 검은 무복에 머리에는 낡은 영웅건을 매고 있다. 머리는 위로 올려 상투를 틀었는데 그래서인지 얼굴이 무척 날카롭게 보였다.

"누구더라?"

궁비영이 머리에 손을 올리며 중얼거렸다. 오관에서 언뜻 본 것 같다. 그러나 오관에서는 백여 명의 사람이 섞여 있었기에 그들 하나하나에 관심을 둘 수 있는 상황이 아니었다. 그래서 지금 화곡에 들어오는 인물도 언뜻 얼굴은 본 것 같지만 그 이름을 기억할 수는 없었다.

"응?"

그런데 그때 다시 궁비영의 입에서 놀란 음성이 흘러나왔다. 문득 사내가 이마에 두른 영웅건을 풀더니 상투 위로 손을 올려 꽈리를 튼 머리를 풀어버린 것이다. 순간 사내의 머리가 어깨 위로 흘러내려 등까지 풀어져 내렸다. 그리고 그 순간 사내가 여인으로 변했다.

"여자였군."

궁비영이 나직하게 중얼거렸다. 사내의 복장을 하고 있었지만 화곡에 들어온 사람은 분명 여인이었다.

"놀라운 일이군. 어떻게 이렇게 빨리 삼관을 통과했을까? 그것도 여인의 몸으로."

사관을 통과할 때까지는 눈에 보이지도 않던 여인이다. 그렇다면 그녀는 적어도 삼관만큼은 궁비영보다도 빠른 시간에 통과했다는 말이 된다. 물론 그녀가 궁비영처럼 암기술 화우를 구성 이상 완성했는지는 알 수 없으나 어쨌거나 암기술에 관한 한 특별한 재주를 가지고 있는 것이 분명했다.

화곡에 들어온 여인이 침묵에 잠긴 화곡이 낯선지 주위를 돌아봤다. 그러다가 자연스럽게 궁비영과 시선이 마주쳤다. 순간 궁비영은 얼음송곳이 동공을 파고드는 듯한 느낌을 받았다.

'무슨 여자가?'

궁비영은 한순간 가슴이 흔들렸지만 얼굴에는 감정을 드러내지 않고 여인을 마주 바라봤다. 그러자 여인이 궁비영 쪽으로 다가오기 시작했다.

'도대체 뭘 하자는 거지?'

궁비영은 자신을 향해 다가오는 여인을 보며 내심 당황했다. 서로 안면이 있는 것도 아니고, 그렇다고 화곡에서 후기지수들 간에 교류가 활발한 것도 아니었다.

무리를 짓는 것이 금지된 화곡이었으므로 그저 아는 사람을 만나면 가볍게 안부나 묻고 헤어지는 것이 전부였다. 그런데 여인이 자신을 향해 다가오고 있으니 궁비영으로서는 당황할 수밖에 없었다.

여인이 계곡 끝에 이르더니 툭 바위를 차며 위로 솟구쳐 오르기 시작했다. 그러자 여인의 얼굴을 좀 더 자세히 볼 수 있었다.

'차갑지만 않으면 괜찮은 얼굴이군.'

사실은 괜찮은 정도 아니라 여인은 무척 아름다운 얼굴을 가지고 있었다. 단지 입고 있는 검은 무복과 사람의 심장을 얼어붙게 만드는 차가운 안광이 그녀의 아름다움을 가리고 있을 뿐이었다.

파파팟!

여인이 궁비영이 있는 곳 십여 장 아래까지 다가왔다. 궁비영이 크게 심호흡을 했다. 왠지 모르게 만나기가 두려워지는 여인이다. 그러면서도 여인에 대한 호기심이 일어나 머리를 절벽 아래로 내밀어 보는 궁비영이다. 그런데 그때 갑자기 거짓말처럼 여인의 신형이 사라졌다.

"응?"

궁비영이 좀 더 머리를 절벽 밖으로 내밀어 여인을 찾았다. 그러자 십여 장 아래에서 오른쪽으로 이동하는 옷자락이 보이더니 그도 잠시, 여인의 모습이 완전히 궁비영의 시야에서 사라졌다.

"자신의 거처로 가는 것이었군."

궁비영이 쓸쓸한 웃음을 흘렸다. 왜 그녀가 자신을 만나러 오고 있다고 생각했을까. 그의 거처 주변에는 수십 개의 동굴이 뚫려 있다. 그중 하나가 그녀의 거처라는 생각을 하지 못한 것이다.

생각해 보니 헛웃음이 나올 일이다. 그러면서도 한편으로는 아쉬운 생각이 든다. 삼관을 이렇게 빨리 통과한 여인이 누구인지 한 번쯤은 만나보고 싶기도 했기 때문이다.

"어차피 곧 알게 되겠지."

지금까지 삼관을 통과한 자가 그와 그녀 둘이니 결국 이관은 둘이 같은 날 들어가게 될 것이다. 자연히 그날 두 사람은 대면하게 될 것이다. 그럼에도 불구하고 궁비영의 마음이 조급해진다. 이해할 수 없는 일이다.

"내가 미친 걸까?"

궁비영이 고개를 갸웃하다가 고개를 저으며 동굴 안으로 들어갔다.


궁비영이 이관에 들어가는 날까지도 중광은 화곡으로 돌아오지 않았다. 생각보다 삼관을 통과하는 것에 어려움을 겪고 있다는 의미다.

"어쩔 수 없지."

중광과 함께 이관에 들기를 기대하던 궁비영으로서는 서운한 일이었지만 그렇다고 이관에 드는 것을 미룰 수는 없었다.

"이관에 들 사람은 밖으로 나오게!"

기다리던 목소리가 들린다. 궁비영이 검을 들고 동굴 밖으로 나갔다. 화곡 중앙에서 한 명의 노인과 중년인이 동굴을 나서는 궁비영을 바라보고 있다.

그리고 잠시 후 궁비영의 호기심을 자극하던 여인도 모습을 드러냈다. 다시 머리를 위로 올려 상투를 튼 남장 상태로 날카로운 기운을 흘려내고 있다.

"내려오게."

중년인이 두 사람에게 말하자 궁비영과 의문의 여인이 누가 먼저랄 것도 없이 가볍게 몸을 날려 화곡의 중심부에 내려섰다.

"두 사람뿐인가?"

노인이 물었다. 그러자 중년 사내가 대답했다.

"그렇습니다."

"좋아, 반갑네. 난 이관주 단정이라 하네."

"궁비영입니다."

"당목입니다."

'당목이라……. 당가 사람이었어. 그럼 이해가 되지.'

궁비영은 여인의 정체를 알게 되자 내심 그녀가 삼관을 그렇게 빨리 통과한 것이 이해가 되었다. 당가 사람이라면 이곳에 오기 전에 이미 뛰어난 암기술을 지니고 있었을 것이다.

"두 사람에 대해서는 도주께 들어 알고 있네. 이관도 무사히 치러내기 바라네. 가세."

말을 끝낸 이관주 단정이 먼저 신형을 돌려 화곡을 벗어나기 시작했다.


화곡을 벗어난 단정은 두 사람을 데리고 무명도의 유일한 포구로 향했다.

'다시 섬을 벗어나나?'

궁비영의 예상처럼 포구에는 사관에 들 때 타고 간 그 배가 두 사람을 기다리고 있었다. 이관 역시 무명도를 벗어나 다른 곳에 수련처가 있는 모양이다.

궁비영과 당목이 단정을 따라 배에 올랐다. 그러자 그들과 함께 온 중년 사내가 배를 몰기 시작했다.

'기이한 일이군. 기다리지 않고 직접 데리러 오다니.'

궁비영이 단정을 보며 생각했다. 수련처가 무명도 밖이라면 굳이 그가 흑성의 수련자들을 데리러 올 필요가 없었다. 그런데도 그가 직접 왔다는 것은 필시 특별한 이유가 있을 것이다.

배의 흔들림이 커졌다. 배가 무명도를 완전히 벗어나 바다 한가운데로 나왔다는 의미다. 그러자 단정이 신형을 돌려 궁비영과 당목이 있는 곳으로 다가왔다.

"가져오게."

두 사람에게 다가온 단정이 함께 탄 중년 사내에게 말했다. 그러자 사내가 양손에 하나씩 두 개의 검은색 보따리를 들고 왔다.

"두 사람에게 주게."

단정이 명하자 중년 사내가 보따리 하나씩을 궁비영과 당목에게 건넸다.

"그 안에는 하나의 신공과 하나의 신단이 들어 있네."

궁비영이 단정의 말을 들으며 검은색 천을 풀었다. 그러자 과연 그의 말대로 낡은 비급 하나와 신단이 든 검은 목함이 모습을 드러낸다.

"이게 무엇입니까?"

궁비영이 물었다.

"말했듯이 하나는 신공비급이고 다른 하나는 귀한 신단일세."

"신단을 복용하고 이 신공을 수련하라는 말입니까?"

궁비영이 이해가 가지 않는다는 표정으로 물었다. 그도 그럴 것이, 흑성이 되기 위해 무명도에 든 후기지수들은 모두 구천맹의 아홉 문파 출신이다. 당연히 어려서부터 가전의 호흡법을 수련해 그들만의 독특한 내공을 지닌 사람들이다.

그런 사람들에게 다시 새로운 신공을 수련하라는 것은 천하제일의 신공이 아닌 이상 위험천만한 일이다. 자칫 주화입마에 들 수도 있고, 두 무공의 불화로 오히려 내력이 퇴보할 수도 있었다.

"그 신공의 이름은 무화공이네. 기이하게도 운기를 해도 화기가 일지 않는 신공이라 그런 이름을 갖게 되었다는데, 사실 나도 정말 그러한지는 모르네. 나도 직접 수련해 보지 않은 신공이니까."

"그런데 왜 이런 무공을……?"

아주 오랜만에 당목이 물었다. 이관주 단정에게 따지는 듯도 싶었다.

"음, 그 무공을 수련하고 안 하고는 자네들 마음이네. 그러나 지금껏 그 무공을 수련한 자들은 모두 이렇게 말하더군. 실보다는 득이 서너 배는 많은 무공이라고. 화기가 없으니 기존에 수련하고 있던 무공과 상충이 일어나지도 않는다고 했네."

"어떤 이득입니까?"

다시 당목이 묻는다. 그러자 단정이 말했다.

"수련한 자들의 말에 따르면 무화공은 서로 다른 기운을 무리 없이 뒤섞을 수 있는 신묘한 효능을 가지고 있다고 했네. 비급과 함께 신단을 전한 것은 바로 그런 이유네. 신단을 복용하고 무화공을 이용해 신단의 기운과 본신의 내력을 어우러지게 하는 경험을 쌓게 하기 위함이지. 그러나 사실 무화공을 전하는 진정한 이유는 다른 것이네."

"……?"

궁비영과 당목이 말없이 단정의 다음 말을 기다렸다.

"무화공의 진정한 가치는 내력을 모두 소실했을 때조차도 천지에 산재하는 미세한 외부의 기운을 끌어모아 일순간이나

마 공력을 쓸 수 있게 해준다는 것이네. 그건 다시 말해 절대의 구명신공이 될 수 있다는 것이지. 그러니 문외의 신공이라 배척하지만 말고 수련들 하게. 흑성으로 일을 할 때 무척 큰 힘이 되는 무공일 걸세."

단정의 말대로라면 무화공은 모든 내공을 소실했을 때 살아남을 수 있는 구명줄 같은 신공이 될 수 있다. 궁비영과 당목이 새삼 손에 들린 무공비급을 바라봤다. 그러자 다시 단정의 목소리가 들린다.

"굳이 한 가지 쓰임새를 더하자면 자신의 기운을 죽이고 어딘가에 숨어 있어야 할 때 본신의 내공을 풀어버리고 이 무화공을 운기해 버티면 수일 동안 누구도 자네들의 존재를 알아차리지 못할 걸세. 물론 그리되자면 무화공의 성취가 제법 깊어야 하지만 말일세."

"한마디로 흑성을 위한 신공이군요."

궁비영이 자신도 모르게 중얼거렸다. 순간 단정의 눈빛이 살짝 흔들렸다. 그러나 누구도 그의 흔들리는 눈빛을 보지 못했다.

"맞네. 정말 흑성에게 안성맞춤의 무공이지."

단정이 고개를 끄떡였다. 그때 문득 중년 사내가 말했다.

"다 왔습니다."

"음, 벌써 도착했는가?"

사람들이 시선을 돌리니 수림이 무성한 거대한 섬이 보인다. 섬이 나타나자 단정이 다시 입을 열었다.

"이 섬은 무명도가 속한 군도에서 가장 큰 섬일세. 사방으로 이십여 리가 되니 들어가면 섬인 줄도 모를 걸세. 일단 배에서 내리기 전에 자네들에게 준 신단을 복용하게. 신단의 복용은 언제나 조심스런 일이니 내가 있는 곳에서 복용하는 것이 좋겠네."

"위험한 신단인가요?"

당목이 물었다. 당문 출신이므로 독에 관해서도 도통한 당목이다.

"위험하기보다는 만사불여튼튼, 노파심이라고 해두세."

단정이 그렇게까지 말하는데 신단의 복용을 거부할 수는 없다. 궁비영과 당목이 잠시 망설이다 거의 동시에 신단을 복용했다.

"일단은 자리에 앉아 운기를 하게. 신단의 기운이 체내에 돌게."

단정의 말에 궁비영과 당목이 그 자리에 가부좌를 틀고 앉아 운기를 시작했다. 그런데 다음 순간 두 사람의 입에서 동시에 당황스런 음성이 흘러나왔다.

"욱!"

"이, 이게?"

궁비영은 진기를 따라 약 기운이 도는 순간 자신의 공력이 한순간에 모래성처럼 허물어짐을 느꼈다. 이건 마치 산공독을 복용한 것과 같은 상황이었다.

"어찌 된 일입니까?"

두 사람이 놀라는 것을 보고도 태연한 단정을 보며 당목이 물었다. 단정의 태도를 보건대 그는 이미 신단을 복용했을 때 어떤 일이 일어날지 알고 있는 듯싶었다.

"미안하네. 잠시 자네들을 속였네."

단정이 아무렇지도 않게 말했다.

"이유가 뭡니까?"

궁비영이 침착하게 물었다. 단정이 자신들에게 산공독을 복용시킨 데에는 필시 그만한 이유가 있을 터였다.

"두 가지 이유가 있네. 첫째는 무화공을 수련하기 위해서는 본신의 내력을 흩어버리는 것이 좋기 때문이고, 둘째는 자네들이 무화공과 순수한 생명력으로 이 섬에서 살아남기를 바라기 때문일세."

"생존을 시험한다는 겁니까?"

궁비영이 다시 물었다.

"굳이 말하자면 그렇다네."

그러자 궁비영이 잠시 침묵을 지키다가 물었다.

"저 섬에 무엇이 있습니까?"

"그 질문을 기다렸네."

단정이 심각한 표정으로 대답했다.

"지금부터 자네들에게는 선택의 기회가 있네. 지금까지의 수련은 솔직히 말해 몸이 상할 수는 있어도 목숨을 잃을 위험은 거의 없는 수련이었네. 그동안 각 수련관에서는 자네들이 알지 못하는 곳에서 맹의 고수들이 자네들을 지키고 있었지.

만약의 사태에 대비해서 말일세. 그러나 이곳은 그렇지가 않아. 이곳에서는 그 누구도 자네들을 지켜주지 않네."

단정의 말이 마치 협박처럼 들린다.

"어떤 위험이 있는 겁니까?"

당목이 궁비영이 한 질문을 다시 한 번 했다.

"맹에서도 이 섬을 죽음의 섬으로 만들기가 무척 힘들었네. 맹은 큰 위험을 감수하며 이 섬을 죽음의 섬으로 만들었지. 이곳에는 굶주린 맹수가 가득하네. 어떤 맹수가 몇 마리인지조차 나도 모르네. 더불어 독을 품은 식물과 독충들도 존재하네. 한마디로 말해 사람이 살 수 없는 환경인 것이지. 자네들은 이곳에 들어가야 하네."

"우리에게 주어진 선택의 기회는 무엇입니까?"

궁비영이 앞서 단정이 한 말을 떠올리며 물었다. 그러자 단정이 신중한 표정으로 대답했다.

"앞서 말했지만 이 섬에서는 누구도 자네들을 지켜주지 않네. 해서 자네들에겐 이곳에 들어가지 않을 권리가 있네. 물론 그리되면 흑성 오관문에 대한 도전은 이곳에서 중지되겠지. 아쉽지만 목숨을 걸고 도전할 가치가 없다고 생각하면 섬에 내리지 않아도 되네."

"도전하지 않으면 흑성이 되지 못하겠군요."

당목이 말했다.

"그건 꼭 그런 것은 아니네."

"무슨 말씀이신지요? 관문에 대한 도전을 포기했는데 흑성이 될 기회가 있다는 건가요?"

"음, 사실 이 말은 도주께서 해야 하는 것이지만 상황이 이렇게 되었으니 내가 말해주겠네. 며칠 전 맹에서 연락이 왔네. 이번에 양성되는 흑성에 대한 계획을 조금 변경한다고 말이야."

"어떻게 말입니까?"

궁비영이야 사실 맹의 일에 대해선 별반 관심이 없었지만 당목은 맹의 일에 관심이 많은 듯 보였다.

"본래는 오관을 모두 통과한 사람에게만 흑성의 지위를 부여할 계획이었지만 그 계획은 변경됐네. 삼관 이상을 통과한 자는 앞으로 맹의 흑성으로서 강호의 일을 하게 될 것일세."

"그럼 굳이 이관과 일관에 들 이유가 없겠군요."

궁비영이 물었다. 두려워서가 아니라 귀찮기 때문에 나온 반응이다.

"그러나 흑성이라고 모두 같은 신분은 아니지."

"신분의 고하를 둔다는 말인가요?"

당목이 물었다.

"당연한 일 아니겠나? 오관 중 세 개의 관문을 통과한 사람과 모든 관문을 통과한 사람이 같은 신분일 수는 없지 않은가? 맹에서는 흑성의 신분을 금, 은, 동 세 등급으로 분류해 각기 그 신분을 나타내는 패를 지급할 생각이네. 은패나 동패로 분류된 흑성은 금패 흑성의 지휘에 따라 강호의 일에 투입될 걸세. 그러니 할 수 있다면 모든 관문을 통과하는 것이 좋겠지."

"왜 그런 결정이 나온 것입니까?"

당목이 갑자기 흑성에 등급을 두게 된 이유를 물었다.

"음, 그건 아쉽게도 이번에 흑성 수련에 투입된 후기지수들의 실력이 예상에 미치지 못했기 때문이네. 맹에서는 오관을 모두 통과하는 사람의 숫자가 적어도 스물은 될 거라 예상했네. 그러나 지금으로썬 과연 열이나 될까 우려하고 있네. 해서 예상하던 흑성의 숫자를 채울 수 없게 되었으니 조금 부족하더라도 삼관을 통과한 사람들을 모두 흑성으로 활용하려는 것이지. 그래봐야 서른이나 될까? 삼 년이 되어서도 만족할 만한 숫자가 되지 않으면 사관을 통과한 자들에게도 흑성의 자격을 부여할 수 있네."

단정이 조금 걱정스런 표정으로 말했다.

"생각보다 관문을 통과한 사람이 적군요."

당목도 조금 의외라는 듯 말했다.

"처음부터 다섯 관문의 배치가 너무 가혹하다는 평이 있었네. 보법과 환술, 그리고 암기를 쓰는 법은 단시간에 수련하기 어려운 무공들이라서 말이야. 그래서 시작부터 논란이 있기는 했는데……."

단정이 아쉬운 빛을 내보인다.

"어쨌든 지금 그만두면 다른 사람 밑에서 일을 해야 한다는 거군요."

궁비영이 물었다. 제룡가의 외가 출신이라는 신분으로 절망의 어린 시절을 보낸 궁비영이다. 다른 사람 밑에 있는 것이 달가울 리 없다.

"뭐, 수하라고까지는 할 수 없네. 금, 은, 동 세 패가 적용되는 것은 오로지 흑성에게 부여된 임무를 수행할 때이네. 그때만큼은 금패 흑성의 결정에 따라 행동해야지. 다른 일들에 대해서는 신분의 고하를 구분하지 않네."

"다른 사람 지시에 따라 일하는 것은 성미에 맞지 않으니 하선할 수밖에 없겠군요."

"자네는?"

단정이 당목에게 물었다.

"저 역시 다른 사람의 지시를 따르는 것은 좋아하지 않습니다."

"좋아, 그럼 둘 모두 섬에 내리겠다는 것이군. 사실 나도 그걸 기대하고 있었다네. 둘 모두 능력이 출중하니 필시 이관도 무사히 통과하리라 믿네. 정확하게 석 달 뒤에 다시 오겠네. 이곳으로."

"석 달이나 있으라는 겁니까?"

"무화공을 수련하려면 그 정도 시간은 필요하지. 그래 봐야 제대로 된 성취를 얻기는 어렵겠지만."

"다른 사람들은 다른 곳으로 갑니까?"

궁비영이 물었다. 그러자 단정이 고개를 끄떡였다.

"이런 섬이 세 개 준비되어 있네. 수련자들이 삼관을 통과하는 시차를 생각하면 서로 마주칠 일은 없을 걸세."

'결국 광이 놈과는 만날 수 없겠군.'

중광을 만날 수 없다는 것이 조금 서운하기는 했다. 그러나 중광을 걱정할 일은 없었다. 삼관을 통과하기만 한다만 중광에게 이관은 다섯 개의 관문 중 가장 편안한 관문이 될 것이기 때문이다. 중광은 타고난 신력을 지니고 있어서 공력이 없어도 맹수를 가지고 놀 친구였다.

"더 질문 없나?"

단정이 물었다.

"먹을 것은……?"

"그것도 스스로 구하게."

"귀찮은 일이군."

궁비영이 중얼거렸다. 맹수로부터 살아남는 일은 애초부터 걱정하지 않은 모양이다.

"그럼 이제 하선하게."

단정의 말에 궁비영이 단정에게 고개를 숙여 보이고는 훌쩍 신형을 날렸다. 뒤를 이어 당목 역시 궁비영 뒤로 날아내렸다. 그러자 배 위에서 단정의 작별 인사가 들려온다.

"부디 잘 견뎌주기 바라네. 무화공을 빨리 체득한다면 오히려 편한 생활이 될 수도 있을 걸세."

그러자 궁비영이 잊었다는 듯 급히 물었다.

"산공독의 약효는 얼마나 갑니까?"

"독한 놈일세. 삼 개월은 충분히 약효가 지속될 걸세."

단정이 웃으며 말했다. 그러자 궁비영이 불쑥 곁에 있는 당목에게 물었다.

"세상에 그런 산공독도 있소?"

보통의 산공독이라면 길어야 삼사 일이 그 약효의 한계다. 삼 개월간 약효가 지속되는 산공독이 있다는 것은 금시초문인 궁비영이다. 당목은 당가 출신이니 독에 관해 묻기에는 안성맞춤인 사람이다.

그러나 그럼에도 불구하고 이렇게 불쑥 당목에게 질문을 해대는 궁비영의 행동은 상대에게 불쾌감을 줄 수 있었다. 서로 같은 배를 타고 오기는 했지만 지금까지 말 한마디 주고받은 사이가 아니기 때문이다.

"가능하오!"

당목이 싸늘하게 대답했다. 더 이상 말을 걸지 말라는 의미 같았다.

"그게… 가능하군. 역시 강호에는 신기한 일이 많아. 어느 쪽으로 가겠소?"

궁비영이 당목의 태도에 아랑곳하지 않고 다시 물었다.

"먼저 정하시오."

"같이 가겠소? 하나보다는 둘이 나을 텐데."

궁비영이 슬쩍 물었다. 물론 이 섬에서 살아남을 자신이 없어서 묻는 것은 아니다. 이상하게도 이 당목이라는 사람, 정확히는 이 당가의 여인에 대해 호기심이 생기는 궁비영이다.

"아니오. 난 혼자 지내겠소."

당목이 단호하게 말했다.

"뭐, 그러시오. 그쪽이 먼저 가시오."

궁비영도 굳이 그녀를 잡을 생각은 없었다. 궁비영의 말에 당목이 잠시 섬의 지세를 살피다가 완만한 남쪽 숲을 향해 걸어가기 시작했다.

"이렇게 되면 난 북쪽으로 가야 하는 건가? 섬 중앙으로 가는 것은 죽겠다는 말이겠고."

섬에 풀어놓은 맹수들은 아마도 섬 중앙의 무성한 숲에 모여 있을 가능성이 컸다. 그러니 맹수들을 피하려면 가급적 해안가를 따라 움직이는 것이 좋을 터였다. 먹을 것을 구하는 데에도 그편이 수월할 것이다.

"제길, 길이 좋지는 않군."

섬의 북쪽을 바라보던 궁비영이 투덜거린다. 과연 섬의 북쪽은 남쪽과 달리 거친 바위와 절벽이 가득했다.

"그래도 저런 곳이라면 맹수도 쉽게 오지는 못하겠지."

궁비영은 스스로 위로하며 해안가를 따라 걸음을 옮기기 시작했다.


*　　　*　　　*


검이 번뜩였다. 그러자 궁비영을 향해 날아들던 늑대가 처절한 비명을 지르며 쓰러졌다.

"젠장!"

궁비영이 검에 묻은 늑대의 피를 털어내며 욕설을 내질렀다. 사방에서 도깨비 불 같은 늑대들의 눈빛이 빛나고 있다.

어둠을 따라 움직이는 죽음의 사신들 같은 모습이다.

"길들여져 있어."

궁비영이 중얼거렸다. 섬에 풀어놓은 맹수들은 사람 손에 길들여진 것이 분명했다. 보통의 경우, 길들여진 맹수는 두려운 존재가 아니다. 인간의 손을 탄 맹수는 맹수라고 부르기도 어색하다. 그러나 섬에 풀어놓은 맹수들은 달랐다. 이놈들은 맹수보다 더 독한 존재로 길들여져 있었다.

'인간을 사냥하는 법을 배웠어.'

사람은 동물을 사냥하기 위해 사냥개를 길들인다. 그런데 섬에 풀어놓은 맹수들은 인간을 사냥하는 법을 인간에게서 배운 놈들이었다.

불을 크게 무서워하지 않았고, 무리 지어 사냥할 줄도 알고, 숨어서 기습을 할 줄도 안다. 사람의 체취를 귀신처럼 맡아냈고, 도검도 두려워하지 않았다.

궁비영은 그런 놈들의 공격을 사흘 동안이나 버텨내고 있었다. 그러나 서서히 한계가 다가오고 있었다. 단 한 시진도 제대로 잠을 잔 시간이 없었다. 무화공 따위는 아예 들여다볼 기회조차 없었다.

"방법을 찾아야 해!"

궁비영이 사방에서 혼령처럼 자신을 노려보고 있는 늑대들을 경계하며 절벽 쪽으로 이동했다. 그나마 뒤를 걱정하지 않아도 되는 곳이니 방어에 유리한 지형이다.

"이렇게 석 달을 버틸 수 있을까?"

궁비영이 자신 없는 말투로 중얼거렸다. 체력이 남아 있다면 언제든지 맹수들의 공격을 막아낼 수 있겠지만 제대로 먹지 못하고 자지 못한 몸이 언제까지 지금처럼 움직여 줄지 알수 없었다.

"중광 녀석만 있었어도……."

새삼스레 중광이 그리운 궁비영이다. 중광이 있었다면 최소한 교대로 잠을 청할 수 있었을 것이다. 그럼 맹수로 득시글대는 이 섬도 그리 두려운 곳이 아니다.

"가만, 그러고 보니 이곳에 나 혼자 있는 게 아니잖아?"

궁비영이 눈빛이 갑자기 반짝였다. 생각해 보면 이 섬에 또 다른 사람이 있다. 당목이다. 아마도 그녀 또한 지금쯤은 절실하게 궁비영이 필요할 터였다.

"이런 지경에서조차 혼자 있겠다고는 고집 피우지는 않겠지. 좋아, 남쪽으로 간다!"

궁비영의 얼굴에 생기가 흐르기 시작했다. 살길을 찾은 자의 활력이 궁비영의 몸에 새로운 힘을 불어넣고 있었다.

제2장
사람이 필요할 때

　파도를 등지고 한 여인이 서 있다. 몸에 걸친 무복은 여러 곳이 찢어져 있어 녹록치 않은 일을 당한 듯 보였다. 언뜻 보기엔 격전을 치른 전장의 병사 같은 모습이기도 하다.

　"후욱후욱!"

　여인의 입에서 거친 숨이 흘러나왔다. 그녀의 등 뒤에 펼쳐진 바다 위로 붉은빛이 드리운다. 다시 해가 지고 있었다. 그녀에게는 공포의 순간이, 그녀를 사냥하려는 맹수들에게는 기회의 시간이 오고 있었다.

　크롱!

　문득 그녀를 위협하듯 해안가와 접한 숲에서 맹수의 울음소리가 들린다.

"오너라!"

여인이 차갑게 소리쳤다. 숨어 있는 맹수를 위협하기 위함인지, 스스로의 투기를 불러일으키기 위함인지 의도를 알 수 없는 외침이다. 그러자 마치 그녀의 말을 알아듣기라도 한 듯 숲에서 한 마리 맹수가 모습을 드러냈다.

검은 줄이 산맥처럼 등을 타고 흐르는 대호다. 호랑이가 모습을 드러내자 여인의 표정이 살짝 변했다. 그녀는 섬에 들어온 이후 닷새 동안 쉬지 않고 맹수를 상대했다.

늑대와 표범, 그리고 온갖 독충이 그녀를 공격했다. 그런데 호랑이는 처음이다.

어쩌면 호랑이는 숲에서 그녀가 지치기를 기다리고 있었는지도 모른다. 만약 그런 것이라면 놈은 무척 노련한 사냥꾼일 것이고, 놈이 선택한 이 순간이 녀석에게는 가장 좋은 기회일 것이다.

크르릉!

대호가 그녀를 위협하듯 울부짖는다.

"이놈! 한낱 미물 주제에!"

자신을 위협하려는 호랑이의 울음이 마음에 들지 않는 듯 여인이 호통을 쳤다. 그러자 호랑이가 말을 알아듣기라도 한 듯 울음을 멈추고 서서히 발을 고르기 시작했다.

호랑이가 공격할 준비를 하자 여인이 검을 왼손으로 옮기고 오른손을 품속에 넣어 둥근 모양의 암기를 꺼내 들었다. 그런 여인을 두고 호랑이가 좌우로 어슬렁거리며 움직이기 시작했다.

여인은 그 자리에 선 채 발은 움직이지 않고 시선만 움직여 호랑이를 좇았다. 단 한 순간이라도 방심하면 놈에게 치명적인 일격을 허용하고 말 것이다. 물론 그래도 그녀는 호랑이를 죽일 자신이 있었다. 호랑이 따위에게 당할 그녀가 아니었다.

그러나 중요한 것은 호랑이를 상대하며 부상을 입지 말아야 한다는 것이다. 호랑이의 뒤쪽 숲에서 서서히 빛나기 시작한 맹수들의 눈빛이 보인다. 그 맹수들은 여인이 부상을 입는 순간 떼로 달려들어 그녀를 공격할 것이다. 그리되면 내력이 흩어진 상태에서 그녀는 더 이상 자신을 지킬 수 없었다.

크앙!

한순간 오른쪽으로 움직이는 듯하던 호랑이가 직각으로 허리를 틀며 여인을 향해 날아올랐다. 강호의 일류고수 못지않은 기습적인 움직임이다. 거대하게 벌린 호랑이의 입속에서 날카로운 송곳니가 번쩍인다. 순간 여인의 손이 번개처럼 움직였다.

쐐액!

날카로운 파공음이 일어나며 여인의 손에 들려 있던 암기가 허공을 날았다. 암기가 향한 곳은 정확하게 호랑이의 눈. 순간 갑자기 석양을 등지고 날아드는 암기에 놀란 호랑이가 타고난 야수의 본능으로 몸을 틀었다.

팟!

여인이 던진 암기가 아슬아슬하게 호랑이의 왼쪽 눈두덩을 스치고 지나갔다. 그러나 그것만으로도 호랑이는 왼쪽 눈의 시력을 잃었다. 눈두덩에서 흘러내린 핏물이 왼쪽 눈을 덮기 시작한 것이다.

크앙!

호랑이가 다시 한 번 포효했다. 감히 숲의 제왕인 자신에게 상처를 입힌 인간에 대한 분노가 느껴진다. 호랑이가 폭풍 같은 속도로 여인을 향해 재차 달려들었다.

"흥!"

여인이 한마디 비웃음을 흘리며 몸을 날렸다. 그녀가 호랑이를 향해 마주 달려나갔다. 그러자 호랑이가 앞발을 높이 들어 여인을 후려치려 했다. 순간 여인이 꺼지듯 호랑이의 시야에서 사라졌다.

촤아악!

호랑이의 배 밑에서 모래 쓸리는 소리가 들린다. 어느새 호랑이 아래로 파고든 여인이 그대로 몸을 눕혀 모래 위를 미끄러지듯 이동하며 검을 휘둘렀다.

삭!

검이 날카롭게 호랑이의 뒷다리를 베어냈다. 순간 다리에 큰 상처를 입은 호랑이가 숲의 제왕에 어울리는 움직임을 보였다.

크앙!

호랑이가 포효하며 허리가 완전히 꺾인 모습으로 머리를 뒤로 돌렸다. 그리고는 무서운 속도로 앞발을 들어 자신의 배 아래에서 벗어나는 여인을 후려쳤다.

"흡!"

여인의 입에서 다급한 음성이 흘러나온다. 무인의 본능이 여인의 몸을 틀게 만들었다.

픽!

그러나 맹수의 제왕 호랑이의 움직임 역시 무인의 그것 못지않아 기어코 옆으로 빠져나가는 여인의 허벅지를 날카로운 발톱으로 긁어댔다. 순간 여인이 노성을 터뜨렸다.

"놈!"

여인이 피가 터져 나오는 다리로 몸의 중심을 잡더니 왼손으로 호랑이의 목덜미를 움켜잡으며 허공으로 솟구쳤다. 순식간에 대호의 등 위로 날아오른 여인이 검을 곧추세워 그대로 대호의 정수리를 찍었다.

픽!

크아앙!

호랑이가 천둥 같은 비명을 지르며 몸을 흔들었다. 그 기세에 여인이 호랑이 등에서 떨어져 나와 해변 모래사장으로 나뒹굴었다. 그러자 호랑이가 그대로 여인을 덮치려 하다가 이내 맥을 잃고 그 자리에 쓰러졌다. 쓰러진 호랑이의 정수리에는 여전히 여인의 검이 그대로 박혀 있었다.

"후욱후욱!"

여인이 힘겹게 땅을 짚고 몸을 일으켰다. 그녀에게는 잠시도 쉴 시간이 주어지지 않았다. 그것이 이 섬의 무서운 점이었다. 숲에는 지금도 그녀를 노리고 수많은 맹수가 도사리고 있었다. 맹수 한 마리 베었다고 그녀에게 쉴 시간이 허락되는 것이 아니라는 것은 치가 떨리는 두려움과 공포다.

슥!

여인이 죽은 호랑이 머리에서 검을 빼 들었다. 그리고는 검에 묻은 호랑이 털과 피를 닦아냈다. 그때 다시 숲에서 맹수들의 울음소리가 들려왔다.

그르릉!

늑대다. 여인의 얼굴이 일그러졌다. 사실 이 섬에서 늑대는 대호보다도 상대하기 힘든 존재였다. 그 이유는 늑대는 호랑이와 달리 무리로 움직이기 때문이다.

놈들은 무리 지어 사냥감을 몰 줄 알고 또한 협공을 할 줄 알았다. 더군다나 맹에서 이 섬에 풀어놓은 늑대는 사람의 손에 의해 살인의 귀물로 길들여진 녀석들이었다.

"음!"

여인의 입에서 나직한 신음이 흘러나온다. 갑자기 한쪽 다리에 힘이 쭉 빠졌다. 호랑이에게 당한 오른쪽 다리가 그녀의 체중을 견디지 못하겠다는 신호를 계속 보내고 있었다.

찌익!

여인이 입고 있던 무복 일부를 찢어 허벅지를 잡아맸다. 그 덕에 그나마 출혈이 줄어든다. 여인이 고개를 들어 주위를 살폈다.

"쉴 곳을 찾아야 해!"

여인의 입에서 다급한 목소리가 흘러나온다. 그러나 그녀의 주위에 펼쳐진 것은 끝없는 해안가와 무성한 숲이다. 이런 곳에서 맹수를 피해 쉴 곳을 찾기란 그리 녹록하지 않았다.

"북쪽으로 가야 했어."

여인, 궁비영과 함께 섬에 들어온 당목이 중얼거렸다. 물론 그 의미가 궁비영에게 의지했어야 한다는 말은 아니었다. 섬의 북쪽 지형은 남쪽과 달리 바위와 절벽으로 이뤄진 험지이니 맹수들을 피하기가 훨씬 수월할 거란 생각에서 한 말이다.

"지금이라도 그쪽으로 이동한다."

당목이 고개를 들어 섬의 북쪽을 바라보았다. 역시 남쪽과 마찬가지로 핏빛 노을이 가득하다.

"후!"

당목이 한숨을 내쉬었다. 가야 할 곳이지만 멀리 보이는 섬의 북쪽까지 펼쳐진 숲이 두렵다. 그 안에서 자신을 기다리고 있을 맹수들을 피해 과연 북쪽까지 갈 수 있을까? 설혹 섬의 북쪽에 도착한다 해도 석 달 동안 이 섬에서 살아남을 수 있을까?

두려움이 밀려들자 눈꺼풀이 무겁게 내려앉았다. 잠을 자지 못한 신체가 정신이 나약해진 틈을 타서 잘 것을 강요하고 있었다.

스슥!

한순간 본능이 당목의 눈을 치켜뜨게 만들었다. 그리고 그

순간 어느새 다가온 늑대들이 그녀를 향해 달려들었다. 잠시의 졸음이 그녀를 죽음의 길목까지 몰아넣은 것이다.

"이놈들!"

화들짝 졸음에서 깨어난 당목이 달려드는 늑대들을 향해 검을 휘둘렀다.

서걱!

늑대 한 마리의 허리가 베어지며 백사장 위에 나뒹군다. 이미 대호와의 사투로 벌겋게 물든 백사장에 새로운 피가 흐르기 시작했다. 동료가 죽었음에도 늑대들의 공격은 멈추지 않았다. 이미 사냥감은 놈들의 사정거리 안에 들어 있다.

캉!

소름 끼치는 울음과 함께 늑대 한 마리가 당목의 등을 할퀴고 지나갔다. 대호의 앞발에 당한 상처만큼은 아니지만 그래도 날카로운 통증이 등 뒤에서 밀려온다.

"놈!"

당목이 재빨리 신형을 돌려 자신의 등을 할퀸 늑대를 공격했다. 그러나 늑대는 마치 무공을 수련한 것처럼 당목의 검을 피해냈다. 놈들이 사람에게 사육되었다는 증거이기도 했고, 당목의 체력이 그만큼 소진되었다는 의미기도 했다.

당목의 검을 피해낸 늑대들의 기세가 한층 더 거칠어지기 시작했다. 이미 사냥감이 약세를 보였으니 망설일 이유가 없었다.

캉캉!

좌우에서 두 마리의 늑대가 당목을 향해 달려들었다. 한 마리는 당목의 목을, 다른 한 마리는 다리를 물려 했다. 순간 당목이 몸을 허공으로 띄우면서 재빨리 좌우로 검을 휘둘렀다.

팟!

두 줄기 선혈이 허공을 수놓는다.

캑!

숨 끊기는 소리를 내며 늑대 한 마리가 모래사장에 나뒹굴었다. 그러나 그 순간 당목의 다리에서 격렬한 통증이 일어났다. 어느새 다가온 또 다른 놈이 그녀의 장딴지를 물고 늘어진 것이다.

"이놈!"

당목이 재빨리 허공에서 검을 돌려 다리를 문 늑대의 머리에 꽂았다.

칵!

다리를 문 늑대가 즉사했다. 그러나 영악하게도 당목의 다리를 문 입은 벌리지 않았다. 당목의 움직임이 다리를 문 늑대 때문에 부자연스러워졌다. 순간 사방에서 늑대들이 당목을 향해 달려들기 시작했다.

"아!"

당목이 나직한 탄식을 흘렸다. 죽음이 눈앞에 다가와 있다. 그녀로서는 생각지도 못한 현실이다. 흑성이 되어 마천의 잔당을 추살하다 죽을 수는 있다고 생각했어도 설마 이 섬에서 늑대들에게 물려 죽을 거라고는 상상치 못한 당목이다.

캉캉!

늘대들이 삶의 의욕이 사라진 사냥감을 향해 거침없이 달려들었다. 이제 당목의 목은 굶주린 늘대들이 이빨에 갈기갈기 찢겨지고 말 터였다. 그 비참함이 눈에 보이는 것 같아 당목은 눈을 감았다.

킹!

지금까지완 다른 요란한 늘대의 울음소리가 눈을 감은 당목의 귀에 들려온다. 아마도 자신의 급소를 물기 위해 우두머리 늘대가 나선 듯싶었다. 당목이 이를 깨물었다. 비명을 지르지는 않으리라. 그것이 무인으로서 그녀의 마지막 자존심이었다.

그런데 기이한 일이 일어났다. 분명 자신의 목에서 느껴져야 할 고통이 시간이 지나도 느껴지지 않았다. 아니, 그녀의 몸 어디에서도 늘대들의 이빨이 느껴지지 않았다. 대신 그녀의 귀에 사람의 목소리가 들렸다.

"이대로 죽을 생각이오?"

당목이 눈을 떴다. 그러자 그녀 앞에 우두머리 늘대의 목을 베어버린 궁비영이 서 있었다.

\*       \*       \*

궁비영의 손길이 거침없다. 호랑이에게 물린 허벅지와 늘대에게 물린 종아리 상처로 인해 당목은 목숨이 위중한 지경에 처해 있었다.

궁비영이 나타났음을 확인한 당목은 결국 정신을 잃었는데, 흘린 피가 너무 많아 정신력으로 버티고 있는 와중에 궁비영의 나타나자 한순간 마음을 놓아버린 것이다.

덕분에 곤란한 지경에 처한 것은 궁비영이었다. 여전히 맹수들이 득실대는 섬에서 정신을 잃은 여인을 들쳐 업고 맹수들의 공격을 피하는 것은 결코 쉬운 일이 아니었다.

서로 돕자고 온 길이 오히려 당목까지 책임져야 하는 상황이 되었으니 궁비영의 입에서 연신 욕설이 터져 나오는 것은 어쩔 수 없었다. 물론 정신을 잃은 당목은 그의 욕설을 들을 수 없었지만.

한 가지 다행인 것은 우두머리를 잃은 늑대 무리가 두 사람의 뒤를 따를 뿐 쉽사리 공격하지 않았다는 것이다. 아마도 무리 중에 새로운 우두머리가 생기기 전에는 쉽사리 사람 사냥에 나서지 않을 모양이었다.

늑대 무리가 따르고 있으니 표범이나 다른 맹수들도 두 사람을 공격하기 위해 섣불리 나서지 않았다. 사실 무리 지어 움직이는 늑대 무리를 상대할 짐승은 세상에 존재하지 않았다.

그렇게 천우신조로 목숨을 구한 당목을 업고 궁비영이 겨우 찾아낸 장소는 장정 대여섯이 손을 이어야 허리를 감을 수 있는 거대한 고목 밑동이었다.

고목 밑동은 세월을 이기지 못하고 안쪽으로 깊이 파여 있어 마치 동굴처럼 보였다. 궁비영은 그곳에서 당목을 치료하고 맹수를 막기로 결심하고는 급히 모닥불을 피워 밤의 한기를 쫓은 후 당목을 치료하기 시작한 것이다.

타탁타탁!

마른 나무가 불꽃을 일으키는 소리가 적막에 잠긴 숲에서의 유일한 소리다. 아니, 또 다른 소리가 있었다. 그건 궁비영이 당목을 치료하는 소리였는데, 당목의 상태가 워낙 좋지 않아서 궁비영의 손길 역시 빠르고 거칠 수밖에 없었다.

"다리는 대충 되었는데 등에도 상처를 입은 것 같던데……."

얼추 당목의 다리를 치료한 궁비영이 눈으로는 숲을 살피며 중얼거렸다. 그의 얼굴에 망설이는 기색이 역력하다. 다리까지야 어떻게 옷을 찢어서 치료할 수 있었지만 등을 치료하는 것은 당목의 옷을 벗겨야 가능한 일이기 때문이다.

당목이 비록 무림의 여인이라고는 해도 함부로 여인의 옷을 벗기는 것은 북산 망나니로 불리던 궁비영에게도 쉬운 일은 아니었다.

"에이, 그래도 죽는 것보다는 낫겠지."

궁비영은 당목의 등을 치료하기로 결정했다. 그런데 그때 문득 숲 앞쪽에서 검은 그림자가 어른거렸다. 순간 궁비영의 눈빛이 번쩍이더니 번개처럼 오른손으로 비도를 들어 날렸다.

팽!

날카로운 파공음을 일으키며 날아간 비도가 정확하게 검은 물체에 박혔다.

"크앙!"

비도에 맞은 검은 물체가 비명을 지르며 숲속으로 사라졌다. 검은 몸에 꼬리가 길게 선 것이 표범이 분명해 보였다.

"망할 놈들아! 좀 쉬자, 쉬어!"

궁비영이 숲을 향해 소리치고는 당목의 상의를 벗기기 위해 그녀를 들어 일으켰다. 그런데 그 순간 정신을 잃은 듯 보였던 당목이 입을 열었다.

"등은 필요 없소."

순간 궁비영이 깜짝 놀라 자신도 모르게 당목의 몸에서 손을 뗐다. 그러자 그녀가 미처 중심을 잡지 못하고 땅바닥에 쓰러졌다.

쿵!

"음!"

땅에 부딪치며 되살아난 상처의 통증에 당목이 신음을 흘려냈다.

"아, 미, 미안하오. 놀라서 그만."

궁비영이 당목을 부축하려 그녀의 몸에 손을 대려는데 당목이 그의 손을 밀어내며 차갑게 말했다.

"괜찮소."

"음, 그래도 상처를 보는 것이……."

"깊지 않소. 걱정할 필요 없소. 그런데 여긴 어디요?"

당목이 어색함을 피하려는 듯 질문한다. 어쩌면 당목은 오래전부터 깨어 있었는지도 모른다. 궁비영이 허벅지와 종아리에 난 상처를 치료하는 동안 맨살을 드러내고 치료받는 것이 어색해 정신을 잃은 체하고 있었는지도 몰랐다.

"나무 안이오. 다행히 눈에 띄더구려."

궁비영이 대답했다. 동굴이라고 생각했는데 나무 안이라는 말에 놀라 당목이 주변을 살핀다. 그러자 과연 그녀의 콧속으로 오래된 나무 향이 밀려들어 왔다.

"맹수들은?"

당목이 다시 묻자 궁비영이 손을 들어 숲을 가리켰다. 숲속에서 도깨비불처럼 맹수들의 눈빛이 번쩍인다.

"여전하구려."

"내일이면 더 독이 오를지도 모르오. 우두머리를 베었으니."

궁비영이 심각한 표정으로 대답했다.

"그런데 어떻게 남쪽으로 오게 된 것이오?"

자신이 여인인 것을 궁비영이 알고 있음을 알면서도 당목은 사내처럼 말을 했다. 궁비영 역시 그녀가 원치 않으면 그녀를 여인으로 대할 생각이 없었다.

"아무래도 이 섬에서 살아남자면 하나보다는 둘이 낫겠다는 생각이 들어서 그대를 찾으러 왔소. 맹수와의 싸움이야 언제든 혼자라도 할 수 있으나 잠을 잘 수가 없어서 말이오. 둘이라면 적어도 한 사람은 잘 수 있을 것 아니오?"

궁비영의 말에 당목이 말없이 고개를 끄떡인다. 그녀 역시 궁비영과 함께 지내는 것을 거부할 입장이 아니었다. 더군다나 그녀를 죽음의 위기에서 구해준 궁비영이 아닌가?

"내가… 짐이 되지 않겠소?"

당목이 물었다. 물론 당장은 궁비영에게 당목은 큰 짐이었다. 부상을 입어 제대로 걷지도 못하니 그녀를 지켜야 하는 일은 오로지 궁비영의 몫이 될 터였다.

"그런 말 마시오. 절대 짐이 아니오. 비록 그대가 심한 부상을 입기는 했으나 적어도 눈은 멀쩡하지 않소? 내가 잠시라도 잠을 청하는 동안 맹수가 접근하는 것을 알려줄 수는 있지 않겠소. 물론 상처가 치료되면 그때부터는 더 많은 시간을 책임져 줄 것이고 말이오."

궁비영의 말에 당목이 침묵으로 동의한다. 확실히 이 섬에서 살아가기 위해선 혼자보다 둘이 나았다. 아마도 서너 배는 더 수월하게 섬에서 지낼 수 있을 터였다.

"아무튼… 고맙소."

뒤늦게 당목이 궁비영에게 감사의 말을 했다. 그러자 궁비영이 대답했다.

"너무 고마워할 일은 아니오. 나로서도 살자고 한 일이니까. 그대가 있어야 나도 이 섬에서 조금이라도 편히 살 수 있소."

"그래도 목숨을 구해준 일은 잊지 않겠소."

"일단 몸을 먼저 추스르시오. 그래야 이곳을 떠나 오래 지낼 만한 곳을 알아볼 수 있을 것이오."

"알겠소. 그리하리다."

당목이 대답하고는 섬에 들어올 때 가지고 온 작은 보따리를 뒤적거리기 시작한다. 그러더니 검은색 목함을 찾아 그 안에서 붉은 환약을 꺼내 들었다.

환약을 꺼내 든 당목이 손바닥으로 환약을 비벼 가루를 낸 후 입안에 털어 넣었다. 그리고는 자연스럽게 허리춤으로 손을 가져갔다. 섬에 들어온 이후 항상 옆구리에 차고 다니던 작은 물주머니를 찾은 것이다. 그러나 맹수들과 싸우는 와중에 잃어버린 건지 당목의 손에 물주머니가 잡히지 않았다.

"쿨룩쿨룩!"

물을 마시지 못하자 당목이 목이 메어 기침을 하기 시작했다. 그러자 궁비영이 불쑥 자신의 물주머니를 꺼내 당목에게 주었다.

"드시오."

궁비영의 말에 당목이 앞뒤 가릴 것 없이 물주머니를 받아 목을 축인다.

"휴우!"

메던 목이 풀어지자 당목이 한숨을 내쉬며 물주머니를 궁비영에게 건넸다.

"고맙소."

"겨우 물 한 모금이오. 고맙기는 뭐."

"난 잠시 운기를 해야겠소."

"알겠소이다. 내 호법을 서리다."

"부탁드리오."

당목으로서는 염치없는 부탁일 수도 있었다. 그녀는 그나마 정신을 잃었을 때 잠시라도 휴식을 취했지만 궁비영은 섬에 들어온 이후 제대로 잠을 잔 적이 없다. 운기를 잠시 뒤로 미루고 궁비영에게 잠을 잘 시간을 줄 수도 있었다.

하지만 궁비영 역시 당목의 사정을 이해하고 있다. 아마도 그녀가 먹은 환약은 먹는 즉시 운기를 해야 효과를 보는 약일 터였다. 궁비영이 순순히 허락하자 당목이 아픈 몸으로 가부좌를 틀고 앉아 운기를 하기 시작했다. 그러나 그녀의 운기는 결코 길게 이어지지 않았다.

"음!"

운기를 시작하자마자 당목이 나직하게 침음성을 흘리며 자세를 풀었다.

"무슨 일이오? 어디 불편하시오?"

궁비영이 놀란 표정으로 당목에게 물었다.

"한 가지 사실을 잊고 있었소. 우리가 산공독을 복용했다는 것을……."

"아, 제길, 그렇군. 당분간은 운기를 할 수 없는 몸이지."

궁비영이 투덜거리며 중얼거렸다. 그러자 당목이 잠시 생각에 잠겼다가 입을 열었다.

"결국 방법은 시간을 내어 무화공을 연마하는 것밖에는 없는 것 같소. 하지만 당장은 무화공을 수련하는 것은 어려운 일이니 일단 그대도 좀 쉬시구려. 내가 번을 서겠소. 연후에 제대로 된 장소를 찾아 무화공을 살펴봅시다."

"음, 괜찮겠소?"

사실 궁비영도 이젠 더 이상 졸음을 참을 수 없는 지경이었다.

"영악한 놈들이오. 혼자였다면 벌써 공격해 왔을 거요. 그러나 지금은 우리 둘이니 놈들도 섣불리 공격하지 못할 것이오. 또 놈들의 공격을 잠시 막고 그대를 깨울 힘은 아직 남아 있소."

"좋소이다. 그럼 잠시만 부탁하리다."

궁비영이 망설이지 않고 나무의 안쪽 속살에 등을 기대곤 잠을 청했다. 수일 동안 잠을 자지 않았기 때문에 궁비영은 눈을 감자마자 이내 깊은 잠에 빠져들었다.

그런 궁비영을 잠시 바라본 당목이 무릎걸음으로 나무 안쪽으로 나아갔다. 그리고는 다시 가부좌를 틀고 앉은 후 검을 자신의 무릎에 올렸다. 그런 그녀의 머리 위로 달빛이 내려앉는다. 달빛은 받은 그녀의 얼굴이 신비롭게 반짝였다.

하지만 무릎에 검을 올려놓고 숲을 주시하고 있는 그녀에게서는 여인의 아름다움보다 한 사람 무인으로서의 서늘한 기백이 더 강렬하게 느껴졌다.

그렇게 고단하던 그 밤이 지나가고 있었다.


찌르르!

어디선가 풀벌레 우는 소리가 들려온다. 사람들이 풀어놓은 맹수가 아니라면 아침마다 이런 아름다운 소리를 즐길 수 있는 섬이었으리라. 궁비영이 눈을 떴다. 해는 아직 뜨지 않았지만 사방은 이미 밝아 있었다. 새벽빛이 사막의 물처럼 맑고 감미롭다.

그리고 그녀의 모습이 보였다. 단단한 바위처럼 나무 입구에 가부좌를 틀고 앉아 있는 당목. 한 치의 흐트러짐도 없는 그녀다. 상처를 크게 입은 사람이라고는 믿을 수 없는 모습이다.

'저 자세로 하룻밤을 보낸 걸까?'

궁비영은 내심 놀란 눈으로 당목을 살폈다. 여인이 아니라 한 명의 무인으로서 그 단단함에 존경심까지 드는 궁비영이다. 그러나 그러다가 갑자기 깊은 안타까움이 밀려온다.

'도대체 어떻게 살아왔기에 이 지경이 되고서도 저렇게 바짝 긴장하고 있는 거지? 하긴 당문의 여식으로 태어난 사람이 흑성이 되려 하니 필시 그 사연이 범상치는 않겠지.'

자신의 처지도 잊고 당목의 처지가 걱정스러운 궁비영이다. 그러나 그녀에 대한 안타까움도 잠시, 갑자기 들려온 차가운 목소리에 그녀에 대한 연민이 한순간에 사라진다.

"깨었소?"

생생이 살아 있는 목소리다.

"허험, 이거 미안하오. 잠시 눈을 붙인다는 것이 그만⋯⋯."

하룻밤을 잘 자고 일어난 자의 미안함이다.

"괜찮소. 피곤은 좀 풀리셨소?"

"충분하외다. 이제 다시 대엿새는 자지 않아도 될 것 같소."

"좋소, 그럼 북쪽으로 갑시다."

"이대로 말이오? 그대도 잠을 좀 자고 가야 하지 않겠소?"

"정신을 잃고 있는 동안 몸은 고통스러워도 머리는 충분히 쉬었소. 몸도 지난밤에 많이 회복되었소."

"뭐, 그렇다면……."

궁비영이 신형을 돌려 자신의 보따리를 주섬주섬 챙겼다. 그러자 당목도 나무 안쪽으로 들어와 짐을 챙긴다.

꼬르륵!

궁비영의 뱃속에서 음식을 달라고 아우성이다. 그러나 요깃거리가 없으니 일단 출발하고 볼 일이다.

"갑시다."

당목이 짐을 다 챙기고 말했다. 그러자 궁비영이 앞장서서 숲을 향해 걷기 시작했다.


둘이 모이니 둘이 아니라 대여섯의 힘이 생겼다. 좌우를 함께 경계할 수도 있고 기습을 당할 염려가 적으니 맹수들도 감히 두 사람을 쉽사리 공격하지 못했다.

물론 여전히 숲에서는 살기 어린 맹수들의 기운이 느껴졌다. 그러나 고목나무를 떠난 후 한동안 두 사람은 맹수의 공격을 받지 않았다. 이런 식이라면 앞으로는 맹수 걱정은 하지 않아도 되겠다 싶은 생각까지 들 정도였다.

그러나 세상일이란 것이 항상 그리 쉽게만 이어지지는 않는다.

"잠깐!"

한순간 당목이 궁비영의 걸음을 세웠다.

"무슨 일이오?"

"뭔가 이상하오."

"무엇이 말이오?"

궁비영이 뜨악한 표정으로 물었다. 당목이 대답하는 대신 주변의 숲을 유심히 살피기 시작했다. 그러다가 문득 입을 열었다.

"이런……!"

"왜 그러시오?"

궁비영이 다시 물었다. 그러자 당목이 굳은 표정으로 대답했다.

"진이오!"

"진?"

"우린 지금 같은 장소를 맴돌고 있소."

"그게 무슨……?"

궁비영이 어리둥절한 표정으로 물었다. 궁비영은 진법 같은 것은 모른다. 몰락한 궁가에서 후손들에게 진법을 가르칠 만한 능력이 있을 리도 없었다.

본래 기인이사가 많은 강호에서도 진법은 일부의 사람만이 그 진의를 터득한 난해한 능력이다. 당연히 명문대가나 대대로 기문진식에 통달한 가문이 아니고는 그 후예에게 진법을 전수하는 일은 그리 흔치 않았다.

그러나 당목은 궁비영과 달랐다. 그녀는 강호사에 큰 족적을 남겨온 강호 명문 당가의 사람이었으므로 어려서부터 자연스레 진법을 배워왔을 터였다.

　"발아래를 보시오."

　당목이 말했다. 그러자 궁비영이 급히 자신의 발을 살폈다. 처음 보아서는 이상할 것이 별로 없는 낙엽 쌓인 땅이다. 그러나 잠시 후 궁비영의 눈빛이 반짝였다.

　"이건……?"

　"알겠소?"

　"발자국이 나 있구려."

　"그렇소. 분명 동물이 남긴 자국은 아니오. 사람의 발자국이지. 이관주님의 말대로 이곳에 들어 있는 사람이 오직 우리뿐이라면 이 발자국은 우리가 남긴 발자국이오. 그것도 방금 전에 말이오."

　"음."

　궁비영이 걱정보다는 묘한 호기심을 담아 숲 주변을 살폈다. 그러면서 당목에게 물었다.

　"어떤 진이 펼쳐진 것인지 알 수 있소?"

　"그건 좀 더 살펴봐야 할 것 같소."

　"빠져나갈 수는 있겠소?"

　"일단 진의 존재를 안 이상은 빠져나갈 수는 있소. 그러나 이런 상황에서 맹수들의 공격을 받는다면……."

당목이 걱정스레 말하자 이번에는 궁비영이 고개를 젓는다.

"그건 걱정할 필요가 없을 것 같소. 설마 사람도 빠져나가기 힘든 곳에 맹수가 들어오겠소? 보시오. 이상하게도 얼마 전부터 맹수의 기운이 느껴지지 않지 않소?"

궁비영의 말에 당목이 고개를 끄떡인다.

"하긴 그렇기는 하오만……."

"일단 나갈 길을 찾읍시다."

"내가 앞장서겠소."

당목이 부상당한 몸을 이끌고 궁비영의 앞으로 나선다. 그러자 궁비영이 걱정스레 물었다.

"괜찮겠소?"

"괜찮소."

당목의 대답에 궁비영이 빙그레 미소를 짓는다. 짧은 대답이지만 처음처럼 차갑지는 않다. 그건 곧 그녀가 궁비영에게 마음을 열고 있다는 의미였다.

"갑시다."

궁비영의 말에 당목이 고개를 끄떡이고는 앞으로 나아가기 시작했다.


"여기군."

문득 당목이 중얼거린다. 그리고는 검을 들어 거대한 나무의 허리를 자른다.

쿵!

나무가 쓰러지자 그 뒤쪽으로 오래되어 이끼가 낀 바위들이 일정한 모양으로 쌓여 있는 것이 보였다.

"여기가 진의 출구요."

당목이 말했다. 그러자 궁비영이 고개를 끄떡이다가 갑자기 중얼거렸다.

"이건 좀 이상하군."

혼잣말로 중얼거리는 궁비영을 당목이 돌아본다.

"뭐가 말이오?"

"이 돌무더기 말이오. 확실히 이것들이 진을 펼치기 위해 쌓여 있는 것이오?"

궁비영이 물었다.

"그렇소. 이곳이 생문인 것이 그것을 증명하오."

"음……."

"왜 그러시오?"

당목이 궁비영에게 재차 물었다. 그러자 궁비영이 돌무더기 곁으로 다가서며 말했다.

"이 돌무더기들을 좀 보시오. 얼마나 되었을 것 같소? 이렇게 쌓여 있던 것이."

궁비영의 물음에 당목이 잠시 뭔가를 생각하다 나직하게 탄성을 흘렸다.

"아, 이건 그럼……?"

당목이 뭔가 깨들은 사람처럼 궁비영을 바라본다. 그러자 궁비영이 고개를 끄떡였다.

"그렇소. 만약 맹에서 이곳에 이관을 만든 것이 최근 일이라면 이 진은 맹에서 만든 것이 아니오. 이 돌무더기들은 최소한 수십 년은 넘은 것이오. 나무가 뿌리를 내려 감싸고 있을 정도면……."

어쩌면 백 년 이상 되었을 수도 있다. 그러나 남방의 숲은 나무가 잘 자라니 수십 년 정도일 수도 있었다. 그러나 어쨌든 이 돌무더기들이 오래된 것은 분명했다.

"누가 이곳에 이런 진을……?"

당목이 곤욕스런 표정으로 중얼거린다.

"어쩌면 흑성은 마천의 도발 이전부터 맹에 존재했을 수도 있겠다는 생각이 드는구려."

"그러나 그렇게 되면……."

당목이 다음 말을 잇지 못한다. 만약 그렇다면 맹의 수뇌들이, 아니, 가문의 존장들이 자신들을 속였다는 말이 되기 때문이다. 그러나 사실 속인 것 자체는 그리 큰 문제가 되지 않는다. 아무리 한 가문의 사람이라 해도 맹의 중요한 비밀이라면 숨길 수도 있다. 중요한 것은 흑성의 역사를 왜 흑성이 되려는 젊은이들에게 숨겼느냐는 것이다.

"흑성이 된다는 것이 우리가 생각하는 것보다 훨씬 복잡한 일일 수도 있겠구려."

"아직 그렇게 단정 짓기는 이르오. 이 진은 맹과 아무런 상관이 없을 수도 있소."

"물론 그렇기는 하오. 그러나 이 섬을 수련처로 삼을 때 과연맹에서 섬에 대한 조사를 하지 않았겠소? 그때 이 진을 발견하지 못했으리라 생각하오?"

"이곳은 깊은 숲이오."

당목은 여전히 구천맹을, 자신의 가문을 믿고 싶은 모양이었다.

"뭐, 어찌 되었든 할 일이 좀 늘기는 한 것 같소."

"무슨 말이오?"

"제대로 살 수 있게 되면 이 진에 대해서 좀 더 조사를 해봐야겠다는 말이오. 어떤 비밀이 있는지. 지금은 일단 살고 봅시다."

궁비영의 말에 당목이 고개를 끄떡이고는 다시 걸음을 옮기기 시작했다. 그런 당목의 표정이 밝지 않았다.

제룡가의 외가 사람으로 살아오면서 구천맹에 대한 환상 같은 것은 이미 오래전에 버린 궁비영에게 맹과 제룡가가 자신을 속였을 수도 있다는 것은 그리 큰 충격이 아니었지만 당목은 다른 듯했다. 그녀에게 맹과 가문이 자신을 속였을 수도 있다는 사실은 생각보다 큰 충격인 모양이었다.

서서히 숲이 옅어졌다. 그러자 맹수들이 다시 모습을 드러내기 시작했다. 궁비영의 손에 다시 피가 묻었다. 두 마리의 늑대가 그의 손에 죽었고, 검은 표범 한 마리의 뒷다리에는 궁비영의 비도가 박혔다.

궁비영은 맹수를 상대하는 일에 가급적 당목이 나서지 못하게 했다. 자칫 그녀가 맹수를 상대하다 부상이 깊어지면 오히려 궁비영 자신에게 짐이 될 것이기 때문이다.

궁비영이 맹수들을 막아내는 동안 당목은 아픈 몸을 이끌고 부지런히 앞으로 전진했다. 그리고 드디어 그들은 섬 북쪽에서 가장 높은 곳에 올랐다. 아름다운 섬의 풍경이 한눈에 들어온다. 그 속에 지옥이 존재한다는 것을 믿을 수 없게 만드는 풍경이다.

"어디가 좋겠소?"

궁비영이 당목에게 물었다. 그러자 당목이 손을 들어 봉우리에서 동쪽으로 급격하게 이어지는 비탈을 가리켰다.

"저곳이 좋겠소."

"음, 물이 있구려."

"섬에서 살자면 가장 중요한 게 물 아니겠소?"

"좋소. 지형도 험하니 맹수들이 쉽게 다가오지 못하겠구려. 갑시다. 가서 지낼 곳을 찾아봅시다."

제3장

무화공

　맹수의 습격은 뜸해졌다. 아니, 이젠 사람이 맹수를 사냥할 시간이 되었다. 사냥감에서 사냥꾼으로 변하는 시간은 그리 오래 걸리지 않았다. 당목이 부상에서 회복되는 순간부터 두 사람은 맹수들의 사냥감이 아니라 사냥꾼으로 변했다.

　혼자일 때는 사냥감의 운명에서 벗어날 수 없었다. 인간은 잠을 자지 않고는 살아갈 수 없는 존재인데 혼자일 때는 그것이 불가능했다. 그러나 둘일 때는 번갈아 잠을 자며 맹수와 싸울 힘을 다시 회복할 시간을 가질 수 있었다. 그 시간이 주어지자 드디어 궁비영과 당목은 사냥꾼의 입장이 된 것이다.

　투투툭!

　궁비영이 잘 손질된 생선을 나무에 꽂아 모닥불 옆에 세우자 얼마 지나지 않아 생선에서 기름이 흐르기 시작했다. 음식을 준비하는 일은 두 사람이 번갈아 하고 있었지만 그래도 궁비영이 당목보다는 능숙했다.

당목은 명문 출신의 여인이어서 그런지 여인치고는 요리에 능숙하지 못했다. 오히려 사내인 궁비영의 요리 솜씨가 당목보다는 몇 수 위라고 할 수 있었다.

고기가 금세 노릇하게 익었다.

"와서 좀 드시오."

궁비영이 절벽 두어 장 위에 있는 동굴을 보며 소리쳤다. 그곳이 궁비영과 당목의 머물고 있는 거처였다.

남녀가 한 동굴을 쓰는 것이 어색할 수도 있었지만 맹수의 접근을 막기 위해서는 둘이 함께 있는 편이 수월했다. 그래서 두 사람은 자연스레 한 공간을 사용하고 있었다.

궁비영의 부름에 동굴 입구에 모습을 드러낸 당목이 훌쩍 신형을 날려 궁비영의 옆에 내려섰다. 그러자 궁비영이 사람 몸통보다 큰 나뭇잎을 바닥에 깔고 그 위에 잘 구워진 생선을 올려놓았다. 그리고는 며칠 동안 바닷물을 말려 준비한 소금을 생선 위에 뿌렸다.

"드시오."

궁비영은 구운 생선을 권하고 자신이 먼저 한 마리 들어 먹기 시작했다. 그러자 당목도 망설이지 않고 생선을 집어 들었다.

"맛이 좋구려."

"다행이구려. 고기는 많으니 많이 드시오."

궁비영이 미소를 지으며 말했다.

"요리는 어디서 배웠소?"

당목이 물었다.

"배운 것이 아니라 자연히 알게 된 것이오. 어려서부터 집보다는 밖으로 나돌아서 사냥을 하거나 물고기를 낚아 요리하는 법을 자연스레 알게 되었소이다."

"음, 그렇구려."

당목이 고개를 끄떡인다. 그러자 궁비영도 당목에게 무엇인가를 물어보려다가 입을 닫았다. 함께 지내면서도 당목은 궁비영에게 자신의 개인사는 절대 발설하는 법이 없었다. 궁비영으로서는 강호의 대명문이자 구천맹의 일원인 당가의 여식이 왜 흑성이 되려 하는지 무척 궁금했으나 그 질문에 대해 당목은 언제나 침묵을 지켰다.

"무화공은 어떻소?"

당목이 다시 물었다. 강호에서 타인의 무공 수련에 대해 묻는 것은 금기이기에 당목으로서도 조심스러운 질문일 수밖에 없었다. 당목의 질문에 궁비영이 들고 있던 생선을 들어 올린다.

"이게 그 답이요."

"그게 무슨 말이오?"

당목이 어리둥절한 표정으로 묻는다.

"이놈들 손으로 잡은 거요."

"아!"

당목이 자신도 모르게 나직한 탄성을 흘린다. 본능적으로 흘린 탄성이라 그 안에 스며 있는 여인의 기운이 숨김없이 드러났다. 그러나 당목은 그 사실조차 알아채지 못한 채 재차 질문을 던졌다.

"내력을 쓸 수 있게 된 것이오?"

"아주 짧은 시간일 뿐이오. 이관주님의 말대로 천지에 흩어진 기운을 아주 잠깐 빌려 쓰는 정도이더이다. 물론 이 수련도 오래하면 제법 능숙하게 사용할 수 있겠지만."

"음, 궁 대협의 자질은 정말 놀랍구려."

이때만큼은 당목도 진심으로 궁비영에게 탄복하고 있었다. 함께 무화공을 수련하고 있지만 그녀는 아직 천지의 기운을 읽는 것조차 서툰 상태였다.

"운이 좋았을 뿐이오."

궁비영이 별것 아니라는 듯 대답했다. 그러나 궁비영이 당목에게 말하지 않는 것이 있었다. 그건 무화공 역시 무명도에서 배운 다른 무공들처럼 마치 처음부터 수련해 온 것처럼 그렇게 쉽게 익힐 수 있었다는 사실이다.

그가 무명도에 들어와 흑성이 되기 위해 수련한 모든 무공이 그에게 익숙했다. 그렇다고 그가 그 무공들을 이미 알고 있다는 뜻은 아니다. 단지 그의 몸이 그 무공들을 너무나 쉽게 받아들이고 있다는 의미였다.

왜 이런 일이 일어나는 것인지는 궁비영 자신도 알 수 없었다. 아버지 궁도요가 어려서부터 수련시킨 무공과 유사하다는 것만으로는 설명할 수 없는 현상이었다. 특히나 무화공 같은 것은 애당초 궁도요가 전수한 무공들과는 전혀 그 궤를 달리하는 무공인데도 그의 몸은 능숙하게 무화공을 수련해 낸 것이다.

"운으로 수련할 수 있는 무공은 아니오, 무화공이."

당목이 말했다.

"뭐, 그럼 나도 달리 설명할 길이 없구려. 나에게 맞는 무공이었나?"

궁비영이 고개를 갸웃하며 중얼거렸다. 한편으로는 진심으로 그렇게 생각되기도 했다.

"그대의 자질이 뛰어난 것이오."

당목이 다시 궁비영의 자질을 칭찬했다. 그러자 궁비영이 갑자기 나직한 웃음을 흘렸다.

"흐흐, 이거 그런 칭찬은 정말 처음 듣는구려. 그동안 난 북산의 망나니라 불리며 항상 비웃음만 들었는데……."

"내가 보는 궁 대협은 절대 망나니로 살 사람이 아니오."

당목이 진지한 표정으로 말했다.

"세상사가 그리 단순한 것이 아니오. 사람의 팔자란 자신의 의지와 상관없이 흘러가는 경우가 대부분이라오."

대답하는 궁비영의 표정이 조금은 처량해 보인다. 그러자 당목이 잠시 궁비영을 바라보다 조심스레 물었다.

"북산 제룡가의 외가 사람으로 사는 것이 힘들었던 모양이구려.”

'역시 날카로운 여인이야.'

당목은 이미 궁비영의 마음을 어느 정도 읽고 있었다. 이런 눈을 가진 후기지수가 강호에 흔할 리 없었다.

“좋은 팔자는 아니라고 생각하오.”

굳이 부인할 생각이 없는 궁비영이다. 당목이 자신의 말을 북산 제룡가의 사람에게 전할 성격은 아니라는 걸 알고 있는 궁비영이다.

“사람의 운명은 스스로 만들어가는 것이오.”

당목이 충고하듯 말한다. 그러자 궁비영이 고개를 저었다.

“그게 마음대로 되는 일이 아니란 말이오.”

조금은 짜증이 섞여 있다. 그가 제룡가를 벗어날 방법이 있을까. 제룡가를 떠나겠다는 말을 하는 순간 그는 구천맹의, 아니, 강호의 공적이 될 것이다.

그가 아무런 잘못을 하지 않았다고 해도 제룡가에서 그를 살아 있으면 안 될 강호의 악인으로 만들 것이다. 제룡가에는 그럴 힘이 있었다. 그 사실을 알기에 절망감 속에서도 궁비영이 북산의 망나니로 살았던 것이 아니던가.

궁비영의 반응이 생각보다 격렬해서인지 당목이 잠시 입을 다물었다. 두 사람 사이에 어색한 침묵이 이어진다. 그러다가 결국 다시 입을 연 사람은 당목이었다.

“내가 왜 무명도에 왔는지 아시오?”

문득 당목이 물었다.

"음, 내가 항상 궁금해하던 것이오."

궁비영이 자신의 처지에 대한 울분을 금세 잊고 당목의 말에 대답했다. 그러자 당목이 낮게, 그러나 굳은 의지가 담긴 어조로 말했다.

"난… 당가를 떠나기 위해 무명도에 왔소."

"음……."

예상치 못한 말이다. 물론 그녀가 무명도에 온 연유가 심상찮을 거란 건 알고 있었지만 설마 당가를 떠나기 위해 혹성이되려는 줄은 몰랐다.

"당씨 성을 가지고 있으니 당연히 당가의 핏줄일 것이고, 그런데 왜 당가를 떠나려 하시오? 나처럼 외가의 사람도 아닌데."

궁비영이 의아한 표정으로 물었다. 그러자 당목이 무슨 말을 하려다가 급히 입을 닫았다. 그리고 잠시 후 무심한 표정으로 말했다.

"개인사야 나중에 기회가 되면 알게 될 것이오. 아무튼 난사람의 운명이란 결국 자신의 선택에 달려 있다고 생각하는 편이오."

"뭐, 좋은 생각이오. 하지만 나처럼 운을 믿고 사는 것도 그리 나쁜 것은 아니라오. 운을 믿으면 내가 책임질 일이 줄어들기 때문이오. 물론 마음으로만 말이오."

"그건 도피요."

당목이 냉정하게 말했다.

"도피거나 말거나 마음 편하면 그뿐이오. 그나저나 요즘은 왜 이놈들이 모습을 보이지 않지?"

궁비영은 굳이 이 섬에서 유일한 말상대인 당목과 입씨름을 할 생각은 없었다. 그래서 재빨리 말머리를 섬의 맹수들에게 돌렸다.

"그러고 보니 벌써 삼 일째 놈들이 보이지 않는구려."

"지난번에 호되게 당해서 그런가?"

궁비영이 고개를 갸웃했다. 며칠 전 궁비영은 무화공을 사용해 거처로 난입하려는 늑대 여섯 마리를 단번에 도륙한 적이 있다. 그야말로 이 이름 없는 섬에 온 이후 처음으로 인간으로서 맹수들을 제대로 사냥하게 된 것인데 그 일 이후 맹수들의 출현이 거의 없었다.

"놈들은 사람에 의해 살육의 도구로 길러졌소. 그러니 자기들보다 강한 사람이라고 생각하면 야생의 맹수보다도 더 우리를 두려하게 될 것이오."

당목이 말했다.

"그렇겠구려. 사람을 사냥하는 놈들이지만 또한 사람이 얼마나 무서운 존재인지 잘 알고 있을 테니. 그럼 이 기회에 놈들을 길들여 볼까?"

궁비영이 중얼거렸다.

"그놈들을 길들여 어디에 쓰겠소. 세상에 데리고 다닐 물건들도 아니고."

당목이 퉁명스레 말한다.

"하긴 집을 지키랄 수도 없고. 보자, 오늘이 얼마나 되었나?"

궁비영이 손가락으로 섬에 들어온 날짜를 꼽는다. 그러자 궁비영이 채 계산을 끝내기도 전에 당목이 말했다.

"오늘로 꼭 사십 일째요."

"음, 아직도 오십여 일은 더 있어야 하는구려."

"그렇소."

"이거 지루하군."

이미 무화공을 제대로 터득한 궁비영에게는 확실히 지루한 시간이 될 것이다. 그러나 당목은 달랐다. 그녀는 아직 무화공으로 진기를 만들지 못하고 있었다.

"내겐 부족한 시간이오. 그래서 그대의 도움이 필요하오."

"무슨 도움 말이오?"

무화공의 구결은 궁비영에게나 당목에게나 같은 것이 주어져 있었다. 또 명석함으로 봐도 당목이 궁비영보다 못하지 않았다. 오히려 그녀는 무리를 이해하는 데 있어서는 궁비영보다 뛰어난 면이 있었다.

그러니 두 사람의 차이는 오직 몸이 무화공을 얼마나 빨리 받아들이느냐의 문제였다. 당연히 당목의 무화공 수련에 궁비영이 도와줄 일은 없었다.

"미안하지만 한동안 거처를 지켜주면 난 이번에 제대로 무화공에 몰두해 볼 생각이오."

"뭐, 폐관 수련 비슷한 것을 하겠다는 것이오?"

"그렇소. 무리한 부탁이오?"

지금까지는 두 사람이 번갈아가며 번을 서고 음식을 준비했다. 그런데 이제 당목은 온전히 그 일을 궁비영에게 부탁하고 있었다.

"쩝. 뭐, 그렇게 합시다. 달리 할 일도 없고."

궁비영이 흔쾌히 동의한다. 그러자 당목이 가볍게 고개를 숙여 보였다.

"고맙소."

"나중에 술이라도 한잔 사시오."

무심코 한 말에 당목이 생각지도 않게 당황한 표정을 짓는다. 그제야 궁비영은 당목이 여인임을 떠올렸다. 여자에게 술을 사라니 당황할 수밖에 없는 요구다. 그러나 당목은 무명도에 들어오면서 여인임을 포기한 사람이다.

"좋소. 좋은 술로 한잔 사리다."

당목이 잠시 당황한 것을 털어버리고 시원하게 대답한다.

"하하, 뭐, 말이 그렇다는 거요."

오히려 겸연쩍어진 궁비영이 머리를 긁적이며 멋쩍은 웃음을 흘렸다.

당목은 자신의 말대로 그날부터 동굴에 들어앉아 밖으로 나오지 않았다. 먹는 것도 하루에 한 번, 한낮에 잠깐의 음식을 섭취할 뿐이었다. 동굴에 하루 종일 앉아 있으니 많이 먹을 이유도 없었다.

반면 궁비영은 바쁘게 주변을 오갔다. 동굴에 맹수가 접근하는 것을 살피고 먹을 것을 준비하기도 해야 했다.

궁비영의 생활이란 것이 마치 당목이 무공을 수련하기 위해 데리고 있는 시종과 같았다. 가끔 그런 생활을 하고 있는 스스로가 한심스러울 때도 있었지만 궁비영은 무던히도 당목의 수련 시중을 들었다.

이유는 그조차도 알 수 없었다. 당목이 궁비영에게 살갑게 대하는 것도 아니고 그렇다고 두 사람이 무슨 대단한 인연으로 얽혀 있는 것도 아니다. 그럼에도 불구하고 궁비영은 성의껏 당목의 시중을 들고 있었다.

"젠장, 이거 저래서 될 일일까?"

문득 궁비영이 중얼거리며 당목이 들어 있는 동굴을 바라봤다. 동굴 깊이 들어 앉아 있는 당목의 모습은 보이지 않았다.

"구결을 참구하는 것은 무리를 깨닫지 못했을 때의 일이지 이미 무화공의 내용은 모두 알고 있을 터인데… 참으로 명가의 자손들이 무공을 수련하는 법은 나 같은 놈과는 다르구나."

빈정대는 것은 아니었다. 그렇다고 당목에 대해 경외심 같은 것을 느끼는 것도 아니다. 그저 당가의 사람이 무공을 수련하는 모습이 의아할 뿐이다.

궁비영이 살짝 손을 시냇물에 담갔다. 섬 깊은 곳에서 흘러나온 물이라 얼음처럼 손이 차다. 궁비영의 손이 가볍게 물살에 밀려가듯 아래로 움직였다. 그리고는 물의 기운을 받아 그대로 손을 흩뿌렸다. 그러자 그의 손을 따라 허공으로 올라온 물방울이 그대로 날아가 고목나무에 매달린 넓은 잎사귀에 암기처럼 박혔다.

퍼퍼퍽!

소낙비가 내리듯 어수선한 소리를 내며 나뭇잎에 수십 개의 구멍이 뚫렸다.

"이게 무화공인데 이런 걸 가부좌를 틀고 앉아서 수련해 낼 수 있을까? 차라리 밖으로 나와 물과 바람, 그리고 하늘과 땅의 기운을 몸으로 읽어내는 수련을 하는 게 좋을 텐데. 무화공은 천지의 기운을 단전에 모으는 것이 아니라 그저 몸을 도구로 이용해 잠시 응축했다가 다른 곳으로 흘려보내는 수법. 심법이라기보다는 이화접목의 수법 같은 것인데 저렇게 앉아만 있어서야……."

궁비영이 고개를 절레절레 저었다. 그러다가 남의 무공 수련을 참견하는 것도 심심해졌는지 자리를 털고 일어나며 중얼거렸다.

"모를 일이지. 사람 생김새가 다르듯 무공을 수련하는 방법도 제각기 다를 테니까. 어떤 사람은 생각하는 것만으로도 사람을 죽일 수 있다지 않던가. 에라, 난 저녁거리나 장만해야겠다."

궁비영이 개울을 따라 신형을 날렸다. 그러자 그의 몸이 마치 개울물에 떠내려가듯 물가를 따라 바다를 향해 달리기 시작했다.

당목은 궁비영의 생각과 달리 가부좌를 틀고 앉아 있지 않았다. 그는 동굴 그늘에 몸을 숨기고 개울가에서 궁비영이 넋두리를 하는 것을 한동안 지켜보고 있었다. 그러다가 궁비영이 자리를 뜨자 훌쩍 동굴에서 뛰어내려 궁비영이 있던 곳으로 걸어갔다.

개울가에 도착한 당목이 궁비영이 물을 흩뿌려 수십 개의 구멍을 뚫은 나뭇잎을 가만히 들여다보았다. 그러다가 나직한 목소리로 중얼거린다.

"역시 마구잡이로 구멍을 낸 것이 아니야. 정제된 내력으로 낸 구멍이다."

당목의 말처럼 나뭇잎에 생긴 구멍들은 칼로 도려낸 듯 매끄럽게 나 있었다. 그건 곧 궁비영의 손을 떠난 물방울이 완벽하게 궁비영의 통제를 받았다는 의미다. 오직 내가의 고수만이 할 수 있는 수법이다.

"이상한 일이야. 아무리 생각해도 무화공으로는 단전에 내력을 쌓을 수 없다. 무화공은 축기의 신공이 아니야. 그런데 그는 어떻게 이렇게 진기를 사용할 수 있는 거지?"

당목이 궁비영에 의해 벌집처럼 구멍 난 나뭇잎을 꺾어 들었다. 그리고는 나뭇잎을 바라보며 한숨을 내쉬었다.

"무화공은 이화접목의 수법에 가깝다. 천지의 기운을 읽어내 그것의 길을 바꿈으로써 내력을 사용하는 것과 같은 효과를 내는 것이지. 하지만 그렇기에 그 힘은 거칠 수밖에 없어."

당목이 나뭇잎을 내려놓고 물속에 손을 담갔다. 그리고는 잠시 후 궁비영처럼 번개처럼 손을 흩뿌렸다. 그녀의 손길에 따라 허공으로 떠오른 물방울들이 커다란 나뭇잎에 박혀든다.

퍼퍼퍽!

나뭇잎들이 물방울에 맞아 비명을 지르며 떨어져 나간다. 개중에는 궁비영이 한 것처럼 숭숭 구멍이 난 나뭇잎도 여럿 있었다. 당목이 그중 하나를 들어 올렸다.

"역시 달라."

당목이 고개를 젓는다. 그녀가 만든 나뭇잎의 구멍들은 거칠었다. 칼로 도려낸 듯한 궁비영의 그것과는 달리 나뭇가지로 찔러 만든 듯 그 주변이 거칠게 찢어져 있었다.

"내력을 사용하지 않고는 불가능한 일이야."

당목이 다시 궁비영이 만든 나뭇잎의 구멍들을 보며 중얼거렸다. 그러나 그녀도 알다시피 궁비영 역시 산공독을 복용해 내력을 사용할 수 없다.

"그가 산공독에서 벗어난 것일까?"

그러나 그럴 수 없다는 것은 그녀가 더 잘 알고 있다. 독에 관한 한 궁비영보다 몇 수 위에 있는 당목이다.

"또 하나의 가능성은 이 무화공을 수십 년간 수련하면 이런 솜씨가 가능할 수 있지. 그러나 그나 나나 이곳에서 처음으로 무화공의 무결을 접하지 않았는가."

당목이 당혹한 표정으로 멀리 바닷가에 모습을 드러낸 궁비영을 바라봤다. 바닷가에 도착한 궁비영이 거침없이 바다로 뛰어들더니 순식간에 커다란 물고기들을 손에 들고 나온다.

"그는 나와 다른 사람인 건가? 강호에는 가끔 무공의 천재들이 등장한다던데 그도 그런 사람 중 하나일까? 하늘이 내린 재주를 가지고 있는."

그러다가 다시 당목은 고개를 젓는다.

"아니야. 그랬다면 필시 제룡가에서 그 능력을 몰랐을 리 없다. 그리고 그 능력을 알았다면 그들이 저 사람을 흑성으로 만들지는 않았을 것이다. 흑성은 그야말로 소모되어질 사람이지 않은가. 누가 무학에 천재적인 재능을 타고난 사람을 그저 소모품으로 쓴단 말인가."

당목은 흑성에 대해 궁비영 등 다른 사람들에 비해 더 많은 것을 알고 있는 듯 보였다. 그런데 그녀의 말대로 흑성이 그저 쓰고 버려질 사람들이라면 그 사실을 알고 있는 그녀는 어째서 이곳에 자처해 온 것일까. 궁비영에게 말한 대로 당가를 벗어나기 위함이라면 다른 방법도 많을 것이다.

"휴, 왜 자꾸 그에게 지나치게 관심을 갖지? 이건 좋지 않은데. 하지만 왠지 그에게 관심이 가는 것은 어쩔 수 없군. 당목아, 당목아, 정신 차려라. 이 일에 너와 어머니의 인생이 걸려 있어. 다른 사람에게 관심을 둘 때가 아니란 말이다."

당목이 스스로를 책망하듯 중얼거렸다. 그때 해안가로 나온 궁비영이 다시 동굴 쪽으로 올라오기 시작했다. 당목이 그런 궁비영의 모습을 보고는 서둘러 동굴 안으로 사라졌다.

"수련은 끝났소. 이제 다시 일을 나눕시다."

그날 저녁 궁비영이 잡아 온 물고기로 요기를 하던 당목이 불쑥 말했다.

"어? 그럼 무화공을 쓸 수 있게 된 거요?"

궁비영이 갑작스런 당목의 말에 놀라 되물었다.

"대충은……. 물론 궁 대협만큼 능숙하지는 못하오."

"하하, 그야 뭐 자주 쓰다 보면 늘지 않겠소?"

"누구도 그토록 짧은 시간에 궁 대협처럼 능숙하게 무화공을 완성하지는 못할 거요."

당목이 마치 궁비영에게 다른 비법이라도 있지 않느냐는 듯이 말한다. 그러자 궁비영이 그런 당목의 내심을 알아차리고는 잠시 생각에 잠겼다가 입을 열었다.

"물론 무화공이 신기하게도 내 체질에 맞는 것은 분명하오. 마치 오랫동안 수련하던 무공 같다고 할까? 흐흐, 그리고 보면 난 정말 흑성의 일에 적합한 놈인지도 모르겠소."

"흑성이 어떤 일을 하는지 정확히 알고는 있소?"

당목이 심각한 표정으로 물었다.

"음지에서 마천을 상대한다는 것 정도는 아오."

"흑성은 그리 유쾌한 존재가 아니오."

"물론 짐작은 하고 있소."

"소위 구천맹과 같은 정파에서 사마외도라 불리는 자들이 하는 일들, 흑성이 하는 일은 바로 그런 일들이오. 단지 그 일을 누굴 위해 하느냐가 다를 뿐이지."

"그 역시 알고 있소."

"그런데도 흑성이 적성에 맞는다고 생각하시오?"

당목이 정색하며 물었다. 그러자 궁비영이 실실 웃음을 흘리며 대답했다.

"솔직히 말해도 되오?"

"난 다른 사람에게 말을 전하는 사람은 아니오."

"다른 사람에게 말을 전할 걸 걱정하는 게 아니라 아직 그대에게는 당가, 아니, 구천맹이 정도의 문파라는 자부심이 있는 것 같아서 말이오."

"그게 무슨 말이오?"

"내가 하고 싶은 말은 이거요. 구천맹의 각 문파가 강호를 경영하는 일 자체가 사마외도와 크게 다르지 않다는 것이오. 그들이 밝은 곳에서 행하는 일도 사실은 자신의 이득을 위해 타인에게 몹쓸 짓을 하는 경우가 대부분이오. 마천이 물러간 후 구천맹이 행한 일들이 과연 강호의 정의에 어울리는 일이오?"

"그, 그건 마천의 그림자를 제거하기 위해선 어쩔 수 없이……."

마천이 몰락한 후 구천맹은 마천과 인연이 있는 강호의 문파는 철저히 척결했다. 그 인연이 그저 바람결에 옷깃 스치는 정도의 인연이라도 마찬가지였다.

호북의 한 문파는 마천의 마웅으로 알려진 이옥산이 하룻밤 묵어갔다는 이유만으로 멸문을 당했다. 그런 일들이 과연 마천의 잔재를 없애기 위해 행한 일이라고 할 수 있을까.

"그대도 알고 나도 알고 있는 일이오. 구천맹은 자신의 세력과 이권을 위해 마천을 핑계 삼았을 뿐이오. 그러니 그들이 백주에 한 일이 흑성이 어둠 속에서 한 일과 다르다고는 말하지 마시오."

궁비영의 말에 당목이 대답을 하지 못하고 그저 깊은 눈으로 궁비영을 바라보았다. 그러다가 불쑥 물었다.

"구천맹에 대해 원한이 있소?"

"글쎄, 원한 모르겠고, 정은 없소. 이 굴레에서 벗어날 수 있으면 좋으련만."

궁비영이 한숨을 쉬었다.

"그래서 흑성이 되려는 거요?"

"그건 또 무슨 소리요?"

궁비영이 당목을 말을 알아듣지 못하고 되물었다.

"흑성이 되는 조건으로 북산 제룡가에서 자유로워지는 약속을 받았냐는 것이오."

"그런 건 아니오만… 아니, 그게 가능하겠소? 날 흑성으로 키우려는 것은 제룡가주의 뜻이오. 그런데 기껏 흑성으로 키운 날 놓아주겠소?"

"당신은 흑성에 대해서 정말 잘 모르는구려."

당목이 답답한 표정으로 말했다.

"도대체 내가 또 뭘 모른다는 거요?"

"흑성은 수련을 마치면 구천맹 각 가문의 통제에서 벗어나오. 물론 신분은 여전히 각 가문에 속해 있지만 명을 받는 것은 가주들에게서가 아니란 말이오."

"가주에게 명을 받지 않으면 누구에게서 명을 받소?"

"그것도 모르시오?"

당목이 어이없다는 듯 물었다. 그녀로서는 흑성이 되겠다는 궁비영이 흑성에 대해 모르는 것이 너무나 많은 것이 놀라울 따름이었다.

"자세히 말 좀 해주시오. 도대체 흑성을 움직이는 사람이 누구란 말이오?"

"그야 당연히 처음 흑성이란 존재를 만들자고 제안한 오죽노지 누구겠소."

"오죽노라면 구천맹의 지낭이라는……?"

"그렇소. 흑성은 그분의 통제를 받는 것으로 알고 있소."

당목이 고개를 끄떡였다. 그러자 궁비영이 고개를 갸웃하며 중얼거렸다.

"이상하군. 아버님은 항상 가주의 명을 받고 출행하셨는데……."

"아버님이라면 혹 궁 대협의 아버님도 흑성이셨소?"

무명도에 든 인물들, 특히나 서로 그 출신 문파가 다른 사람들은 상대의 내력을 알고 있는 경우가 드물었다. 하물며 제룡가의 주류도 아니고 방계 사람인 궁비영에 대해 당목이 그 내력을 알 리 없었다.

"그렇소. 내 아버님도 전대 흑성이셨소."

"그럼 대를 이어 흑성이 되려 한단 말이오?"

당목이 조금 놀란 표정으로 되물었다.

"아버지의 길을 아들이 가는 것이 이상하오?"

오히려 궁비영이 당목의 반응에 놀라 되물었다. 그러자 당목이 고개를 저었다.

"물론 다른 일이라면 가업을 잇는 일이 이상한 것은 아니오. 그러나 흑성은 그렇지 않소. 흑성을 물려받는 경우는 내 처음 들어보는구려. 그런데 그 제안은 누구에게 받은 거요?"

"당연히 제룡가의 가주님 아니겠소?"

"제룡가주가 그대에게 흑성이 되라 했단 말이오?"

"그렇소. 그렇지 않다면 난 흑성이란 것이 구천맹에 있는 줄도 몰랐을 거요."

"기이한 일이군."

"아 또 뭐가 이상하단 말이오? 속 시원하게 말을 좀 해보시오!"

궁비영이 자신도 모르게 짜증을 냈다. 그러나 당목은 그런 궁비영의 반응에는 신경도 쓰지 않고 다시 질문을 던졌다.

"제룡가주가 그대에게 무엇을 약속했소?"

"약속? 뭐 특별한 것은……."

"그럼 그대의 부친이 제룡가주에게 요구한 것은 무엇이었다고 하오?"

다시 당목이 물었다.

"정확히는 모르지만 아마도 우리 궁가를 제룡가 사대외가의 반열에 다시 올리기를 원하셨을 것이오. 가주도 그리 말한 것 같고."

"그건 아마도 아니었을 거요."

당목이 고개를 저었다.

"그게 무슨 소리요? 본래 우리 가문의 비원은 제룡가 사대
외가로 복귀해 과거의 영화를 되살리는 것이었소. 물론 난 그
게 싫어서 집 밖으로 나돌았지만 말이오. 그러니 아버지가 사
대외가로의 복구를 원하는 것은 당연한 일 아니오?"

궁비영이 물었다. 그러자 당목이 즉시 물었다.

"만약에 그렇다면 그대는 왜 이곳에 있는 것이오?"

"그건 또 무슨……?"

"만약 그대의 부친께서 흑성으로 일하는 조건으로 제룡가
사대외가로의 복귀를 원했다면 그대는 지금 이곳이 아니라 북
산에서 제룡가 사대외가의 한자리를 차지하고 있어야 하오."

"아버지는 죽고 난 어린데 그게 가당키나 한 일이오?"

궁비영이 사정도 모르고 말한다는 듯 심드렁하게 대답했다.
그러자 당목이 심각한 표정으로 말한다.

"흑성은 그리 단순한 존재가 아니오. 목숨을 건 수련과 또한
목숨을 건 임무가 맡겨지오. 거기에는 무인으로서는 감당하기
힘든 수치와 모멸을 견뎌야 하는 임무도 있소. 정파의 명예를
안고 사는 사람들에게는 죽음보다 견디기 힘든 상황에 처할
때도 있소이다. 그러니 그 대가가 작겠소?"

"어쨌거나 돌아가신 후에 그 약속이 무슨 소용이오."

궁비영이 퉁명스럽게 말했다.

"흑성을 움직이는 오죽노의 손에는 한 권의 책자가 있다고 하오. 이름하여 혈맹록이라는 것인데……."

"피로 맺은 약속이라……. 이름 한번 거창하구려."

"그 책자에는 흑성의 수련을 완성한 사람들이 맹과 맺은 약속이 기록되어 있소. 맹을 위해 자신의 모든 것을 포기하는 대신 그 자신이 원하는 바를 맹에 요구하는 것이오. 그리고 그 거래는 흑성으로서 십 년 동안 맹을 위해 일하거나 혹은 죽음을 맞이했을 때 지켜지게 되어 있소. 당연히 죽은 이후라면 그 약속은 후대에 이어지오."

당목이 얼굴이 워낙 진지해서 궁비영 역시 그녀의 말을 함부로 흘려들을 수 없었다.

"그러니 만약 그대의 부친이 제룡가의 사대외가가 되는 것을 원했다면 그대의 가문은 지금 그 위치에 있어야 옳소. 왜냐하면 그대의 부친께서 흑성으로서 돌아가셨다면 그 약속은 그 후손에게 지켜져야 하기 때문이오. 반드시! 그것을 보증하는 자가 오죽노이기에 제룡가주라 해도 그 약속을 지키는 것을 거부할 수 없소."

"그런……."

궁비영이 당혹스런 표정을 짓는다.

"부친의 죽음으로 무엇을 받았소?"

당목이 물었다.

"은자 한 상자……."

궁비영이 말꼬리를 흐린다.

"하하! 은자 한 상자라……."

갑자기 당목이 어이없다는 듯 큰 웃음을 터뜨린다. 그리고는 궁비영에게 바싹 얼굴을 들이대며 말했다.

"이보시오, 궁 대협. 그 누구도 자신의 목숨을, 가문의 운명을 은자 한 상자에 맡기지는 않소. 물론 주릴 때는 그 또한 목숨을 걸 만한 물건이지만 그대의 가문이 그리 곤궁한 것은 아니지 않소?"

물론 그렇다. 쇠퇴하기는 했으니 그래도 북산 제룡가의 외가. 먹고사는 문제는 걱정할 바 없던 궁가이다.

궁비영이 입을 굳게 닫았다. 의혹이 샘물처럼 솟아난다. 그러나 자신의 의문을 풀어줄 사람은 이곳에, 아니, 세상에 없다. 아버지는 죽었고, 제룡가의 가주는 혈맹록에 대한 약속에 대해선 말이 없었다.

단지 죽은 궁도요가 사대외가로의 복귀를 원했다는 말은 했으나 만약 그 약속이 혈맹록에 적힌 약속이라면 지금 궁가는 사대외가가 되어 있어야 한다. 혈맹록의 약속이 지키지 않을 수 없는 것이라면 아버지 궁도요는 궁가가 사대외가가 되는 것 말고 다른 약속을 혈맹록에 기록했다는 의미다. 당목의 말대로 설마 그 약속이 은자 한 상자일 수는 없었다.

"약속을 확인해야겠구려."

"그게 좋을 것 같구려. 물론 혈맹록이 공개될지는 모르겠으나."

당목이 대답했다.

"하지만 그대의 말대로라면 또 하나의 의혹이 있소."

궁비영이 말했다.

"그게 뭐요?"

"그건 오죽노는 왜 아버님이 혈맹록에 남긴 요구에 대해 침묵하고 있느냐는 것이오."

"음, 그건 정말 그렇구려. 혈맹록에 어떤 약속이라도 남겼다면 오죽노는 반드시 그 약속을 지켜줘야 하는데… 설마 그대의 부친이 제룡가에 맹목적으로 충성을 다하는 분이어서 달리 바라는 것이 없었을 수도 있겠지만……."

"그럴 분은 아니오. 물론 제룡가의 외가로서 충실히 사셨지만 그래도 원하는 바가 없었을 리는 없소. 이 일은 나중에라도 반드시 알아봐야겠소."

전혀 뜻밖의 장소에서, 전혀 뜻밖의 사람에 의해 궁비영은 그렇게 흑성이 되어야 할 이유가 또 하나 늘어났다. 당목은 궁비영이 잠시 생각에 잠기는 것을 방해하지 않았다. 그녀로서도 궁비영의 일은 의문이 많은 일이었다. 그러다가 갑자기 궁비영이 당목에게 물었다.

"그대는 뭘 요구할 것이오?"

갑자기 질문의 화살이 자신에게로 향하자 당목이 당황해하며 고개를 저으며 말했다.

"그 일은 별로 말하고 싶지 않구려."

그녀의 대답에 궁비영은 조금 손해 보는 느낌이 들었지만 더 이상 당목의 사정을 묻지 않았다. 사실 굳이 알고 싶은 생각도 없었다. 자신의 문제만으로도 충분히 머리가 아픈 궁비영이었다.

"출도하려면 꽤 많은 시간이 남은 것 같은데 그동안 뭘 할 생각이오?"

당목이 자신의 이야기를 털어놓지 않은 것이 미안한지 조금 부드러운 목소리로 물었다. 그 말투에서 숨길 수 없는 여인의 기운이 느껴진다.

"글쎄, 뭐 달리 할 일이 있겠소? 그저 시간이나 보내는 거지. 더 이상 맹수 걱정은 할 필요 없을 테고."

무화공을 쓰게 된 이상 맹수를 걱정할 일은 없었다.

"그럼 나와 함께 그 진을 한번 살펴보지 않겠소?"

당목이 물었다.

"진이라면 숲에 있는 그것 말이오?"

"그렇소."

"음, 뭐 상관은 없으나 굳이 그 진을 살피려는 이유는 뭐요?"

"세상일에 우연은 없소. 그 진이 이 섬에 있는 이유를 알지 못하면 무척 답답할 것 같아서 말이오."

"생각보다 호기심이 많은 분이었구려."

"사람은 여유가 생기면 이것저것 호기심을 참기 어려운 법 아니겠소?"

"하하하, 하긴 그렇소. 생사의 문제에서 벗어났으니 그럴 법도 하오. 좋소이다. 그럼 내일 그리로 갑시다."

궁비영의 말에 당목이 고개를 끄덕여 대답을 대신했다.

*    *    *

우거진 숲이 하늘을 가린다. 햇빛이 들지 않으니 숲에 습기가 가득하다. 북쪽의 바위 지대와는 완전히 다른 기후다. 마치 멀리 떨어져 있는 두 지방을 동시에 여행한 듯한 느낌이다.

궁비영은 숲에 들어오는 순간부터 짜증이 나기 시작했다. 굳이 이 기이한 진을 살피기 위해 무더운 숲으로 와야 했을까 하는 생각이 들었다. 그 생각이 급기야 당목에 대한 원망으로 이어졌다. 물론 그 원망을 입 밖으로 낼 수는 없었지만 말이다.

"조심하시오. 시작이오."

문득 당목이 말했다. 궁비영이 그 말에 정신을 차리고 주위를 살폈다. 어느새 두 사람 주변에 탑처럼 쌓아놓은 돌무더기들이 보이기 시작했다. 그중 태반은 나무뿌리가 휘어 감고 있어 묘한 신비감을 준다.

"이렇게 보는 것으로 진의 내력을 알 수 있겠소?"

궁비영이 물었다.

"자세히 살피다 보면 이 돌무더기를 쌓은 자들의 내력을 알 수도 있소. 궁 대협도 한번 살펴보시구려."

"나야 뭐 진에 문외한이니……."

궁비영이 머리를 긁적이며 돌무더기 하나로 다가갔다. 그리고는 나무뿌리에 휘어 감긴 돌무더기를 살피기 시작했다. 그러나 눈길이 매서울 리 없다. 애초에 진을 모르는 사람이니 살피는 것 역시 건성일 수밖에 없었다.

그러나 당목은 달랐다. 당목은 돌무더기에서 금은보화라도 찾아내려는 듯 무척 세심하게 돌무더기를 살폈다. 어쩌면 당목이 여인이기 때문인지도 모른다.

대화는 어느 순간부터 끊겼다. 당목이 집중력이 남달라서 궁비영은 감히 그녀에게 말을 걸 엄두를 내지 못했다.

그러나 아무리 당목이 돌무더기에 집중한다 해도 수십 년, 혹은 수백 년 전에 쌓아놓은 돌무더기에서 무슨 특별한 것을 발견할 수는 없었다. 그리하여 시간이 점점 흐르자 궁비영은 참을 수 없는 지루함을 느끼기 시작했다.

그러나 당목은 돌무더기를 살핀 지 반 시진이 지나도 전혀 지루한 표정이 없었다.

'참 지독한 성격을 가지고 있군.'

궁비영이 내심 당목의 집중력에 혀를 내두르며 주변을 어슬렁거리기 시작했다. 물론 자칫 진에 휘말릴 수 있으니 당목의 곁에서 멀리 벗어날 수는 없었다.

"참 놀라운 일이야. 어떻게 돌과 나무를 늘어놓는 것으로 환영을 만들어낼 수 있는 거지?"

궁비영이 커다란 나무 밑에 올려 쌓은 돌무더기를 만지며 중얼거렸다. 진법에 어두운 그로서는 진법에 의해 나타나는 환영들이 신기할 뿐이었다.

궁비영이 무심코 눈앞에 있는 돌무더기에서 돌을 하나 들어 올렸다. 그리고는 마치 그 돌덩이에 무슨 큰 비밀이라도 있는 듯 찬찬히 돌을 들여다보다 고개를 저으며 중얼거렸다.

"그냥 평범한 돌일 뿐인데 말이야."

궁비영이 고개를 저으며 손에 들었던 돌을 본래 있던 자리에 내려놓으려 하다가 문득 고개를 갸웃했다.

"이거……?"

궁비영은 자신이 돌을 들어 올린 곳을 뚫어지게 바라봤다. 그리고는 한순간 자신도 모르게 검에 손을 대며 중얼거렸다.

"얼마 되지 않았어."

제4장
괴인

"사람이란 건가?"

당목이 중얼거렸다.

'사람이 아니면 귀신이겠수?'

궁비영이 속으로 대꾸하며 주변을 돌아봤다. 진을 이룬 바위 무더기 안쪽의 돌은 겉에 위장되어 있는 것과 달리 최근에 쌓아 올린 것이었다. 물론 돌무더기 전체가 그런 것은 아니었다. 그중 일부분의 돌무더기에서 발견된 것이다. 그건 곧 누군가가 이 진을 최근에 손봤다는 의미가 된다.

"역시 맹에서 만든 것이 아니겠소? 최근에 손을 봤다면."

궁비영이 말했다.

"그럴 가능성이 가장 크긴 하지만……."

당목은 여전히 미심쩍은 표정을 짓고 있다.

"오래전 누군가가 이곳에 진을 설치했는데 세월이 흐르며 무너진 것을 맹에서 이곳에 이관을 만들면서 복구한 것 아니 겠소? 그것이 아니라면 달리 설명할 길이 없질 않소?"

궁비영이 더 이상 고민할 필요 없다는 듯 말했다. 그러자 당목이 고개를 끄떡였다.

"하긴 그렇소."

대답은 그리하지만 당목의 얼굴에는 여전히 의구심이 사라지지 않고 있었다.

"달리 의심나는 것이 있소?"

"진이 있었다면 왜 우리에게 진에 대한 이야기를 하지 않았을까?"

당목이 혼잣말처럼 중얼거렸다.

"흐흐, 이 섬이 어디 사람 살리자고 만든 섬이오, 죽이자고 만든 섬이지?"

궁비영이 실소를 흘리며 말했다. 이번에는 당목이 대답하지 않는다. 대신 진 안쪽을 가만히 살피다가 하늘을 한 번 보고는 말했다.

"돌아갑시다. 곧 해가 지겠소."

"그럽시다."

궁비영은 벌써부터 자신들의 거처로 돌아가고 싶은 생각이었다. 이 진이 맹에서 만든 것이라면 더 이상 진을 살필 이유는 없었다. 진에 대한 신비감, 그것을 최초로 만든 자들에 대한 궁금증도 이미 사라진 지 오래였다.

궁비영이 동의하자 당목이 먼저 걸음을 옮기기 시작했다. 그러자 뒤를 이어 궁비영도 당목을 따라 돌무더기 사이를 벗어났다. 그런데 두 사람이 자리를 뜨자 돌무더기 사이에서 기이한 일이 일어나기 시작했다.

푸스스!

돌무더기 사이에서 검은 연무가 흘러나오더니 이내 한곳으로 모여 회오리를 만들기 시작했다. 연무는 점점 짙어졌다. 그러더니 한순간 검은 연무가 사람의 형체를 이루기 시작했다. 급기야 장내에 온통 검은 옷으로 몸을 감싼 괴인이 우뚝 서 있다.

연무가 만들어낸 괴인은 잠시 생각에 잠긴 듯 침묵을 지키더니 고개를 들어 궁비영과 당목이 사라진 곳을 바라봤다. 그러다가 그의 입이 열렸다.

"쉽지 않겠군. 설마 둘을 넣을 줄이야. 그를 만나는 것은 다음 기회로 미뤄야겠어."

괴인의 목소리에 아쉬움이 가득하다. 그런데 그때였다.

"아니, 그럴 필요 없소. 지금 만납시다."

파앙!

날카로운 파공음이 숲을 뚫고 다가온다. 한 줄기 검은 그림자가 돌무더기 사이를 비집고 들어와 벼락처럼 괴인에게 꽂혀들었다. 괴인이 급히 신형을 틀었다. 그러자 그가 서 있던 자리에서 검은 연기가 실처럼 피어올랐다.

땅!

검은 연기에 휘감긴 물체가 돌무더기에 부딪치며 날카로운 충돌음과 함께 땅에 떨어졌다. 궁가의 조도다.

"당신 누구요?"

궁비영이 던진 조도를 피해낸 괴인은 여전히 연무에 휩싸여 있었다. 그래서 그의 얼굴을 확인하는 것은 불가능했다. 그런 괴인 앞에 궁비영과 당목이 나타났다. 순간 검은 연무 속에서 괴인의 안광이 맹수처럼 번뜩였다. 그러자 궁비영이 나직하게 탄성을 흘렸다.

"아, 역시 그렇군. 그대의 눈빛을 본 적이 있지. 맹수들 사이에서. 그때는 그 안광의 정체를 제대로 알아보지 못했는데 이제 보니 사람의 눈빛이었어. 누구시오? 혹 맹에서 나오신 분이오?"

궁비영이 조금 거칠게 물었다. 맹에서 나온 사람이라면 이 섬의 맹수들을 움직이는 사람일 거라 생각했기 때문이다. 그러나 괴인은 대답이 없다.

"맹의 사람이 아닌가 보오."

당목이 궁비영에게 말했다. 그녀의 목소리에 경계심이 가득하다. 언제라도 괴인을 공격할 기세다.

"왜 그렇게 생각하시오?"

궁비영이 괴인을 주시하며 당목에게 물었다.

"저런 괴이한 무공을 쓰는 자가 맹에 있다는 소리는 듣지 못했소. 그리고 맹의 사람이라면 자신의 존재가 발견된 이상 정체를 밝히지 못할 이유가 없지 않소?"

"음, 그렇구려. 그렇다면 외인이라는 소린데, 이거 점점 흥미로워지는군. 도대체 구천맹이 천하를 속이며 준비한 이 섬에 어떻게 들어온 것일까? 이보시오, 이제 귀신 놀음은 그만하고 얼굴이나 봅시다."

궁비영이 검은 연무 속에 숨어 있는 괴인을 보며 말했다. 그러자 괴인이 입을 열었다 .

"물러가라. 죽이지는 않겠다."

"음, 역시 사람이군. 귀신이 아니니 다행이야. 그리고 사람인 이상 얼굴을 보고 가지 않을 수 없지. 안 그렇소?"

궁비영이 당목에게 동의를 구한다. 그러자 당목이 긴장한 표정으로 고개를 끄떡이며 궁비영에게서 이삼 장 이동했다. 협공을 하기 위한 준비다. 그때 다시 괴인의 입이 열렸다.

"애초에 이 섬의 주인은 나다. 너희가 오히려 나의 섬에 들어온 것이지. 그러니 그만 떠나라. 떠나지 않겠다면 목숨을 거두겠다."

"음, 주인이 있는 섬인 줄은 미처 몰랐구려. 그럼 처음부터 맹에서 사람이 나와 이곳에 맹수를 풀 때부터 만류하지 그랬소? 그랬다면 우리가 이렇게 만날 이유도 없었을 텐데. 일이 이렇게 되고 보니 어쨌든 당신의 얼굴을 보긴 해야겠소."

궁비영이 정색하며 말했다. 그러자 괴인이 싸늘한 목소리로 대답했다.

"사람의 인연이란 찰나의 순간에 선악의 두 길로 갈라진다.

부디 악연의 단초를 만들지 말라."

"그러게 말이오. 그러니 얼굴을 보고 서로 즐거운 인연을 만들자는 것 아니겠소?"

"예상과는 다른 성정이군."

괴인이 중얼거렸다. 그러자 궁비영이 눈을 가늘게 뜬다.

"나 말이오?"

"……."

"날 살피고 있었다고 알아들어도 되는 것이오? 그렇다면 더더욱 그냥 보낼 수 없군."

궁비영이 검을 두어 번 휘젓고는 우측으로 움직이기 시작했다. 궁비영이 움직인 만큼 당목이 따라왔고, 괴인은 그저 살짝 방향만 틀 뿐이다. 대신 괴인을 감싸고 있는 검은 연무가 더욱 짙어졌다. 그가 진기를 끌어 올리고 있음이 분명했다.

'쉽지 않군. 생각보다 훨씬 무서운 무공을 지닌 자야. 반면에 우린 두 사람이라고는 해도 당장 내력을 사용할 수 없다. 무화공이 있다고는 해도 그것은 구명절초. 이런 고수를 상대하는 것은 역부족이다. 역시 암기를 쓸 수밖에.'

궁비영이 내심 생각하며 당목을 바라봤다. 당목 역시 같은 생각을 하고 있는지 궁비영과 눈이 마주치자 가볍게 고개를 끄떡였다. 그러자 궁비영이 검을 거둬들이며 동시에 왼손으로 힘차게 두 개의 암기를 뿌려댔다.

촤악!

암기가 허공을 갈랐다. 그러자 뒤를 이어 당목 역시 두 개의 암기를 날렸다.

파앙!

네 개의 암기가 순식간에 사방을 점유하며 괴인을 향해 날아들었다. 비록 산공독으로 인해 공력을 사용할 수는 없으나 무화공으로 주변의 기운을 모아 던진 암기는 내공을 사용할 때와 크게 다름없이 날카롭다.

그런데 그렇게 회심의 공격을 가한 궁비영과 당목을 허무하게 만드는 일이 벌어졌다.

갑자기 괴인을 둘러싼 검은색 연무가 흐릿해지나 싶더니 네 개의 암기가 허공을 뚫고 지나가 반대편 돌더미에 부딪쳐 버린 것이다.

채챙!

돌과 부딪친 암기들이 비명을 내지르며 사방으로 튕겨져 나간다. 그리고 그 순간 장내에서 연무가 사라졌다. 당연히 괴인도 사라졌다. 대신 괴인의 목소리가 그가 있던 자리에 남았다.

"인연이 있다면 다시 만날 것이다. 그때는 그대의 소원대로 얼굴을 마주할 수 있을지도 모르지. 그때까지 부디 살아 있기를 바란다."

괴인의 목소리가 한순간에 사방으로 퍼져 나가 천둥처럼 울렸다. 그리하여 궁비영과 당목은 도저히 괴인이 어느 방향으로 사라졌는지 알아챌 수가 없었다.

"이게 음공이란 건가?"

궁비영이 중얼거렸다. 강호에는 소리로서 적을 공격하는 법이 있다고 알려져 있다. 그러나 실질적으로 음공을 사용하는 고수를 보았다는 사람은 거의 없었다. 그만큼 수련이 어려운 무공이란 뜻이다.

"음공은 아니오."

당목이 말했다.

"그럼 이건 대체 무슨 수법이오?"

궁비영이 물었다.

"이건 단지 자신의 위치를 숨기기 위해 환청을 만들어내는 수법일 뿐이오. 환술의 일종이라고 봐도 될 거요. 이자는 환술의 대가요."

궁비영도 괴인이 환술에 뛰어난 자라는 것은 이미 알고 있었다. 애초에 검은 연무에 몸을 숨길 수 있다는 것 자체가 절정의 환술을 지닌 자라는 의미였다.

"확실히 맹의 사람은 아닌 것 같소?"

궁비영이 물었다. 그러자 당목이 고개를 저었다.

"이젠 나도 잘 모르겠소. 그는 그리 말했지만 나중에 남긴 말을 생각해 보면……."

"음, 나중에 얼굴을 보자는 말 말이오?"

"그렇소. 그 말을 들으니 어쩌면 맹의 사람일 수도 있다는 생각이 드오. 수련이 끝난 후 보자는……."

"어쨌든 그가 누구든 간에 참 기분이 더럽군. 누군가가 날 지켜보고 있다는 것은."

"그러게 말이오."

"그렇다고 그자를 역으로 추격하기에는 너무 위험하고."

"맞소이다. 공력이 있다면 모를까, 무화공만으로 그를 제압하기는 어려울 것 같소. 오히려 우리가 위험해질 거요."

"그런 면에서 보자면 한 가지 다행인 것도 있구려."

궁비영이 말했다. 그러자 당목이 궁비영의 말을 알아듣고는 맞장구를 쳤다.

"맞소. 그가 우리를 공격하지 않았다는 것은 다행한 일이 아닐 수 없소. 만약 그가 우리를 죽이려 들었다면 지금으로썬 그를 막기 어려웠을 거요."

"제길, 얼른 돌아갑시다. 그자가 생각을 바꿔 다시 올 수도 있으니까. 뭐, 동굴에서라면 어찌 그를 막아낼 수도 있지 않겠소?"

"맞는 말이오. 갑시다."

당목이 먼저 신형을 날리며 말했다. 그러자 궁비영이 돌무더기가 군데군데 서 있는 주변을 돌아보며 중얼거렸다.

"이거 그냥 가려니 등골이 서늘해서……."

＊　　　＊　　　＊

며칠이 지나도 괴인은 더 이상 두 사람 앞에 나타나지 않았다. 물론 두 사람 역시 진이 펼쳐진 곳에는 얼씬도 하지 않았다. 그들은 맹수를 상대할 때보다 더 조심스럽게 그들에게 남은 시간을 보냈다. 그리고 드디어 약속한 그날이 왔다. 이관주 단정이 두 사람을 데리러 오기로 한 날이다.

아침부터 두 사람은 분주하게 움직였다. 들고 온 것이 별로 없으니 당연히 가지고 갈 짐 역시 없었다. 그저 작은 바랑 하나가 전부다. 그럼에도 두 사람이 바쁜 것은 당목 때문이었다.

당목이 여인이어서인지, 아니면 당가 출신이어서인지는 모르겠지만 그녀는 자신들이 머물던 곳에 그들의 흔적을 남겨두는 것을 원치 않았다.

불을 피운 흔적부터 석 달간 살기 위해 만들어두었던 잡동사니를 모두 치워 동굴을 말끔하게 정리한 후에야 떠날 준비를 마친 당목이다.

덩달아 바쁜 아침나절을 보낸 궁비영이 당목의 까다로움에 구시렁거리며 동굴을 나선 것은 그래서 정오가 거의 다 되었을 때다.

투툭투툭!

동굴을 떠날 때 어둑해지기 시작하던 하늘이 급기가 빗방울을 떨어뜨리기 시작한다. 너른 나뭇잎들이 빗물을 튕겨내며 숲을 습하게 만들었다.

"떠날 때까지 난리군."

궁비영이 비 내리는 하늘을 보며 중얼거렸다. 그러자 당목이 말했다.

"맹수들이 마중하지 않은 것만도 다행이오."

"하긴 놈들이 어디로 갔는지 통 보이질 않네. 혹 정말 그 괴인이 맹수들을 통제하는 것은 아닌지 모르겠소."

"그럴 수도 있겠지만 아무튼 이관주님을 만나면 모든 걸 확실히 알 수 있을 거요."

"이관주가 그의 정체를 모를 수도 있지 않소?"

궁비영이 반문했다. 그러자 당목이 가던 길을 멈추고 궁비영을 돌아보며 물었다.

"궁 대협은 맹에 지나친 적의를 가지고 있는 듯 보이는구려. 이관주님은 맹의 원로시오."

"글쎄올시다. 맹에 대한 적의는 모르겠고, 호감은 없소."

"그런 마음으로 흑성의 일을 할 수 있겠소? 흑성이 하는 일은 맹에 대한 절대적인 충성심이 있어야 가능한 일이오."

"난 꼭 그렇게 생각지 않소."

"충성심 없이도 사지로 뛰어들 수 있다는 것이오?"

"오죽노의 손에 혈맹록이 있는 이유가 뭐라고 생각하시오?"

궁비영이 되물었다. 그러자 당목이 한순간 당황한다. 그러다가 고개를 저으며 말했다.

"거래로 위험을 감수하는 것은 한계가 있소. 양쪽 모두가."

"그건 맞소. 양쪽 모두 배신할 가능성이 있지. 그러나 그렇게 보자면 충성심은 더 위험한 것 아니오? 왜냐하면 충성을 받는 쪽만 배신할 수 있으니까 말이오. 난 누군가에게 배신당하는 것이 싫소. 그러니 거래 관계가 좋지."

"맹이 흑성을 배신할 리 없소."

"난 권력을 가진 자들을 믿지 않소. 그래서 난 흑성이 되어서도 철저히 계산을 하고 움직일 생각이오. 아아, 그런 이야기는 그만합시다. 각자 생각이 있는 것이니."

궁비영이 손을 내저었다. 그러자 당목이 무슨 말인가를 하려다가 입을 닫고는 다시 길을 걷기 시작했다.


배가 올 곳은 섬의 서남쪽 해변이다. 궁비영과 당목이 머물렀던 북쪽 암석지대에서는 걸어서 한 시진 정도 걸린다. 물론 맹수들의 습격이 없을 때의 이야기다.

다행스럽게 두 사람이 해안에 도착했을 때는 비도 그치고 맹수의 습격도 없었다. 배는 아직 보이지 않았다.

"음, 오려면 일찍 올 일이지."

궁비영이 아직 도착하지 않은 이관주를 탓하며 구시렁거렸다. 그런 궁비영을 물끄러미 바라보던 당목이 입을 열었다.

"한 가지 물어볼 말이 있소."

"또 뭐요?"

맹에 대한 충성심이니 뭐니 하는 말이라면 대꾸하고 싶지 않은 궁비영이다. 애초에 강호란 곳이 충성심으로 살아가기에는 너무나 비정한 곳이 아닌가.

"그대는 내가 여자라는 것을 알고 있을 거요."

"음, 뭐, 물론 그렇소."

궁비영이 당황스런 표정으로 대답했다.

"그런데 왜 그동안 모른 체한 것이오?"

"만약 내가 그대를 여인으로 대했다면 우리가 이 섬에서 석 달 동안 편히 지낼 수 있었겠소? 그대를 함께 수련하는 동료로 생각하는 것이 모두에게 좋은 일이오. 덕분에 우리 둘 모두 무사히 이 섬을 나가게 되지 않았소. 설마 서운한 거요?"

궁비영이 물었다. 그러자 당목이 고개를 저었다.

"아니오. 오히려 고맙소. 덕분에 나도 무사히 이관을 통과했으니 말이오."

"서로 도운 것이니 고마울 것은 없소."

"그렇지가 않소. 그대가 날 찾아 남쪽으로 오지 않았다면 난 아마도 이 섬에서 죽었을 거요."

"후후, 나도 살고자 한 일이라고 하지 않았소."

궁비영이 웃음을 흘리며 말했다.

"그대는 그리 말해도 난 그대에게 큰 빚을 졌소. 언젠가 반드시 이 은혜를 갚겠소."

"뭐, 나야 나쁠 것은 없지만……."

궁비영이 말을 흐린다. 그로서는 손해날 일이 아니니 당목과 말씨름을 할 필요가 없었다.

"내 도움이 필요하면 언제든 말하시오."

"그러리다. 이거 아주 든든한 우군을 얻었군. 하하하! 자, 난 잠시 산보나 해야겠소."

궁비영이 조금 어색한 표정을 지으며 해안가를 어슬렁거리기 시작했다. 그러자 당목이 멀어지는 궁비영을 보며 중얼거렸다.

"웬일인지 모르겠어. 이곳을 떠나기가 아쉽다니. 이 극악한 섬을 말이야."

"젠장, 떠날 때가 돼서 불편하게 왜 저래?"

궁비영이 당목에게 등을 돌리고 걸음을 옮기며 투덜댔다. 언제부터인가 당목이 여인인 것을 잊고 지낸 궁비영이다. 처음에는 여인인 당목과 한 동굴에서 사는 것이 불편했으나 그녀가 여인의 티를 내지 않았기에 시간이 흐르면서 당목과 지내는 것이 편해진 궁비영이다.

그런데 갑자기 오늘 당목이 자신이 여인이라는 사실을 새삼스레 입에 올리자 그동안 사라졌던 어색함이 다시금 불쑥 솟아올라 궁비영을 불편하게 만들었다.

그가 서둘러 당목과 떨어져 해안가를 산책하기로 한 것도 그 불편함에서 벗어나기 위함이었다.

"아무튼 뭐 내게 빚을 졌다고 생각한다면 나쁜 건 아니지. 당문 사람이라면 쓸모가 있어."

궁비영은 애써 어색한 자신의 마음을 다잡았다. 그러면서도 왠지 자꾸 당목이 신경 쓰여 시선이 그녀에게로 향하려 했다. 궁비영이 일부러 손으로 목덜미를 잡고 먼 곳을 바라봤다. 그런데 그 순간 그의 눈이 번쩍였다.

'그다!'

궁비영의 눈에 해안가 모래사장과 숲의 경계에 그림자처럼 서 있는 괴인이 보였다.

'아직 남아 있었어!'

그동안 괴인이 출현하지 않아 궁비영과 당목은 그가 섬을 떠났을 수도 있다고 생각했다. 그런데 괴인은 여전히 섬에 남아 있었다.

"말을 걸어볼까?"

궁비영이 홀로 중얼거렸다. 만약 그가 맹의 사람이 아니라면 떠나기 전 한 번이라도 더 그와 대화를 나눠보고 싶었다. 더군다나 요 며칠간 사라졌던 내공이 돌아오고 있었으니 무공으로 겨뤄도 더 이상은 두려울 것이 없다는 생각이다.

"가보자."

궁비영이 천천히 사내를 향해 걸음을 옮겼다. 궁비영이 자신을 향해 다가오는 것을 발견하고도 사내는 그 자리에서 움직이지 않았다. 마치 궁비영을 기다리고 있는 사람 같다. 그런데 그때 불쑥 궁비영의 뒤쪽에서 당목의 목소리가 들렸다.

"그가 다시 나타났구려."

어느새 당목도 괴인을 발견한 것이다. 그런데 당목이 나타나는 순간 괴인이 순식간에 신형을 감췄다.

'기이한 일이다. 내가 다가갈 때는 움직이지 않다가…….'

내심 당황스러웠으나 그렇다고 당목을 원망할 수도 없었다.

"그자가 아직도 이곳에 있었구려."

당목이 다시 말했다. 어느새 여인의 기운이 사라진 당목이다.

"괴이한 자요, 정말."

"맹의 사람이 아니라면 위험한 자요. 우리의 존재를 알게 된 것도 그렇고."

당목이 어두운 표정으로 말했다. 그러자 궁비영이 손을 들어 바다를 가리키며 말했다.

"이제 그가 맹의 사람인지 아닌지 알게 될 것 같구려."

궁비영의 손짓에 당목이 시선을 돌렸다. 바다 저 끝에서 두 사람을 데려가기 위해 이관주 단정의 배가 오고 있었다.


"뭣? 다른 사람이 있다고?"

단정이 크게 당황한 목소리로 되물었다. 무명도에 든 이후 보아온 도주와 관주들은 하나같이 바늘 하나 들어가지 않을 정도로 냉철한 모습들이었다. 그런데 이 섬에 다른 사람이 존재한다는 것을 듣는 순간 단정은 지나치게 당황하고 있다.

'지나치군.'

궁비영이 살짝 눈살을 찌푸렸다. 사람의 본성은 위기에서 드러난다지만 단정의 모습은 궁비영에게 실망스러운 것이었다. 이관주 정도 되는 사람이라면 목에 칼이 들어와도 이성을 지킬 수 있어야 한다.

"어디인가?"

단정이 물었다.

"가보려 하십니까?"

당목의 되물었다.

"가봐야겠네."

"맹의 사람이 아니었던가요?"

당목이 다시 물었다. 물론 그 답은 이미 나와 있다. 맹의 사람이라면 이관주 단정이 이렇게까지 놀랄 일은 없다.

"이곳에 자네들 말고 맹의 사람은 없네."

단정이 단호하게 말했다. 그 모습이 마치 생사대적을 앞에 둔 사람 같다.

'내가 모르는 뭔가가 있는 건가?'

궁비영의 감정이 실망에서 의혹으로 변해갔다. 다시 생각해 보면 단정 같은 사람이 이런 반응을 보인다는 것은 단지 누군가가 이곳에 있다는 이유 때문만은 아닐 듯싶었다.

'도대체 무슨 일이 있는 건가?'

갑자기 의혹이 구름처럼 일어난다. 그리고 다시 하나의 가정이 떠오른다.

'아는 사람일까?'

어쩌면 단정이 외인의 정체를 알고 있을 것 같다는 생각이 드는 궁비영이다. 그래서 그 인물의 등장이 너무 놀라워서 단정이 이렇게 당황하고 있는 듯싶었다.

"길을 열지요."

당목이 앞서서 해안을 떠나 숲으로 들어가기 시작했다. 그러자 단정이 배를 몰고 온 사내에게 명을 내렸다.

"자네는 이곳에서 배를 지키고 있게."

"알겠습니다!"

사내가 대답하자 단정이 서둘러 당목의 뒤를 따른다. 궁비영 역시 마뜩찮은 표정이었지만 어쩔 수 없이 당목과 단정 두 사람을 따라 걸음을 옮기기 시작했다.

구구구!

어느새 푸른 하늘이 보인다. 비 내린 후의 숲이 맑은 공기를 뿜어낸다. 이곳이 맹수로 득시글대던 곳이라고는 믿을 수 없을 만큼 청량하다.

"이게 어떻게 된 일이지?"

당목이 당혹스런 표정으로 중얼거렸다. 그러자 단정이 물었다.

"무슨 일인가?"

"이곳에 진을 펼친 돌무더기가 있어야 하는데 그것이 사라졌습니다."

말을 하면서 당목의 시선이 궁비영에게로 향했다. 그러나 궁비영이라고 갑자기 돌무더기가 사라진 이유를 알 리 없었다.

"음, 분명 이곳이었나?"

"그렇습니다. 그렇지 않소?"

당목이 다시 궁비영에게 확인을 부탁한다.

"맞습니다. 이곳에 돌무더기 수십 개가 있었습니다."

궁비영이 말했다. 그러자 단정이 잠시 생각에 잠긴 듯하더니 허리를 숙이고 숲 곳곳을 살피기 시작했다. 그러다가 한순간 고개를 끄덕이며 말했다.

"자네들 말이 맞네. 이곳엔 분명 무엇인가가 있었군."

아마도 단정은 바닥에서 돌무더기의 흔적을 발견한 모양

이다.

"믿을 수 없는 일이군요. 그 많던 돌무더기를 어떻게……?"

사람 혼자서는 도저히 모두 없애기 힘든 돌무더기였다.

"이미 그 존재가 확인되었는데 왜 돌무더기를 없앤 것일까?"

궁비영이 혼잣말로 중얼거렸다. 자신의 존재를 숨기려는 것이라면 이미 늦은 일이었다. 궁비영과 당목이 그의 존재를 알고 있는데 돌무더기를 없앤다고 괴인이 없는 사람이 되는 것은 아니다.

"자신의 존재가 아니라 자신의 정체를 숨기려 했을 것이네."

뭔가를 짐작하고 있다는 듯 단정이 말했다.

"정체라면… 그럼 이관주께서 이곳의 돌무더기를 보셨다면 그의 정체를 알 수도 있었다는 것이군요?"

궁비영이 물었다.

"글쎄… 일단 돌아가세."

단정이 뭔가 말하려다 말고 서둘러 걸음을 옮기기 시작했다.

'역시 뭔가 알고 있어.'

궁비영이 내심 자신의 추측을 확신하며 단정을 따라 걷기 시작했다.


단정은 돌무더기가 있던 곳에서 해안가로 돌아가는 동안에도 계속해서 숲의 진에 관해 물었다. 그 질문에 대한 대답은 거의 모두 당목의 몫이었다. 당목은 진법에 능통하였으므로 진의 모습이나 그 변화를 설명하는 데 있어서는 궁비영에 비할 바가 아니었다.

그렇게 숲에서 거짓말처럼 사라진 진에 대해 이야기를 나누는 사이 어느새 일행은 다시 해안가로 나왔다.

"다녀오셨습니까?"

해안가에서 배를 지키고 있던 중년 사내가 몇 걸음 앞으로 나와 단정을 맞이한다.

"서둘러 돌아가세."

단정의 말에 사내가 급히 배에 올랐다. 궁비영과 당목이 단정을 따라 배에 오르자 배는 잠시도 지체하지 않고 미끄러지듯 바다를 향해 나아갔다.

궁비영은 배의 난간에서 멀어지는 섬으로 잠시 시선을 주었다. 그 순간 그의 눈에 다시 숲의 경계에 나타난 검은 인영이 들어왔다.

"저자입니다."

궁비영이 급히 말했다. 그러자 단정과 당목이 황급히 궁비영 옆으로 다가왔다. 두 사람 모두 금세 괴인을 발견했다.

"너무 멀구나."

단정이 탄식했다. 괴인의 얼굴을 확인하기에는 너무 먼 거리였다. 그러자 궁비영이 참았던 질문을 했다.

"혹 그의 정체를 짐작하고 계십니까?"

궁비영의 질문에 단정이 잠깐 당황한 표정을 짓다가 고개를 저으며 말했다.

"모르네."

"제가 오해를 했군요. 전 관주께서 그의 정체를 짐작하시는 줄 알았습니다."

"그가 누군지는 모르네. 하지만 그가 어느 곳 사람인지는 짐작이 가는군."

"어딥니까?"

당목이 조금은 무례할 정도로 급히 물었다. 그러자 단정이 한참 동안 침묵을 지키다가 입을 열었다.

"마천(魔天)."

\*　　　　\*　　　　\*

무명도주 광검 천도수가 구천맹의 본거지가 있는 구룡대산에 든 것은 궁비영이 이관의 수련을 마치고 무명도로 돌아온 지 정확히 엿새 뒤의 일이었다. 무명도와 구룡대산의 거리를 생각하면 믿을 수 없는 속도였다.

광검 천도수가 구천맹에 도착했을 때는 삼경이 지난 깊은 밤중이었는데 실질적인 맹의 수뇌 오죽노 혜간이 머무는 죽원(竹院)에는 맹의 수뇌 여럿이 모여 잠을 설치며 광검 천도수를 기다리고 있었다.

그들은 광검 천도수가 도착한 이후 잠을 잊고 밤새워 심각하게 무슨 일인가를 논의했다. 그리고 아침이 밝기 전에 광검 천도수가 두 명의 노고수와 함께 다시 맹을 떠났다.

천도수가 맹에 왔다는 것, 그리고 날이 밝기도 전에 다시 맹을 떠났다는 것을 아는 사람은 극소수에 불과했다.

*　　　　*　　　　*

"도주께서 찾으시네."

한참 오수를 즐기고 있는 궁비영의 동굴 앞에 불쑥 나타난 중년 사내가 그의 잠을 깨웠다.

"무슨 일입니까? 드디어 일관에 드는 것입니까?"

"나는 모르는 일일세."

중년 사내의 대답이 매정하다. 무명도에 들어와 있는 구천 맹 맹도들의 태도는 항상 이러했다. 그들은 자신에게 맡겨진 일 이외의 것은 보아도 눈을 감고, 들어도 입에 담지 않았다.

"가지요."

궁비영이 금세 잠을 털어버리고 자리에서 일어났다.

궁비영이 중년 사내를 따라 화곡을 벗어나는데 당목이 다른 한 명의 사내를 따라 화곡 입구로 나오고 있었다.

"오랜만이오."

궁비영이 먼저 당목에게 아는 척을 하자 당목이 눈으로 인사를 대신하고는 그녀를 데리러 온 사내에게 물었다.

"일관에 드는 겁니까?"

궁비영에 비하면 늦은 질문이다.

"가보면 알게 될 걸세."

역시 당목이 질문에도 정확한 대답을 하지 않는 중년 사내이다. 대답을 듣지 못하자 당목이 궁비영을 바라봤다. 궁비영이 어깨를 으쓱하며 자신도 도주가 부르는 이유를 알지 못한다는 표시를 한 후 걸음을 옮기기 시작했다.

"어서들 오게!"

궁비영과 당목이 무명도주 천도수의 거처로 들어서자 천도수가 반가운 표정으로 두 사람을 맞았다. 그런 천도수의 양옆에는 범상치 않은 기도를 흘려내는 남녀, 두 노인이 있다. 두 노인을 발견한 궁비영과 당목이 잠깐 멈칫했다가 천도수에게 고개를 숙여 보였다.

"부르셨습니까?"

"도주를 뵙습니다."

두 사람의 인사가 사뭇 다르다. 궁비영은 마치 거래를 하러 온 사람 같고 당목은 맹의 존장에 대한 예를 잊지 않는 모습이다.

"앉게."

천도수가 자리에 앉기를 권하자 두 사람이 천도수의 맞은편 의자에 자리를 잡고 앉았다.

"이관에서 나온 지 얼마나 되었지?"

"오늘로 보름째입니다."

당목이 대답했다.

"그래, 푹 쉬었나?"

"지루해 죽을 지경이지요."

이번에는 궁비영이 대답한다. 그 말을 들은 천도수가 한 줄기 미소를 지으며 말한다.

"음, 그럼 이제 움직일 때가 되었다는 말이군."

"일관에 드는 것입니까?"

"그렇다네."

천도수의 대답에 궁비영과 당목의 눈에 숨길 수 없는 기대와 두려움이 동시에 드러난다. 지난 세월 흑성이 되기 위해 거친 네 개의 관문 중 단 한 곳도 편한 곳이 없었다. 모두 죽음의 위험이 존재하던 관문들이고, 특히나 이관의 경우에는 둘이 힘을 모으지 않았다면 필시 죽었을 곳이다.

그러나 그 와중에 두 사람은 강해졌다. 내력이 없는 상태에서도 자신의 몸을 맹수로부터 지켜낼 만큼 그들은 무공 이상의 특별한 능력을 지니게 된 것이다. 그러니 흑성이 되기 위한 마지막 관문이 두렵기는 해도 한편으론 그들에게 어떤 힘을 줄 것인지 기대가 되기도 했다.

"사실 수련은 모두 끝났다고 봐야 하네."

천도수에게서 두 사람의 기대와는 다른 말이 흘러나왔다.

"그럼 일관문은 무엇입니까?"

당목이 물었다.

"실제로 흑성으로서 하나의 일을 해보는 것이지. 물론 처음이니 자네들을 살펴줄 사람들이 있네. 그것이 마지막 관문이고, 이 관문을 통과한다면 자네들은 금급의 흑성이 되어 다음부터는 홀로 맹에서 맡기는 일들을 처리하게 될 것이네."

천도수의 말에 궁비영의 시선이 자연스럽게 두 명의 노고수에게로 향했다. 아마도 이들이 두 사람의 첫 번째 임무 수행을 도와줄 사람일 것이다.

"소개하지. 이 두 분은 모두 맹의 무원(武院)에 속한 분들이시네. 흑성의 마지막 관문에 도전하는 자네들을 지켜보기 위해 오셨지. 인사들 하게."

천도수의 말에 궁비영이 내심 크게 놀랐다.

본래 구천맹은 일원삼기가 기둥이다. 마천과의 싸움처럼 구천맹의 모든 역량을 동원해야 할 때는 당연히 구천맹도 모두가 도검을 들고 출도하지만 보통의 경우 구천맹의 행사는 일원삼기에 속한 고수들에 의해 이뤄진다.

그중에서도 무원은 구천맹 최고의 고수들이 모여 있는 곳으로, 각파의 문주가 지목하는 열 명의 고수가 무원 소속으로 구룡대산에 나와 오죽노 혜간과 함께 천하의 대소사를 관장했다.

그런 무원의 고수들이 흑성의 수련에 동원되었으니 구천맹에서 흑성의 양성을 얼마나 중요하게 생각하는지 알 수 있는 일이다.

"난 왕풍이라 하네. 무당 사람이지."

둘 중 흑백이 잘 어우러지게 수염을 기른 자가 먼저 입을 열었다. 그러자 그의 곁에 있던 노파가 말을 잇는다.

"난 백혜라고 하네. 자넨 나에 대해 들어봤겠지?"

백혜라고 이름을 밝힌 노파가 당목에게 물었다. 그러자 당목이 백혜를 향해 고개를 숙여 보인다.

"어찌 모르겠습니까? 평소 제가 가장 존경하는 분 중 한 분이신데요. 몇 해 전 아버님과 함께 봉황문에 다녀온 적이 있지요. 당시에 백 여협님을 뵙지 못해 무척 서운했습니다."

"하하, 날 보려면 맹으로 와야지. 무원에 속한 자가 어디 자파에 머무는 것을 보았는가?"

노파가 여인답지 않게 호탕한 웃음을 터뜨린다. 그러자 당목이 머리를 잠시 조아리고는 이번에는 왕풍이라 불린 노인에게 인사를 한다.

"당목입니다. 왕 노사님의 명성은 예전부터 들었습니다. 이렇게 뵙게 되어 영광입니다."

"나도 자네가 궁금했네. 어떤 사람이기에 당문의 문주님 속을 그리 썩이나 해서 말이야."

"어, 어르신……."

당목이 당황하며 그녀답지 않게 얼굴을 붉힌다.

"하하, 농담일세, 농담이야. 자네와 같은 신분의 사람이 맹을 위해 흑성이 되려는 것은 참으로 가상한 일이지. 아마 당문주께서도 내심으로는 자랑스러워하실 걸세."

"글쎄요……."

당목이 씁쓸하게 말꼬리를 흐린다. 그러자 천도수가 얼른 궁비영을 보며 말했다.

"자네도 인사를 해야지?"

천도수의 말에 궁비영이 자리에서 일어나 두 사람에게 고개
를 숙여 보인다.

"북산에서 온 궁비영이라고 합니다."

"음, 자네가 바로 그로군."

왕풍이 아는 척을 한다.

"절 아십니까?"

궁비영이 물었다. 조금은 당돌한 모습이다. 그러자 왕풍이
웃음을 흘리며 말했다.

"하하, 그럼 내가 나와 함께 뭍으로 나갈 사람을 모르겠는
가?"

교묘히 대답을 회피하는 왕풍이다. 궁비영도 더 이상 질문
을 하지 않았다. 함께 시간을 보낼 자라면 그를 알 시간은 충
분하기 때문이다. 대신 궁비영이 천도수에게 물었다.

"저희가 해야 할 일이 무엇입니까?"

궁비영의 물음에 천도수의 표정이 순식간에 어두워진다. 그
리고는 딱딱하게 굳은 표정으로 입을 열었다.

"처음에는 멀리 변경에 나가 마적 떼나 상대하며 경험을 쌓
게 하는 것으로 하려 했네. 그러나 최근 그 계획이 변경되었
네."

"……?"

궁비영과 당목이 동시에 천도수를 바라본다. 처음 계획을

변경했다면 필시 그만큼 중요한 일이 벌어졌다는 의미다.

"자네들에게는 한 사람을 추적하는 일이 주어졌네."

"누굽니까?"

궁비영이 다시 물었다.

"자네들도 알고 있는 인물이네. 그 섬에서 본 자! 그를 추격해 제압하는 것이 자네들에게 주어진 첫 번째 임무일세."

제5장

그림자 쫓기

　이관주 단정은 그가 마천의 인물일 것이라고 했다. 그렇다면 맹의 고수들이 동원되어 주살해야 될 일이다.

　그런데 그 일을 아직 정식으로 흑성이 되지도 않은 애송이들에게 맡긴다. 도무지 이해할 수 없는 일이다. 수련의 한 방책으로 쓰기에 마천의 잔당을 추격하는 일은 지나치게 중요한 일이다.

　"추살대가 벌써 움직였을 거라 생각했는데……."

　궁비영이 중얼거렸다. 그러자 당목이 옆에서 대답했다.

　"실패했을 수도 있소."

　"물론 그럴 수도 있지만 맹의 고수들이 실패한 일을 우리에게 맡긴다면 그야말로 이상한 일이 아니오?"

궁비영이 물었다.

"흑성을 기른 이유가 바로 그것 아니겠소?"

"그 말은 마천의 마두를 추격하는 데 우리보다 나은 인물이 맹에 없다는 것이오?"

"그렇기야 하겠소? 맹에는 우리가 감히 가늠할 수 없는 무공을 지닌 고수가 여럿 있소. 그분들이라면 당연히 우리보다야 낫겠지."

"하면 그들이 나서면 될 것 아니오?"

"아마 우리 말고도 그를 추격하는 사람이 있을 거요."

당목의 말에 궁비영이 한순간 피식 웃음을 흘리며 머리를 긁적인다.

"그렇구려. 도대체 이 일을 우리에게만 맡겼을 거란 생각은 왜 한 걸까? 바보 같으니라구."

생각해 보면 창피한 일이다. 수련의 한 방책으로 이용할지언정 마천의 마두를 쫓는 일이 온전히 두 사람에게 맡겨졌을 리는 없는 것이다.

"그러나 누가 가장 먼저 그를 찾게 될지는 모르는 일이오."

"하긴 패야 까봐야 알지."

궁비영이 중얼거렸다. 당목과 같은 사람은 쓰지 않는 언사다. 당목이 살짝 눈살을 찌푸린다. 그러나 그 모습을 궁비영은 보지 못했다. 그러다가 고개를 돌려 멀찍이 떨어져 있는 맹의 두 고수 백혜와 왕풍을 보며 다시 입을 열었다.

"정말 저 두 양반은 이 일에 절대 관여치 않을 생각인 모양이오. 그를 발견하게 된 경위를 묻지 않는 것을 보니."

"도주께 듣지 않았소. 저분들은 단지 지켜볼 뿐 일에 관여치 않는다고. 오직 우리의 행보를 평할 뿐이라고 말이오. 물론 마천의 고수와 마주치면 그때는 어찌할지 모르지만……."

"머리 위에 검을 드리우고 다니는 느낌이오."

궁비영이 구시렁거렸다.

"맹의 분이니 걱정할 일은 없지 않겠소?"

"그렇기야 하지만… 그런데 이번에도 함께 움직이겠소? 도주께서는 우리 둘이 힘을 모아 그를 추격해도 된다고 하셨는데……."

일단 섬까지는 한 배를 타고 가야 하지만 이후의 일은 아직 상의하지 않은 두 사람이다.

"어쩌면 좋겠소?"

당목이 되물었다.

"좋을 대로 하시구려."

궁비영은 어느 쪽이든 상관없다고 생각했다. 당목과 함께 움직이는 것은 불편한 점도 많지만 이득이 되는 점도 많았다. 특히 당가 출신으로서 당목의 능력은 보통의 무인과는 사뭇 다른 점이 있었다.

거기에 더해 그녀와 함께 있으면 왠지 모르게 즐거운 궁비영이다.

"하면 의견이 갈릴 때까지는 함께 움직입시다."

"좋소."

궁비영이 흔쾌히 동의했다. 그의 입가에 한 줄기 미소가 생긴다. 갑자기 기분이 좋아지는 궁비영이었다.


철썩!

파도가 부서지는 소리 위에 배가 밀려들며 만들어내는 소리가 더해졌다.

쿵!

모래를 밀고 나간 배가 해안가에 박히듯 정박했다.

"젠장, 여길 다시 오는군."

궁비영이 투덜거리며 배에서 날아내렸다. 그러자 당목과 두 명의 무원고수도 함께 섬에 내려선다.

"여기서 기다리게."

배에서 내린 왕풍이 배를 몰고 온 사내에게 말하고는 궁비영과 당목을 보며 말했다.

"시작하게."

냉정한 목소리다. 어쩌면 자신들에게 도움을 기대하지 말라는 경고일지도 모른다. 궁비영은 히죽 웃음을 흘렸다. 애초에 기대도 하지 않은 일이다.

"갑시다."

궁비영이 당목에게 말하고는 먼저 숲을 향해 걸어가기 시작했다. 당목이 서둘러 궁비영의 뒤를 따랐다.

그렇게 궁비영과 당목 두 사람이 제법 멀어진 후 천천히 걸음을 옮기며 백혜가 말했다.

"소식은 없나요?"

"아직 없소이다."

"정말 그들일까요?"

"이 섬의 내력을 알고 있지 않소?"

왕풍이 한때 맹수가 득실대던 섬을 돌아보며 말했다. 지금은 맹수의 그림자도 찾을 수 없다. 그사이 맹수들을 모두 데려갔다면 구천맹에는 짐승을 다루는 데 특별한 재주를 지닌 자가 있는 것이 분명하다.

"하지만 그렇다고 그들이라고 하기에는……."

"무명도가 흑성의 수련 장소로 선택된 것은 이곳에서 최초로 흑성이 탄생했기 때문이오. 그리고 무명도를 흑성의 수련처로 만든 자들이 바로 그들이고."

"그렇기는 하지요."

"이곳은 세상의 이목에서 벗어난 곳이오. 그러니 이곳에 찾아올 사람은 오직 그들밖에 없소. 마천조차도 이곳을 발견하지는 못했소."

왕풍의 말에 백혜가 고개를 끄떡인다.

그런데 왕풍의 말이 기이하다. 무명도주나 이관주 모두 궁비영과 당목에게는 섬에 나타난 괴인이 마천의 마두일 것이라고 했다. 그런데 왕풍은 섬에 나타난 자들이 마천의 마두가 아닌 다른 사람이라고 말하고 있다.

더군다나 이들은 섬에 나타난 괴인의 진실한 정체를 어느 정도 짐작하고 있는 듯도 보였다.

"아이들에게 진실을 말해줘야 하지 않을까요?"

문득 백혜가 말했다.

"어려운 일이오."

"그래도 적을 제대로 알고 추격하는 것이……."

"저 아이들을 걱정할 필요는 없소. 놈들을 추격할 수 있는 능력이 있는가를 볼 뿐 이미 그에 대한 추살은 달리 시작되지 않았소이까?"

"그렇지요. 하지만 만약의 경우라는 것이 있으니……."

"자질을 살펴보는 것으로 족할 것이오."

왕풍의 말에 백혜가 고개를 끄떡이다가 문득 한숨을 쉬었다.

"그를 제거해야 했을까요?"

"나도 의문이기는 하오. 하지만 북산에서 원하고 오죽노가 동의했으니 어쩔 수 없는 일 아니오?"

"북산이나 오죽노나 무서운 사람들이에요."

"그래서 맹의 주인들 아니겠소."

"부디 저 아이들에게는 그런 불행이 없기를 바라야겠군요."

"그런 일은 두 번 다시 일어나지 말아야지. 갑시다."

왕풍이 걸음을 서둘렀다.


"왔다 갔군."

궁비영이 무릎을 꿇고 땅을 살피며 중얼거렸다. 그러자 당목이 대꾸했다.

"부담은 덜었소."

"후후, 그러게 말이오. 정말 단순히 시험에 지나지 않는 일이 되었으니까 말이오."

"하지만 그렇다고 앞서간 사람들이 그를 발견할 거라 확신할 순 없소. 우리에게도 기회가 있다는 말이오."

"그렇게 되면 안 되지."

궁비영이 고개를 저었다.

"그가 두려우시오?"

당목이 물었다. 그러자 궁비영이 고개를 끄떡였다.

"그렇소. 난 그가 두렵소. 내공이 회복된 지금도 과연 내가 그를 상대할 수 있을지 자신할 수가 없소."

"궁 대협이 이렇게 자신없어 하는 것은 처음 보는구려."

"두려울 때는 그걸 인정해야 목숨을 부지하는 법이오."

"하면 그를 만나면 피하시겠소?"

당목이 물었다. 그러자 궁비영이 고개를 끄떡였다.

"일단은 피하고 볼 거요. 맹에서 사람들이 나와 있는데 굳이 내가 나서서 그를 상대할 이유가 있겠소?"

"피할 수 없다면 어찌하시겠소?"

당목이 재차 물었다. 마치 궁비영의 속마음을 모두 알고 싶어 하는 것 같았다.

"그럼 그를 죽여야지."

궁비영이 단호하게 말했다.

"그가 두렵다면서 그를 죽일 수 있겠소?"

"두려운 건 두려운 거고 살려면 그를 죽여야 하지 않겠소?"

"두려움이 생기면 몸이 마음처럼 움직이지 않을 거요. 그런데 그를 상대할 수 있겠소?"

당목이 묻자 궁비영이 실실 웃음을 흘리며 말했다.

"흐흐, 이런 말은 안 하려고 했는데 사실 난 어려서부터 겁이 무척 많았소. 무가의 자손이라고 말할 수 없을 정도였지. 그래서 광이 놈이 항상 겁쟁이라고 날 놀렸단 말이오. 그 자식은 도통 겁이 없는 놈이라오. 그러던 어느 날 내가 그 녀석을 아주 흠씬 패줬소. 놈은 나보다 힘도 세고 용기도 대단하지만 그래도 내 주먹을 피할 수 없었소."

"이상한 일이구려. 어떻게 그런 일이 가능하오?"

"내게 아주 행운 같은 일이 일어났기 때문이오."

"그게 뭐요?"

"돌아가신 아버지께서 겁이 많은 내게 이런 말을 해주셨던 거요. 두려움은 누구에게나 있다. 단지 누구는 감추고, 누구는 극복하고, 누구는 순응한다고 말이오. 어떤 길을 택하느냐에 따라 사람의 운명이 달라진다고 하시더구려. 그러면서 두려움을 극복하는 법을 알려주셨소."

"어떻게 두려움을 극복하오?"

당목이 아주 진지한 표정으로 물었다. 그러자 궁비영이 대답했다.

"매 순간 두려움이 가슴을 흔들고 정신을 혼미하게 만들 때마다 죽음을 생각하라고 하셨소. 그러고 보면 독한 양반이지.

어린 아들에게 그렇게 독한 말을 하다니."

"죽음이라니, 그게 무슨 말이오?"

당목이 어리둥절한 표정으로 물었다.

"뭐, 생각보다 단순한 말이오. 두려움에 굴복하면 결국 죽게 된다는 것을 마음에 이는 모든 두려움 앞에서도 떠올리라 하시더구려. 세상에서 가장 무서운 사람은 죽지 않기 위해 싸우는 사람이라고."

"죽지 않기 위해 싸운다……."

당목이 심각한 표정으로 중얼거렸다.

"그래서 그날 광이 녀석이 나를 놀릴 때 이렇게 생각했소. 이 자식을 죽이지 않으면 내가 죽는다. 이렇게 말이오. 사실은 그런 일은 일어날 수 없는데도 말이오. 그렇게 생각하니 녀석을 두들겨 팰 수 있더구려. 없던 힘이 생기고 손발에 힘이 들어가더구려. 살기 위해서 말이오."

궁비영의 말에 당목이 고개를 갸웃한다.

"옛말에 사즉생의 각오를 하면 이루지 못할 일이 없다는 말이 있기는 하오만……."

사즉생의 마음을 먹는 것이 그리 쉬운 일은 아니다. 그것이 모든 사람에게 가능한 일도 아닌 것이다.

"뭐, 아무튼 내게는 가능했소. 그 이후에는 그것도 버릇이 되었는지 일단 무서운 마음이 들면 절박함이 생겨 오히려 손발에 힘이 모이더이다. 그렇게 난 두려움을 이겨내는 법을 익혔소. 그러니 괴인을 만나게 되면 두렵겠지만 아마도 그 두려움이 내게 큰 힘을 줄 것이오."

"좋은 부친을 두셨구려. 아마도 그분께서는 궁 대협의 심중에 두려움을 이겨내는 용기가 있다는 것을 알고 계셨을 거요. 그래서 그런 충고를 하셨을 것이고."

"그야 모르는 일이오만, 어쨌든 그자를 피할 수 없다면 한번 생사를 결할 생각은 있소. 사실 궁금하기도 하오."

"무엇이 말이오?"

"지난 수련이 내게 어떤 힘을 주었는지 말이오."

궁비영이 한줄기 미소를 흘리며 말했다.


철썩철썩!

다시 파도 소리가 들린다. 궁비영과 당목은 숲을 관통해 서쪽 해안가로 접근하고 있었다.

사람들의 발자국을 따라가는 일은 그리 어려운 일이 아니다. 그 발자국이 괴인의 것이든 혹은 그를 추격하는 구천맹 고수들의 것이든 상관없었다. 그 모든 발자국이 섬의 서쪽으로 향해 가고 있다는 것이 중요했다. 그중에는 아마도 괴인의 것도 섞여 있으리라.

괴인이 섬에 남아 있지 않은 것은 분명했다. 그동안 구천맹의 고수들이 섬을 샅샅이 뒤졌을 테니 아무리 그가 뛰어난 진법과 괴이한 환술을 지니고 있다고 해도 섬에 숨어 있을 수는 없었다.

드디어 검푸른 수평선이 눈에 들어온다. 해안이다. 다른 곳과 달리 숲이 바다와 아주 가깝게 이어져 있고, 그중에는 바다 속에서 자라 오른 나무도 보였다. 그리고 몇 군데 이리저리 부러져 나가고 엉클어진 나무도 보였다.

"싸움이 있었나?"

당목이 중얼거리며 엉클어진 숲으로 다가간다. 그러나 싸운 흔적은 아니다. 누군가가 바다로 나가기 위해 나무들을 베어 낸 흔적이었다.

"이곳에서 바다로 나갔구려."

당목이 말했다. 그러자 궁비영이 투덜거렸다.

"제길, 말해주지 않을 것은 뭐야!"

구천맹의 고수들이 괴인을 추격했다면 그가 이곳을 통해 바다로 나갔다는 것을 이미 알고 있을 것이다. 그런데 왕풍과 백혜는 그것에 대해 두 사람에게 어떤 언질도 주지 않았다. 그 때문에 두 사람은 하루 동안 섬을 동에서 서로 횡단해야 했다.

"시험이지 않소."

당목이 당연한 일이라는 듯 말했다.

"그렇기는 하지만 굳이 시작을 이 섬에서 할 필요가 있었을까 해서 말이오."

궁비영은 여전히 불만스런 표정이다.

"아무튼 이젠 그가 어디로 갔는지 추측해야 할 때요."

당목이 말했다. 그러자 궁비영이 털썩 자리에 주저앉아 한참을 곰곰이 생각하더니 입을 열었다.

"맹의 추살대라면 육지에서 그가 어디로 향했는지 이미 찾아냈을 것이오. 하지만 우리에겐 쉬운 일이 아니오. 이 바다에서 그가 어디로 갔는지 어찌 알겠소."

"그렇긴 하오."

당목 역시 궁비영 곁에 주저앉으며 말했다. 그러자 잠시 궁비영이 생각에 잠겼다가 물었다.

"만약에 말이오. 우리가 흑성으로서 어떤 인물을 추격할 때 지금과 같은 경우에 봉착하면 어찌해야 할 것 같소?"

"그야 당연히 맹에 도움을 청해야 하지 않겠소? 맹의 눈은 천하에 퍼져 있으니 해안가 근처 마을에서 그의 흔적을 찾을 수 있었을 거요. 큰 배를 준비한 자가 아니니 바다 멀리 나갔을 수는 없을 것이고."

당목이 대답했다.

"그럼 그렇게 합시다."

"무슨 소리요? 맹에 도움을 청하자는 말이오? 하지만 이 일은 우리 두 사람의 힘으로 해야 하지 않소?"

당목이 의아한 표정으로 물었다.

"우리 두 사람의 힘이란 것이 누가 직접 우리를 도와줄 수 없다는 것이지 조직을 이용하지 말라는 것은 아닐 거요. 흑성이라고 어찌 모든 일을 홀로 해결할 수 있겠소. 맹의 조직을 잘 이용하는 것도 흑성의 능력 중 하나일 것이오."

"그렇기는 한데, 그렇다면 아예 지금 그를 추격하고 있는 사람들이 어디 있는지를 묻는 것이 빠르지 않겠소?"

당목의 말에 궁비영이 미소를 지으며 고개를 젓는다.

"후후, 그건 답을 주지 않을 거요. 맹에서는 마치 우리만이 그를 추격한다는 가정하에 그에 걸맞은 정보만을 줄 거요."

"음, 맹이 제공하는 정보에 한계가 있을 거란 말이구려."

"그렇소."

"좋소, 그럼 일단 도움을 청해봅시다. 그래서 만약 그의 흔적을 발견하게 된다면 일은 쉬울 거요."

"어째서 말이오?"

궁비영이 물었다.

"쫓는 자가 하나가 아니라 여럿일 것이니 말이오. 더군다나 육지에서라면이야……."

"후후, 맹의 추살대가 남겨놓은 흔적을 쫓아도 된다는 생각이구려."

"뭐, 그러지 말라는 말은 없었으니까."

당목이 당찬 표정으로 말했다.

*　　　*　　　*

근 삼 년여 만에 밟아보는 육지다. 물론 섬에서도 땅은 밟고 살았지만 그래도 이렇게 대륙의 땅을 밟는 것은 그 느낌이 다르다.

"어디로 가야 한다고 했소?"

궁비영이 땅 냄새를 음미하며 당목에게 물었다.

"이곳에서 하룻길 거리에 있는 서중이라는 마을이오."

"그럼 갑시다. 땅 구경이야 이제 실컷 하게 될 것이고."

궁비영이 신형을 날렸다. 그러자 그의 신형이 바람처럼 어둠을 뚫기 시작했다. 그 뒤를 당목이 역시 같은 속도로 따라붙었다.


"이제 시작인가? 제대로 된 실력을 볼 수 있겠군."

왕풍이 궁비영과 당목을 보며 중얼거렸다. 그러자 백혜가 입을 열었다.

"왠지 느낌이 좋지 않아요."

"무엇이 말이오?"

"마치 호랑이가 날개를 단 느낌이랄까."

"궁비영이란 아이를 걱정하는 것이오?"

"그래요."

"허허, 청검께서 그토록 걱정이 많으신 분인 줄은 몰랐소. 그래 봐야 애송이일 뿐이오."

청검은 강호에서 백혜를 부르는 별호다. 그녀의 검초가 군더더기 없이 간결하기에 붙여진 별호이기도 하고, 또 그녀의 심성이 사심이 없다고 해서 붙여진 별호이기도 하다.

"그렇지 않지요. 흑성이 되기 위한 관문을 모두 통과한 아입니다. 더군다나 그의 아들이지요."

"너무 걱정 마시오. 그래서 우리가 온 것 아니겠소? 서둘러 갑시다. 불안하다면 더욱더 우리 눈 안에 있어야 하지 않겠소? 또 한편으로는 궁금하기도 하오. 오죽노께서 심혈을 기울여

길러낸 흑성들이 과거와 어떻게 다를까 하고 말이오."

"흑성의 뿌리야 하나인데 다른 것이 있겠어요?"

"같은 뿌리에서 자란 나무도 그 생김새가 모두 다른 법 아니겠소. 갑시다."

왕풍이 더 이상 지체할 수 없다는 듯 신형을 날렸다. 그러자 청검 백혜가 고개를 저으며 중얼거렸다.

"아무래도 이 일은 오죽노의 실수 같아. 어찌 그의 아들을⋯⋯."

백혜가 길게 한숨을 내쉬고는 왕풍의 뒤를 따르기 시작했다.


"아니, 지금 신산(神山)을 넘으려 하시우?"

주막에서 간단히 저녁 요기를 하고 일어나는 궁비영과 당목을 보며 주모가 걱정스레 물었다.

"갈 길이 바빠서 말입니다."

"아이구, 얼마나 바쁜지 모르겠지만 오늘 하루는 이곳에서 쉬어 가시구려."

"사정이 있어서 가야 합니다."

궁비영이 주섬주섬 짐을 챙기며 말했다.

"글쎄, 묵어가라니까. 내가 몇 푼 챙기자고 하는 말이 아니라오. 저 산 이름이 왜 신산인 줄 아시우?"

"왜 그렇습니까?"

궁비영이 떠날 준비를 하면서도 호기심에 되물었다.

"신산이 높지는 않아도 무척 험한 산이우. 예전에는 산적도 제법 있었소. 그런데 요 몇 년 사이에는 산적의 그림자도 볼 수 없는 산이 되었다오."

"왜요? 호랑이라도 나타났습니까?"

"호랑이가 나타났으면 오히려 산적들은 좋아하겠지. 그놈을 잡아 호피를 얻을 수 있을 테니까."

"그럼 걱정할 일이 없지 않습니까? 산적도 없고 호랑이도 없고."

밤에 산을 넘으며 걱정할 것은 오직 그 두 가지뿐이다.

"한 가지 더 있지."

주모가 손을 저으며 말했다.

"뭡니까?"

"귀신! 저 산이 이전에는 소가 누워 있는 모습이라 해서 와우산이라 불렸는데 최근 들어 신불이 나타나고 귀신에 홀린 사람이 여럿 있다 해서 신산이라 불리게 된 것이라오. 그러니 오늘은 이곳에서 쉬어 가시오."

노파의 말에 한순간 궁비영과 당목의 눈빛이 번쩍였다. 귀신이라면 그들이 쫓는 자에게 어울리는 모습이 아닌가.

"귀신을 보았다는 사람이 있습니까?"

"글쎄, 한둘이 아니라니까."

"어떤 모습이랍니까?"

궁비영이 재차 물었다.

"그야 뭐… 다들 자세히 보지는 못했지. 단지 신불이라고,

푸른 안광을 뿜어낸다고 하더라고."

"밤에는 맹수들도 그런 눈빛을 보이지요."

궁비영이 슬쩍 주모의 심기를 건드린다.

"아, 글쎄, 그게 아니라니까. 사람의 형체를 하고 있었다고
한단 말이우."

노파가 자신의 말을 믿지 않는 궁비영에게 화를 냈다. 그러
자 궁비영이 당목을 보며 말했다.

"귀신 구경을 가야겠구려."

궁비영의 말에 당목이 말없이 고개를 끄떡인다. 그러자 주
모가 혀를 찬다.

"쯧쯧, 겁 없는 사람들 같으니라구. 며칠 전에도 자네들 같
은 사람들이 있었어. 귀신 이야기를 듣더니 겁 없이 귀신을 잡
겠다고 신산으로 가더라고. 하지만 그 사람들, 아직도 신산에
서 내려오지 않았어. 필시 귀신에게 홀려 죽은 게 분명하지.
그러니 객기 부리지 말고 내일 아침에나 가시우."

주모는 진심으로 두 사람을 걱정하고 있었다. 궁비영은 그
런 주모의 마음이 고맙기는 했지만 그와 당목에게 귀신은 외
려 반가운 존재였다.

"걱정해 주셔서 고맙습니다만 저희는 귀신에 홀릴 사람들
이 아니니 걱정 마십시오. 갑시다!"

궁비영이 서둘러 자리를 털고 일어났다. 그리고는 당목과
함께 어두운 밤길 속으로 사라졌다.

과연 마을 주모의 말대로 산은 험악했다. 높은 것은 아니지만 기암절벽이 가득하고 하늘을 가린 숲도 곳곳에 펼쳐져 있었다. 자칫하면 길을 잃기 십상인 곳이었다.

"그가 누구인 것 같소?"

여러 개의 바위 사이로 난 좁은 길을 걸으며 문득 당목이 물었다.

"누구 말이오?"

"그 괴인 말이오."

"살아남은 마천의 마두라 하지 않았소?"

궁비영이 의아한 표정으로 되묻는다.

"그 말을 믿소?"

당목의 물음에 궁비영이 걸음을 멈췄다. 그리고는 당목을 돌아보며 물었다.

"그럼 그대는 그 말을 믿지 않는다는 거요?"

"이상한 점이 있어서 말이오."

"뭐가 이상하다는 거요?"

"여러 가지 의문이 있지만 그중에서도 제일 이상한 것은 그가 왜 우리를 살려두었나 하는 거요."

당목의 말에 궁비영의 얼굴색도 변한다. 사실 이 의문은 두 사람이 섬에 있을 때부터 줄곧 궁비영의 머리를 아프게 만든 의문이다. 그가 생존한 마천의 마두라면 당연히 구천맹의 숨겨진 무기로 키워지는 두 사람을 살려두지 말았어야 한다.

마천과 구천맹은 한 하늘 아래 살 수 없는 존재들이다. 그런데 그는 두 사람을 살려두었다. 물론 약간의 싸움이 있기는 했지만 지금 생각해 보면 그는 결코 설익은 무화공으로는 상대할 수 없는 고수였다.

만약 그가 두 사람을 죽이려고 했다면 충분히 죽이고도 남았을 거란 사실을 궁비영이나 당목 모두 알고 있다.

"그럼 그가 누구겠소?"

"나도 모르오. 그러나 단순히 마천의 마두라고 보기에는……."

"일단 그를 찾고 봅시다. 그러면 뭐든 알 수 있지 않겠소?"

"과연 그렇겠소?"

다시 당목이 부정적인 말을 한다.

"……?"

궁비영이 무슨 뜻이냐고 눈으로 물었다. 그러자 당목이 다시 입을 열었다.

"앞서 그를 추격한 자들이 있지 않소."

"음, 우리가 도착하기 전에 그를 죽일 거란 말이오?"

"맹에서 그의 정체를 알고도 숨기는 것이라면……."

당목이 고개를 돌려 뒤를 돌아봤다. 멀리 백혜와 왕풍의 모습이 보인다. 맹을 의심하는 자신의 말을 두 사람이 들어서는 곤란한 일이다.

"그렇다면 굳이 우리에게 그를 추격하는 일을 맡길 이유가 없지 않소? 처음 계획대로 새외로 나가 변방의 마적들이나 추살하라 하면 그뿐."

궁비영의 말에 당목이 천천히 고개를 끄떡인다.

"그렇기는 하오만⋯⋯."

"아무튼 갑시다. 일단 그를 찾는 것이 먼져요."

"그럽시다."

당목이 다부진 표정을 지어 보이고는 앞서 길을 가기 시작한다.

*　　　*　　　*

어두운 밤의 숲. 거대한 암석들이 신장(神將)처럼 늘어선 곳으로 검은 그림자들이 물이 스며들 듯 전진하고 있다. 그 움직임이 숲에 사는 맹수들보다도 은밀하고 빨라서 보통 사람의 눈으로는 도저히 발견할 수 없을 정도이다.

그런데 한순간 갑자기 그 고요와 침묵을 깨는 강렬한 비명이 터져 나왔다.

"악!"

순간 모든 움직임이 멈췄다. 암석군 사이로 파고들던 자들의 흔적이 그 자리에서 사라졌다. 아마도 전진을 멈추고 몸을 숨긴 것이 분명했다.

앞서와 다른 침묵 속에 오직 비명을 지른 자의 신음 소리만이 이어졌다. 그리고 잠시 후 누군가가 바위 위로 고개를 내밀고 소리쳤다.

"난 구천맹의 서리라 한다! 마졸은 앞으로 나서라!"

구천맹의 서리라면 강호에서 가장 유명한 고수 중 한 사람이다. 구천맹의 대소사를 관장하는 일원삼기 중 청응기의 기주가 바로 지금 어둠 속에서 소리친 인물, 서리다.

그는 무영노라는 별호를 가지고 있었는데, 그건 그가 특히 보법에 뛰어났기 때문이다. 군계일학! 그의 보법을 두고 강호에서 평하는 말이다. 보법을 장기로 사용하는 사람 중에 그를 대적할 자가 없다는 것이 강호의 평판이다.

"대접이 괜찮군. 무영노 서리라니."

문득 바위 사이에서 사람의 목소리가 들려온다. 그러나 이리저리 울리며 들려와 정확하게 그 위치를 찾기 어렵다.

"정체를 밝혀라."

"글쎄, 그대라면 짐작하고 있을 텐데?"

"마곡산의 생존자냐?"

"마곡산이라……. 물론 구천맹이 그곳에서도 천인공노할 짓을 저지르기는 했지. 그러나 구천맹의 살업이 마곡산에서만 이뤄진 것은 아니지 않은가? 마천이 물러난 후 구천맹이 일으킨 혈겁만 해도 수십 건. 그중 살아남은 사람이 어찌 없을까."

"하나 이렇게 귀기스럽게 움직일 수 있는 자는 많지 않지."

"그렇다면 그중 하나겠지."

"쥐새끼처럼 숨어 있지 말고 앞으로 나서라."

"흐흐흐, 참으로 간교한 인사가 아닌가. 어둠 속에서 일을 꾸미는 것은 바로 너희의 장기가 아니던가?"

어둠 속에서 들려오는 반박에 서리의 얼굴이 딱딱하게 굳는다. 마천과의 싸움과 그 이후 강호를 수습하는 과정에서 구천맹은 세상에 알려진 것보다 훨씬 독하고 비정한 수법들을 썼기에 서리는 괴인의 말에 반박할 수가 없었다.

"일신의 영달을 위한 것이 아니라 천하의 안위를 위해 벌인 일들이다. 어찌 마졸들의 행사와 비교할까!"

"하하하, 어린애나 구슬릴 변명. 그런 변명을 늘어놓다니 무영노 서리답지 않군그래."

"좋아, 변명이라고 해두지. 그야 어쨌거나 병기를 버리고 순순히 본 맹의 처분에 따르라. 아니면 그대가 말했듯이 이곳은 지옥으로 변할 거야."

"그 정도 각오는 하고 있으니 걱정 말도록!"

"권주는 마다하고 벌주를 받겠다면 사양할 구천맹이 아니다!"

문득 무영노 서리가 손을 들어 신호를 보냈다. 그러자 멀리 어둠에 잠긴 숲속에서 갑자기 수십 개의 가죽 주머니가 날아오르기 시작했다.

퍼퍼펔!

바위와 숲에 부딪친 가죽 주머니들이 여기저기서 터져 나간다. 그러자 갑자기 주위에 기름 냄새가 번져 올랐다.

"불!"

다시 무영노 서리의 한마디 외침이 흘러나왔다. 그러자 이번에는 불화살이 날아오른다.

화르륵!

숲에 뿌려진 기름에 떨어진 불화살들이 순식간에 거대한 화염을 일으킨다. 삽시간에 사방이 화염에 휩싸였다.

"들어가라! 모두 주살하라! 단, 몇 놈은 살려두어라! 놈들의 말을 들어봐야겠다!"

서리의 냉혹한 명이 떨어졌다. 그러자 기습에 놀라 움직임을 멈춘 구천맹의 고수들이 재차 전진하기 시작했다.

그런데 그때였다. 갑자기 후방에서 적들을 향해 불화살을 날리던 구천맹도들 사이에서 비명이 터져 나왔다.

"악!"

"조심해! 적이닷!"

동료들의 비명 소리에 앞으로 전진하려던 구천맹 고수들이 급히 뒤를 돌아봤다.

화르륵!

한순간에 숲에서 산더미 같은 불길이 일어났다. 바위 더미에서야 기름을 부어야 불이 붙지만 숲은 다르다. 더군다나 계절도 낙엽이 쌓이는 가을. 한번 일어난 불이 숲을 휩쓸기 시작했다.

그리고 그 안에서 죽어가는 사람들의 비명 소리가 처절하게 들려오기 시작했다.

"함정이다! 흩어지지 말고 한곳에 모여라!"

무영노 서리가 급히 명을 내렸다. 그러자 적을 향해 전진하던 구천맹의 고수들이 급히 서리의 곁으로 모여들었다.

그런데 그때 갑자기 바위들 틈에서 희미한 그림자들이 나타났다. 그리고 그들이 혼령들처럼 불빛 번들거리는 밤공기를 타고 움직이기 시작했다.

"악!"

"크악!"

순식간에 검은 그림자들에게 휘어 감긴 구천맹의 고수 둘이 비명을 지르며 쓰러졌다.

"유령사들이다! 과연 네놈들이었군!"

서리가 노성을 터뜨렸다. 그러면서도 그의 얼굴에 두려움이 깃든다.

"네놈들이 마곡산에서 한 일을 그대로 되돌려 주마. 오늘 이곳에서 살아 가는 자는 단 한 명도 없을 것이다."

화염에 휩싸인 바위들 틈에서 음울한 목소리가 흘러나온다.

"기주, 위험합니다. 함정입니다. 빠져나가야 합니다."

구천맹의 고수 한 명이 서리에게 다급하게 말한다. 그러자 서리가 당혹한 표정으로 중얼거렸다.

"설마 이렇게 많이 살아 있을 줄이야. 마곡산 이외의 본거지가 있었던가?"

"놈들의 행적을 알아내는 것은 나중의 일입니다."

그러자 서리가 고개를 끄덕였다.

"좋아, 활로를 뚫는다. 길은 남쪽. 계곡을 빠져나가면 놈들도 더 이상 추격하기 어려울 것이다."

"알겠습니다. 모두 남쪽으로 후퇴한다! 흩어지지 말고 퇴로를 뚫어라!"

서리에게 후퇴를 명한 자의 목소리가 화염 속에서 울려 퍼졌다.


"저게 뭔 난리냐?"

도주자와 추격자들의 흔적을 따라 신산 깊은 계곡으로 들어가던 궁비영과 당목이 걸음을 멈췄다. 계곡을 가득 메운 화마의 열기가 멀리 떨어져 있는 두 사람에게까지 느껴졌다.

"공격하는 건가, 당한 건가?"

궁비영이 고개를 갸웃하며 중얼거렸다. 사람들의 신음 소리도 간간이 들려온다.

"예감이 좋지 않소."

당목이 말했다.

"가봅시다."

"조심하시오."

당목이 궁비영에게 당부한다. 순간 궁비영은 내심 당황했다. 자신을 걱정해 주다니. 당목에게서 이런 말을 들을 줄이야 누가 알았겠는가.

"그대도 조심하시구려."

당황한 표정을 어둠 속에서 감추며 대꾸한 궁비영이 화염이 충천한 계곡 안쪽으로 달려 들어가기 시작했다. 그 뒤를 당목이 굳은 표정으로 뒤따랐다.

그런데 그때였다. 항상 두 사람과 수십 장은 떨어져서 따라오고 있던 구천맹의 고수 백혜와 왕풍이 어느새 두 사람의 뒤로 바짝 다가오더니 서둘러 두 사람을 불렀다.

"잠시 기다리게."

왕풍의 부름에 막 속도를 높이려던 궁비영과 당목이 걸음을 멈췄다.

"무슨 일입니까?"

궁비영이 물었다.

"함정에 당했네."

"그걸 어떻게……?"

"적시가 올랐네."

"적시라면……?"

이번에는 당목이 되물었다. 그러자 왕풍이 고개를 끄덕이며 말했다.

"위급한 경우가 아니라면 절대 쓰지 않을 물건이네. 아마도 심각한 상황인 것 같군."

"그럼 서둘러 가봐야 하는 것 아닌지요?"

당목이 다급한 표정으로 물었다. 그러자 왕풍과 백혜가 앞으로 나서며 말했다.

"자네들은 뒤를 따르게. 이젠 우리가 앞서겠네."

"하지만 이건 우리의……."

"됐네. 흑성 일관의 관문은 이런 것이 아니었네. 적이 한둘일 줄 알았지. 이 지경이 된 이상 이 일은 흑성의 수련과는 전혀 다른 성질의 것이 되어버렸네."

왕풍이 사뭇 긴장한 표정으로 말하고는 서둘러 앞으로 나가기 시작했다.

네 사람의 전진은 그리 오래 이어지지 않았다. 미처 이십여 장도 전진하지 못했을 때 계곡 안쪽으로부터 구천맹의 고수들이 밀려 나오는 것이 보였던 것이다.

"역시 당했군."

궁비영이 가장 뒤에서 걸음을 옮기며 중얼거렸다.

"어찌 된 일이냐?"

계곡 안쪽에서 달려 나오는 구천맹 고수들을 보며 왕풍이 물었다. 그러자 구천맹 고수들이 왕풍을 알아보고는 서둘러 안쪽의 일을 고했다.

"기습을 당했습니다."

"그렇다 한들 청웅기가 밀려났단 것이냐?"

"적의 숫자가 만만치가 않습니다."

"어떤 자들이더냐?"

"확실치는 않지만 역시 예상대로인 듯합니다."

대답을 하면서 구천맹의 고수가 슬쩍 궁비영의 얼굴을 살핀다. 기습을 한 자들의 정체를 입에 올리는 데 궁비영이 방해가 된다는 의미다.

'역시 숨기는 게 있어.'

궁비영이 내심 구천맹 고수의 행동에 의문을 품을 때 왕풍이 다시 물었다.

"무영노께선?"

"아직 안쪽에 계십니다. 후퇴를 명하시고 퇴로를 지키시는 듯합니다."

"알겠다. 너희는 화마가 미치지 않는 곳에서 기다려라. 무영노에게 갑시다."

왕풍이 백혜를 보며 말했다. 그러자 백혜가 고개를 끄덕인 후 먼저 신형을 날렸다. 그런 백혜의 뒤를 따라가려던 왕풍이 잠시 걸음을 멈추고는 궁비영과 당목에게 말했다.

"자네들도 이곳에서 기다리게."

"하지만……."

"말했듯이 이미 수련의 범주에서 벗어난 일이 되었네. 기다리게."

왕풍이 명을 내리듯 말하고는 서둘러 화마 가득한 숲으로 달려나갔다.

"어쩌면 좋겠소?"

당목이 궁비영에게 물었다. 그러자 궁비영이 지금까지와는 다른 날카로운 시선으로 계곡 안쪽을 응시하며 말했다.

"애초에 그들은 지켜만 볼 뿐 우리의 행보에 관여치 못하게 되어 있는 사람들이오."

"하면……?"

"들어가 봅시다. 괴인을 제압하는 것이 우리에게 주어진 과제 아니었소?"

"그러나……."

당목으로서는 왕풍의 말을 어기는 것이 쉬운 결정이 아니다. 그러나 궁비영은 달랐다. 맹의 존장에 대한 예의 같은 것에 구애받을 그가 아니었다.

"내키지 않으면 이곳에 남으시오. 난 가봐야겠소. 도대체 그들이 누구기에 이 사달이 났는지 말이오."

궁비영이 서둘러 신형을 날렸다. 그러자 당목이 잠시 망설이다가 이내 궁비영의 뒤를 따르기 시작했다.

제6장

유령의 피를 받은 자들

이승이 아닌 것 같았다. 지옥으로 가는 길에 혼령들의 마을을 지나는 듯한 기분이다.

그들은 실체를 드러내지 않고 연기처럼 움직였다. 그리고 그들이 나서는 순간 여지없이 구천맹 고수들이 쓰러졌다. 죽은 자와 부상을 입고 쓰러진 자가 벌써 열 명이 넘은 듯했다.

물론 그들 중에도 죽은 자가 없지는 않았다. 구천맹 청웅기의 고수들도 당대의 강호에서는 손꼽히는 고수들이다. 더군다나 청웅기주 무영노 서리는 귀신같은 보법을 지니고 있다.

그러나 한두 명의 적을 죽였다고 전세가 반전되는 것은 아니었다. 시간이 흐를수록 뒤를 막던 무영노가 위험에 빠지는 순간이 많아졌다.

그들은 사방에서 무영노 서리를 향해 달려들었다가 반격을 받으면 연기처럼 사라졌다. 땅을 타고 솟아오르기도 하고 거짓말처럼 허공에서 생겨나기도 했다.

청웅기의 고수들이 빠름에 있어서는 강호제일이라지만 그들의 움직임은 전혀 다른 차원의 것이었다.

팟!

한순간 검은 그림자가 무영노 서리의 곁을 유령처럼 스치고 지나갔다. 그러자 화염 속에서 시뻘건 선혈이 솟구쳤다.

"놈!"

무영노 서리가 노성을 터뜨리며 검을 휘둘렀다. 그러자 검은 그림자의 한 부분이 연기처럼 흩어지더니 역시 한줄기 핏줄기가 허공으로 솟구쳤다.

툭!

연무 속에서 팔 하나가 떨어졌다. 그러나 그뿐, 팔이 잘린 자는 유령처럼 사라지고 그 자리에는 아무도 남지 않았다. 대신 서리의 머리 위에 먹구름이 드리우는가 싶더니 이내 암기가 폭포수처럼 떨어져 내리기 시작했다.

"음!"

노련한 서리의 입에서 침음성이 흘러나왔다. 이 공격은 도저히 감당할 수 없을 것 같았다.

그러나 낭패감 속에서도 그는 재빨리 검을 휘둘렀다. 그러자 한순간 그의 검 주변의 공기가 일그러지는가 싶더니 반경일 장 안이 검기의 막으로 휘감겼다.

차차창!

날카로운 충돌음과 함께 서리를 향해 떨어져 내리던 암기들이 사방으로 흩어졌다.

그러나 무리해서 적의 공세를 받아내느라 서리의 안색이 창백하게 변했다. 검기를 넘어 검막을 만들어내려고 그가 끌어모은 공력이 그를 좀 더 위험한 지경에 빠뜨리고 있었다.

우려는 현실로 나타났다.

한순간 유령의 모습을 한 자가 허공에 나타났다. 그의 손에는 날카롭게 벼린 검이 들려 있었는데 그 검이 약해진 검막을 뚫고 그대로 서리의 정수리로 떨어져 내렸다.

서리가 이를 악물었다. 오늘이 있기까지 수없이 많은 사선을 넘은 서리다. 이렇게 허무하게 죽을 수는 없었다.

"놈!"

서리가 마지막 힘을 짜내 검을 휘둘렀다.

웅!

서리의 검에서 무거운 파공음이 일어나더니 번개처럼 일어난 검기가 그를 베어오는 적을 관통했다.

"욱!"

허공에 떠 있던 유령의 입에서 신음성이 흘러나왔다. 그럼에도 이내 그 흔적이 사라졌다.

"설사 유령마라 해도 감히 날 죽일 수는 없다!"

서리가 씹어뱉듯 소리쳤다. 순간 그의 뒤에서 재차 혼령 같은 그림자가 일어나더니 차가운 목소리가 흘러나왔다.

"그분이셨다면 그대는 단 일 초도 견디지 못하고 쓰러졌을 거다."

삭!

서리가 재빨리 몸을 틀었지만 그의 등에서 핏줄기가 솟구치는 것은 어쩔 수가 없었다.

"이 간악한 마졸들!"

"간악? 그렇다면 너희 구천맹이 본 문에 행한 악행은 뭐란 말이냐?"

유령의 물음에 서리가 대답을 하지 못했다. 그의 얼굴은 그저 붉게 상기될 뿐이었다.

"오늘 그대를 베는 것으로 구천맹의 위선자들에게 경고하겠다. 그자들은 이제부터 두려움 속에서 평생을 살게 될 것이다. 언제든 유령의 후예들이 자신을 찾아올 수 있음을 아는 자들의 삶이 어떠하겠느냐?"

"허황된 소리! 유령문이 감히 구천맹을 상대할 수 있을 것 같으냐? 마천의 수천 마졸도 구천맹을 이기지는 못했다!"

"크흐흐, 참으로 몰염치한 자가 아닌가? 마천이 물러난 것이 구천맹의 힘이라고 감히 말할 수 있단 말이냐?"

"유령문이 약간의 도움을 준 건 사실이다. 그러나 결국 피 흘려 싸운 것은 구천맹이다. 작은 공을 앞세워 지나친 욕심을 부린 것이 유령문이 몰락한 이유. 살아남았다면 어둠 속에 숨어 살 일이지 감히 구천맹에 대항하겠다는 것이냐?"

서리가 차갑게 꾸짖었다.

"후후후, 두고 보면 알게 될 것이다. 마천의 수천 마두보다 몇 명의 본 문 유령사가 더 무섭다는 것을. 본 문은 마천과 다르다. 해서 구천맹은 결국 와해될 것이다."

"오만하구나. 감히 마천을 능가한다고 말하다니."

"마천과 본 문은 목적이 달라. 마천은 천하를 얻기 위해 싸웠지만 본 문은 복수가 목적이지. 천하야 누구 손에 들어가든 상관이 없다는 것이다."

"놈!"

서리가 재빨리 검을 휘둘렀다. 그러나 그가 벤 것은 빈 허공이었다.

"너희는 이제 천하의 지배자가 아닌, 사신을 두려워하는 나약한 인간으로 평생을 살아야 할 것이다. 공포는 바로 오늘 그대 청웅기주의 죽음부터 시작될 것이다. 죽여랏!"

유령 같은 그림자가 명을 내렸다. 그러자 서리의 주변에 흐릿한 세 개의 인영이 나타났다. 서리의 얼굴이 딱딱하게 굳었다.

그는 이자들을 너무나 잘 알고 있었다. 살수라고는 할 수 없는, 그 이상의 능력을 지닌 자들. 천하를 지배할 수는 없지만 천하의 지배자를 벨 수 있는 자들이 이들이었다.

"오늘 날 죽일 수는 있겠지. 그러나 그것이 너희에게는 큰 실수가 될 것이다. 맹이 너희의 존재를 알았으니 이제부터 쫓기는 쪽은 바로 너희가 될 테니까."

서리가 경고했다.

"후후, 흔적 없는 유령을 어찌 쫓을까. 속임수는 한 번으로 족하고, 이제 천하는 진정한 유령의 힘을 알게 될 것이다. 베라!"

명이 떨어지자 서리의 주변을 에워싸고 있던 세 개의 인영이 그를 덮쳤다.


스슥!

사람의 형체를 하고 있다지만 손으로 잡거나 만질 수 없는 적이다. 서리가 번개처럼 검을 휘둘렀다. 그의 검에서 뻗어 나간 검기가 순식간에 세 명의 적을 쳤다.

그러나 그의 검이 자른 것은 적이 아니라 빈 허공이었다. 유령의 모습을 한 세 개의 인영이 연기처럼 변하더니 서리의 검을 피해 그의 옆으로 접근했다.

파팟!

차가운 검기 세 줄기가 서리의 다리와 허리, 그리고 머리를 베어왔다.

"홍!"

서리의 입에서 오기에 찬 비웃음이 흘러나왔다. 동시에 그의 몸도 적과 마찬가지로 흐릿하게 변했다. 그러자 그를 향하던 세 개의 검이 서로 교차하며 맨 허공을 스치고 지나갔다.

그사이 흐릿해졌던 서리의 신형이 삼 장 밖에 나타났다.

"과연 청웅기주! 문주께서 말씀하시길, 본 문의 유령사들과 보법을 견줄 수 있는 자는 천하에 그대 하나뿐이라고 했지."

"홍, 강호에 기인이사는 모래알처럼 많다. 구천맹에도 나를 능가하는 보법의 고수가 수십 명은 존재하지."

"후후후, 겸손이 지나치군."

유령 같은 자가 실소를 흘리더니 한순간 허공에서 자취를 감췄다. 그리고는 거짓말처럼 서리의 면전에 불쑥 모습을 나타냈다. 그야말로 그에게는 공간이라는 것이 존재하지 않는 듯 보였다.

"헛!"

상대의 움직임에 놀란 서리가 재빨리 뒤로 물러났다. 그러나 그의 움직임이 오히려 그를 더 큰 위험에 빠뜨렸다. 왜냐하면 그가 물러난 곳에는 이미 세 명의 적이 그를 기다리고 있었기 때문이다.

파파팟!

세 명의 유령인이 서리를 향해 재차 검을 뻗어냈다. 서리가 허공에서 몸을 틀며 급히 적의 공격을 피했지만, 미처 하나의 검을 피하지 못하고 허벅지를 길게 베였다.

이미 여러 곳에 검상을 입은 서리다. 그러나 다리에 입은 상처는 달랐다. 서리처럼 경공과 보법을 장기로 삼는 무인에게 다리의 부상이란 치명적이다.

예상대로 서리의 움직임이 눈에 띄게 느려졌다. 그러자 서리를 향해 적이 다시 덮쳐왔다. 서리에게는 절망적인 시간. 그러나 아직 서리는 죽을 운명이 아니었다.

"멈춰라, 이놈들!"

갑자기 벼락같은 노성이 터져 나오며 장내에 두 사람이 뛰어들었다. 왕풍과 백혜였다.

차앙!

서리를 향해 날아들던 검이 왕풍의 도에 밀려 뒤로 물러난다.

"횡재했군. 한 마리의 월척만 낚으려는데 다시 두 마리의 사냥감이 들어왔어. 오늘 운이 좋구나."

허공에 떠 있는 유령 사내의 입에서 득의한 목소리가 일어난다.

"과연… 과연 네놈들이었구나."

왕풍이 유령 사내를 보며 중얼거렸다.

"왕풍, 마곡산에 왔었지?"

"뿌리까지 뽑은 줄 알았는데……."

왕풍이 중얼거렸다.

"후후후, 그렇게 생각했다면 본 문을 너무 무시한 것이다. 오늘 이곳의 광경이 어떤가? 과거 마곡산의 그 모습과 비슷하지 않은가? 타오르는 불길, 죽어가는 사람들, 그리고 대지에 뿌려지는 피!"

"마졸! 정체를 밝혀라!"

"밝힌다 해도 알겠는가? 그대들이 아는 본 문의 사람은 얼마 되지 않을 텐데?"

"본 맹을 무시하지 마라! 우린 유령문에 대해선 너희가 생각하는 것 이상으로 많은 정보를 가지고 있다!"

"그런데 왜 우리를 전멸시키지 못했는가? 후후후, 설마 아랑을 베푼 것은 아닐 것이고, 결국은 능력이 없다는 말이 아닌가? 하긴 자신들이 가진 가장 강력한 무기까지 버렸으니……."

"이놈!"

왕풍이 허공에 떠 있는 유령 사내를 향해 뛰어들었다. 그러자 사내가 음산한 목소리로 입을 열었다.

"좋아, 넋두리는 필요 없겠지. 이미 한 하늘을 이고 살 수 없는 사이니까. 모두 죽여라!"

유령 사내의 명이 떨어지자 사방에서 불쑥불쑥 연무에 휘감긴 채 형체를 알아보기 힘든 자들이 나타났다. 그 숫자만 해도 이십여 명. 그들이 모습을 드러내자 장내의 분위기가 일변했다. 계곡을 태우던 불꽃도 그들의 기세에 사그라지는 듯한 모습이다.

그리고 다시 싸움이 시작되었다. 유령과 사람의 싸움이.


"저게 사람 맞수?"

궁비영이 경악스런 표정으로 물었다. 그러자 당목이 대답했다.

"그럼 귀신이겠소?"

당목의 대답이 차갑다.

"하긴 뭐 귀신일 리는 없겠지. 그런데 정말 놀랍군. 저런 움직임이라는 것은……."

궁비영이 유령처럼 움직이며 구천맹 고수들을 공격하는 자들을 보며 감탄사를 연발한다. 적에 대한 적개심보다는 놀라운 무공에 대한 탄복이 먼저인 궁비영이다.

그러나 당목은 달랐다. 그녀에겐 위급지경에 처한 맹의 고수 세 사람에 대한 걱정이 먼저였다.

"도와야 할 것 같소."

당목이 말했다.

"우리가 말이오?"

궁비영이 심드렁하게 물었다.

"위험한 자들이오."

"그래도 맹의 수뇌들인데 달가워하겠소?"

강호의 고수들이란 자신의 싸움이 타인이 관여하는 것을 극히 꺼린다.

"자존심을 내세우기에는 상황이 좋지 않소."

당목이 단호하게 말했다. 궁비영이 보아도 왕풍 등 삼 인의 사정이 좋아 보이지는 않았다. 적은 유령 같은 움직임으로 수십 년 강호를 종횡한 노고수들조차도 위기로 몰아넣고 있었다.

그중에서도 특히 청웅기주 서리는 이미 상당한 부상을 입고 있어서 언제 목숨이 끊어져도 이상할 것이 없어 보였다.

"어쩔 수 없지. 하긴, 그들을 상대하는 것이 일관의 시험이었으니."

궁비영이 허리춤에서 검을 빼 들었다.

"조심하시오."

다시 한 번 당목의 입에서 궁비영을 걱정하는 소리가 흘러나왔다. 그러자 왠지 갑자기 힘이 솟는 궁비영이다.

"그대도 조심하시오!"

궁비영이 호탕하게 말하고는 신형을 날렸다.


왕풍과 백혜의 등장으로 잠시 위기에서 벗어난 청웅기주 서리는 다시 위급한 지경에 몰려 있었다.

뒤로 물러나려 해도 적은 그를 놓아주지 않았다. 그물처럼 그를 에워싸고 숨통을 끊기 위해 계속해서 공격을 가하는 적 앞에서 서리가 할 수 있는 것은 그리 많지 않았다.

상처를 입지 않았다면 어떻게 목숨은 건질 수 있을 테지만 지금은 공력의 태반이 소실되었고 피를 너무 많이 흘려 근육도 힘을 잃었다.

"이젠 정말 끝이다."

처음부터 그를 상대하던 자가 다시 그 귀신같은 신법을 발휘하며 서리를 향해 다가들었다. 마치 안개가 아침 공기에 밀려 방 안으로 밀려드는 것 같은 모습이다.

서리가 급히 검을 들어 밀려드는 안개를 두 갈래로 베었다. 그러자 안개 무더기가 양쪽으로 갈라서더니 놀랍게도 두 개의 안개 더미가 살아 있는 사람으로 화해 서리의 양쪽에서 검을 꽂아 넣었다.

"한 놈이 아니었던가?"

서리가 탄식을 흘렸다. 한쪽은 막을 수 있어도 다른 쪽은 막을 수 없다. 지친 몸으로는 그게 한계였다.

"한 놈이라도!"

서리가 이를 악문다. 그리고는 오른쪽에서 접근하는 자는 무시하고 왼쪽에서 공격해 들어오는 자를 향해 검을 휘둘렀다.

웅!

마지막 진기를 모아 휘두른 검이었으므로 순식간에 강렬한 검기가 일어났다. 그리고는 벼락처럼 왼쪽에서 들어오는 거무스름한 인영을 베었다.

팟!

"큭!"

나직한 심음성이 흩어지는 검은 연무 속에서 일어났다. 그리고 하늘로 번지는 한 가닥 핏줄기. 서리의 얼굴에 미소가 떠오른다.

그 순간 죽음의 기운이 그의 등 뒤를 덮치는 것이 느껴졌다. 그러나 죽을 때 죽더라도 적 하나를 베었으니 허무한 죽음은 아니리라.

서리가 고개를 돌렸다. 최소한 자신을 베는 자의 얼굴은 보고 싶었다. 그런데 그 순간 흐릿하던 적의 얼굴이 명확하게 드러났다. 그리고 그 얼굴은 고통으로 일그러져 있었는데, 유령의 뒤쪽으로 처음 보는 얼굴이 나타나 있다.

"끄윽! 어, 언제……?"

유령 노릇을 하다 죽은 자의 입에서 의혹 가득한 목소리가 흘러나왔다. 자신을 등 뒤에서 찌른 자의 존재를 몰랐다는 것이 이해가 되지 않는 모습이다.

"귀신 놀음은 너희들만 할 수 있는 것이 아니니까."

서리를 공격하던 자를 벤 궁비영이 중얼거렸다. 흑성이 되기 위해 수련한 신법과 환술을 모두 동원해 적을 벤 궁비영은 자신의 몸으로 펼친 이 무공들이 정말 무서운 것임을 새삼스레 깨닫고 있었다.

유령처럼 움직이던 적이 자신이 접근하는 것을 알지 못했다. 그건 곧 흑성이 되기 위해 수련한 월천보나 천환 같은 무공들이 유령조차 속일 수 있음을 말해준다.

"누구냐?"

죽음의 문턱에서 살아남은 서리가 궁비영을 보며 물었다. 그로서는 궁비영을 처음 보는 것이기에 아직은 적아의 구분이 확실치 않은 상태였다.

"무명도에서 왔습니다."

궁비영이 대답했다. 심드렁한 답변이다. 적을 베었다는 득의함도, 피가 난무하는 혈전에 뛰어들었다는 흥분도 보이지 않는다.

"무명도! 하면?"

"두 분 어른과 함께 왔지요."

"흑성!"

"아직은 아니지요."

궁비영의 말을 서리는 금세 이해했다. 그 역시 흑성의 최종 관문에 도달한 두 명의 후기지수가 괴인들을 추격하는 것으로 시험받고 있다는 것은 알고 있었다.

"훌륭하다."

"칭찬을 듣고 있을 때는 아닌 듯합니다."

궁비영이 주위를 돌아보며 말했다. 여전히 왕풍과 백혜를 비롯한 몇몇 구천맹 고수가 괴인들을 맞아 위험한 싸움을 계속하고 있었다.

"좋아, 흑성의 힘을 보여주게."

서리가 생기를 되찾은 표정으로 말했다.

"그럼 조심하십시오."

궁비영이 가볍게 고개를 숙여 보인 후 그 자리에서 사라졌다.

궁비영의 신형은 금세 백혜를 공격하고 있는 괴인들 사이에 나타났다. 그러자 다시 괴인들이 비명이 터져 나오기 시작했다.

"욱!"

"큭!"

괴인들이 쓰러지자 어디선가 음울한 목소리가 들려왔다.

"물러나라!"

차가운 목소리가 계곡 곳곳으로 퍼져 나갔다. 절대적인 공력의 소유자라는 증거다.

목소리가 들리는 순간 괴인들이 땅으로 꺼지듯 사라졌다.

그러자 화염에 휩싸인 계곡에 기이한 정적이 찾아왔다.

수목이 불타는 소리는 여전히 요란했으나 인간의 소리가 들리지 않으니 장내가 고요했다. 인간의 소란만이 세상을 어지럽힌다는 증거일까.

"음, 물러갔는가?"

더 이상 괴인들의 공격이 없자 서리가 입을 열었다. 그의 곁으로 구천맹의 고수 넷과 왕풍, 백혜가 다가섰다. 궁비영과 당목은 그들과 조금 떨어진 곳에서 주변을 살피고 있었다.

"계곡은 여전히 위험하오. 뒤로 물러났다가 날이 밝으면 다시 들어와 봅시다."

왕풍이 말했다. 그러자 무영노 서리가 고개를 끄떡였다.

"그게 좋겠소."

"그러나 그리되면 놈들의 흔적을 놓치게 되지 않겠어요? 그들이 어떤 자들인지 잘 알고들 있지 않나요?"

백혜가 말했다. 그러자 서리가 대답했다.

"물론 그렇기는 하오. 그러나 그렇다고 지금 다시 그들을 추격할 수는 없소. 아무리 청웅기의 고수들이라 해도 이 화마 속에서는 어려운 일이오. 대신 맹에 전해 사방 백 리 안에 맹의 눈을 열어두겠소. 하면 그들이 어디로 움직이든 그 행적을 알게 될 거요. 사냥이란 급하게 하면 반드시 실패하는 법이오."

서리의 말에 백혜가 고개를 끄덕였다.

"듣고 보니 기주의 말이 옳군요. 하면 우리도 그만 계곡 밖으로 나갑시다."

"그럽시다."

왕풍이 동의하자 구천맹 사람들이 뒤를 경계하며 뒤로 물러나기 시작했다. 그러자 궁비영이 중얼거렸다.

"우린 어쩌란 거지?"

"같이 물러나야 하지 않겠소?"

당목이 대답했다.

"그랬다가는 마지막 관문은 통과하지 못한 것이 될 수도 있소."

"그게 무슨 말이오? 여기까지 와서 맹의 사람들을 구했는데……."

"우리에게 주어진 일은 맹의 사람들을 구하는 게 아니오. 그들을 찾아내는 것이지."

"그렇기는 하지만 그래도 상황이……."

당목이 말끝을 흐린다. 새삼스레 자신의 처지를 깨달은 것이다.

그들은 흑성이다. 흑성의 진퇴는 다른 무사들과 달라야 한다. 사지에 들어갈 자들이 필요해 만든 것이 흑성이다. 그러니 지금 그들은 후퇴가 아니라 전진해 괴인들을 쫓아야 한다.

그런데 그때 물러가던 왕풍의 목소리가 두 사람의 귀에 들려왔다.

"뭣들 하는가, 서두르지 않고?"

왕풍의 말에 두 사람이 서로를 바라본다. 그러다 궁비영이 어깨를 으쓱하며 말했다.

"뭐, 시험관이 물러나라고 한다면야……."

기실 지금 괴인들을 쫓는 것이 그리 달가울 리 없는 궁비영이다. 목숨을 걸어야 하는 일임을 직감적으로 느끼고 있기 때문이다.

"돌아갑시다."

당목도 기다렸다는 듯 말했다. 두 사람이 서둘러 구천맹 고수들의 뒤를 따르기 시작했다.

구천맹의 고수들은 신산 아래로 내려오는 순간 어디론가 사라졌다.

궁비영과 당목은 신산으로 들어가는 것을 말리던 주모가 있는 주막으로 돌아왔다. 그리고 그제야 두 사람은 편한 휴식을 취할 수가 있었다.

주모는 이것저것 질문을 던졌으나 두 사람은 묵묵히 주모가 말아주는 국수 한 그릇으로 요기를 하고 방으로 들어가 간밤의 피곤을 풀어내고 있었다.

그때 무원의 고수 왕풍이 찾아와 무명도주의 말을 전한다.

"무명도로 돌아오라는 전갈일세."

"땅에 나온 지 얼마나 되었다고 돌아오랍니까?"

궁비영이 마음에 들지 않는 표정으로 물었다.

"도주의 명이 그러하니 돌아가야지. 흑성 양성에 관한 권한은 모두 도주에게 있다네."

"일관문은 통과한 겁니까?"

"글쎄, 그것 역시 도주가 결정할 일일세."

"그간 저희를 살피신 분은 어르신 아닙니까?"

곁에 있던 당목이 물었다.

"어허, 이거 마치 내가 추궁을 받는 듯하군."

"무례했다면 용서하십시오."

당목이 얼른 고개를 숙여 보인다.

"아닐세, 아니야. 젊은 때는 그런 패기도 있어야지. 난 자네들의 그간 움직임만 도주께 전하면 되네. 이후의 일은 도주께서 결정하시겠지."

"알겠습니다. 뭐, 어쩔 수 없지요, 돌아가야지."

궁비영이 이번에는 순순히 왕풍의 말에 수긍했다. 그러나 그의 표정은 여전히 떨떠름해 보였다. 그런 궁비영을 보며 왕풍이 조금 부드럽게 말했다.

"나와 백 여협은 자네들에 대해 만족했다네. 사실 흑성으로 쓰기에는 아까운 재능이라 생각할 정도네. 지난밤 신산에서 맹의 고수들이 무사할 수 있었던 것도 모두 자네들 덕분이었지. 그런 사람들을 어둠 속에서 살게 하는 것이……."

"그건 저희가 스스로 원한 일이지요."

당목이 말했다.

"그렇기는 하지만……."

"흑성의 가치를 맹에서 잊지 않는다면 오히려 큰 보람이 되는 일일 것입니다."

"어찌 그 노고와 희생을 잊겠는가?"

왕풍이 말했다.

"사람의 마음이란 것이……."

궁비영이 무슨 말인가를 하려다가 입을 닫았다. 그러나 그가 하고자 하는 말을 눈치채지 못할 왕풍이 아니었다. 사람이란 믿을 수 없는 존재라는 뜻이다.

"물론 누군가를 믿는다는 것은 어려운 일이지. 맹의 어른들도 사람이니 마찬가지일 것이네. 해서 맹에서도 흑성이 되는 사람들에게 맹목적인 충성을 요구하지는 않네."

왕풍의 말에 궁비영이 그를 바라본다. 그러자 왕풍이 말을 이었다.

"단지 목숨뿐이라면 모를까, 흑성은 무인으로서의 명예까지 포기해야 하는 일이기에 맹에서도 혈맹록을 만들어 특별한 약속을 해주는 것일세."

'혈맹록이라……. 우스운 일이지. 경우 종이 쪼가리에 약속을 적었다고 그 약속이 반드시 지켜질 것이라고 누가 장담한단 말인가. 궁가는 여전히 보잘것없는 제룡가의 외가인데.'

물론 궁비영 자신은 제룡가 사대외가의 주인이 되고 싶은 욕심은 없었다. 본래 지위가 높아지면 할 일도 많아지는 법이다. 궁가가 제룡가 사대외가가 된다면 제룡가에서 궁가에 요구하는 일도 그만큼 많을 것이기 때문이다.

"언제 돌아갑니까?"

궁비영이 물었다. 잡생각은 길게 하면 할수록 손해다. 마음에 생각이 적어야 즐거운 법이니까.

"오늘 저녁에 배가 올 걸세."

"알겠습니다."

궁비영이 대답했다. 그러자 잠시 망설이던 왕풍이 다시 입을 열었다.

"그리고 청웅기주께서 괜찮다면 잠시 만나자던데 괜찮겠나?"

"저를 말입니까?"

궁비영이 되물었다.

"그렇다네. 아마도 신산에서 당신을 구해준 것에 대해 고마움을 표하고 싶은 모양이야."

"도주의 허락이 있었습니까?"

"음, 도주의 허락이 필요한 일이라고 보는가?"

"신산에서야 맹의 고수들이 위급한 지경이었으니 모습을 드러내어 도왔지만, 사실 그런 행동은 흑성으로서는 해서는 안 되는 일이었지요. 흑성의 신분으로 함부로 모습을 드러내는 일은 금지되어 있지 않습니까?"

"그렇기는 하지."

왕풍이 고개를 끄떡였다. 흑성은 철저히 어둠 속에서 움직여야 하는 사람이다. 수련을 마치고 제룡가로 돌아간다 해도 궁비영이 흑성이라는 사실을 아는 사람은 제룡가주와 수뇌 한둘뿐일 것이다.

"도주께 허락을 구할 시간은 없는데……."

왕풍이 말꼬리를 흐린다. 오늘 밤에 배가 오니 그사이 섬에 기별을 넣어 무명도주의 허락을 받을 시간은 없었다.

"그럼 다음 기회로 미루지요."

"알겠네. 흑성에 대해선 청웅기주도 잘 알고 있으니 이해할 걸세. 아무튼 그가 무척 고맙게 생각하고 있다는 것은 알아두게."

"알겠습니다."

"그럼 쉬게. 배가 오면 데리러 오겠네."

왕풍이 그 말을 남기고 객방을 떠났다. 그러자 당목이 궁비영을 보며 말했다.

"그를 알아두는 것은 나쁜 일이 아니오."

"청웅기주 말이오?"

"그렇소."

"하지만 함부로 그를 만날 수 없다는 것은 그대도 잘 알고 있지 않소."

궁비영이 말했다.

"그렇기는 하지만 이런 기회는 흔치 않소. 그는 맹과 천하의 모든 소식을 알고 있는 사람이오. 청웅기가 천하의 정보를 관장하는 곳이란 건 궁 대협도 알고 있을 것 아니오?"

"모르는 바는 아니지만……."

"다음에라도 그와 친분을 쌓을 기회가 되면 그리하시오."

"충고 고맙소이다."

궁비영이 미소를 지으며 대답했다. 그러자 당목이 뚫어지게 궁비영을 보며 말했다.

"아무튼 오늘 대협은 다시 한 번 날 놀라게 했소."

"어째서 말이오?"

당목이 되물었다.

"궁 대협의 무공, 그 무공이 나에게 두려움과 절망감을 함께 주더구려."

"두렵다고 하셨소?"

"그렇소. 나 역시 지난 몇 년간 흑성의 무공을 수련했지만 궁 대협이 오늘 보여준 그 무공들은 만약 적이었다면 난 무척 두려웠을 거요."

"그대 역시 그 모든 관문을 통과한 사람 아니오?"

"그러나 다르더구려. 궁 대협은 그 무공들이 온전히 자신의 것인 것처럼 움직였소. 반면 난 흑성의 무공보다 여전히 당가의 무공이 더 편하오. 성취의 차이도 많은 것 같고."

"과찬이오."

"그렇지가 않소. 그대는 정말 무서운 능력을 지녔소. 마치 흑성을 위해 태어난 사람 같소. 그래서… 한 가지 충고를 하고 싶소."

당목이 진지한 표정으로 말했다.

"그대의 충고라면 기쁘게 듣겠소."

"고맙소. 음, 아마도 그대의 진실한 능력을 아는 사람은 지금으로썬 나뿐일 거요. 도주나 다른 관주들, 우리를 평가하기 위해 나온 두 분도 그대의 진실한 능력은 모를 거요."

"왜 그들이 모를 거라 생각하시오?"

"하나는 선입견 때문이고, 둘은 기회 때문이오. 그분들은 여전히 우리에 대해 후기지수로서의 선입견을 가지고 있소. 그러니 아무리 뛰어난 무공을 보여주어도 그 평가가 박할 수밖에 없소."

"기회 때문이란 것은 무슨 말이오?"

궁비영이 물었다.

"그건 그분들이 그대가 전력을 다해 펼치는 무공을 볼 기회가 없었다는 뜻이오. 아마도 그대는 어제 신산에서 괴인들을 상대할 때 처음으로 자신의 능력을 온전히 드러냈을 것이오. 아니오?"

"그렇소."

그러나 궁비영은 사실 거짓말을 하고 있었다.

'아직 난 나의 모든 것을 드러내지 않았소.'

속으로는 그리 생각해도 당목에게 그렇게 말할 수는 없었다.

"어제 그곳에 청웅기주님과 다른 두 분의 노사께서 계셨지만 적을 상대하느라 그대를 눈여겨보지는 못했을 거요. 하지만 난 처음부터 그대의 움직임을 주시하고 있었소. 그러니 그분들과는 다른 기회를 가지고 있었던 것이오."

당목의 말에 궁비영은 고개를 끄덕였다.

"좋소, 그렇다고 칩시다. 그런데 그대가 나에게 하고 싶은 충고는 무엇이오?"

궁비영이 물었다. 그러자 당목이 신중한 표정으로 말했다.

"본래 주인은 자신이 쓰는 도구가 자신을 벨 정도로 날카롭지 않길 바라오."

당목의 말에 궁비영의 표정이 변했다.

"그대의 말은 지금 내 능력을 그 양반들이 알게 되면 날 경계할 거란 말이오?"

"그렇소."

그러자 궁비영이 고개를 젓는다.

"하지만 난 맹의 사람이오. 더군다나 맹에는 나를 능가하는 고수가 모래알처럼 많소. 그런데 왜 날 경계한다는 거요?"

"그건 흑성이 보통의 무사들과는 다르기 때문이오. 흑성은 맹과 혈맹록을 통해 형식적이지만 거래를 하는 사이오. 다시 말해 맹과 거리를 두고 있는 신분이란 말이오."

"어느 순간에는 통제할 수 없는 사람이 될 수도 있다는 의미요?"

"그렇소. 흑성의 역사에서 그렇게 통제력을 상실해 맹의 적으로 돌아선 사람이 몇 있다고 들었소."

"그 말을 누구에게 들었소?"

궁비영으로서는 금시초문이다. 누구도 궁비영에게 그런 이야기를 한 적이 없었다.

"아버님께 들었소."

"아버님이라면… 당가주님 말이오?"

"그렇소."

"그럼 사실이겠군."

당가주가 자신의 딸에게 거짓말을 할 리 없다. 그러니 흑성 중에 맹을 배신한 자가 있었다는 것은 사실일 터였다.

"해서 맹에서는 강호에 흑성을 내보낼 때 반드시 다른 자로 하여금 그를 감시하게 한다고 하오."

"참으로 고약한 처사로군."

"맹으로서도 어쩔 수 없는 일일 것이오. 흑성으로 오랫동안 일을 하다 보면 맹의 치부와 약점을 속속들이 알게 될 테니 말이오."

"무슨 말인지 알겠소. 하지만 우울한 충고구려."

"기분이 상하셨다면 미안하오."

"아니오. 날 위해 해주는 충고인데 기분 나쁠 것이 뭐가 있겠소? 단지 흑성으로 살아가는 것이 녹록치 않겠다 싶어 하는 말이오."

"칼바람에 밀려 사는 강호에서 녹록한 삶이 있겠소?"

당목이 희미하게 미소를 짓는다. 쓸쓸함이 묻어난다.

'이 여인은 무슨 사연일까?'

문득 당목의 내력에 대해 궁금해진다. 당가 가주의 딸이라면 비록 무가의 여인이라도 금지옥엽이다. 그런 여인이 흑성이 되려 한다면 필시 뼈아픈 내력이 있을 것이다.

그러나 아직은 그런 속 깊은 이야기를 꺼내놓을 사이가 아닌 두 사람이다.

"쉽시다, 오늘 밤에 떠나려면."

궁비영이 벌렁 자리에 드러눕는다. 당목을 여인으로 여긴다면 하기 힘든 행동이다. 당목이 그런 궁비영을 물끄러미 바라보다 벽에 등을 기대고 눈을 감았다. 그들에게 한나절의 꿀 같은 휴식이 주어졌다.

*　　　*　　　*

"너무 이른 것이 아닙니까?"

무명도주 천도수가 마의 노인에게 물었다. 바닷바람이 불어와 노인의 백발과 수수한 마의를 휘날린다. 차림은 수수하지만 거부할 수 없는 기운이 느껴진다.

"그만큼 일이 급박하오."

"그러나 단지 신산에서의 일만으로 그들이 다시 준동한다고 생각하기에는……."

"그들은 유령문의 후예요. 그들의 행사를 도주도 잘 알고 있지 않소? 만약 준비가 되어 있지 않다면 결코 그 모습을 드러내지 않았을 것이오. 더불어 우리에게 경고도 남겼지. 그러니 그들은 복수를 시작할 거요."

"하지만 마곡산이 불탄 것이 겨우 오 년 전. 그사이 그들이 세력을 회복했다고는 믿을 수가 없군요."

"우리가 실수를 했을 수도 있소."

"실수라면……?"

"그들의 본거지가 마곡산 말고 다른 곳에 있을 수도 있소."

"그러나 마곡산이 유일한 그들의 본거지란 것은 당시 흑성들의 공통된 결론이었습니다. 그 일에 투입된 흑성의 수가 몇입니까? 유령문을 상대하는 일이 아니었다면 아마 이렇게 새로 흑성을 길러낼 이유도 없었을 겁니다. 그 일로 전대 흑성들이 전멸하다시피 했으니……."

천도수가 동의하기 어렵다는 듯이 말했다. 그러자 노인이 살짝 눈살을 찌푸리며 말했다.

"물론 도주의 생각이 모두 옳소. 그러나 단 한 가지 경우엔 도주의 생각이 틀릴 수 있소."

"그게 어떤 경우입니까?"

"그들이 이미 우리의 계획을 알고 있었을 경우, 그 경우에는 오히려 우리의 눈을 속일 능력이 있는 자들 아니겠소?"

노인의 말에 천도수가 강하게 부정한다.

"그건 불가능합니다. 그 일은 투입된 흑성조차도 모르는 것이었는데……."

"사람이 하는 일에 어찌 절대란 것이 있겠소. 아무튼 일의 전후 사정이 어찌 되었든 그들의 존재가 확인되었으니 나로서는 가만있을 수가 없소."

"하지만 흑성 수련은 아직 끝난 것이 아닙니다. 이관을 통과한 사람도 얼마 되지 않는데……."

그러자 노인이 천도수에게 작은 서책을 건넨다.

"무엇입니까?"

"그동안 마천의 잔존 세력을 조사해 기록한 것이오."

"언제 이런 것을……!"

천도수가 놀란 표정을 짓는다.

"마천의 뿌리는 우리가 상상하는 것 이상으로 깊소. 궁하면 숨고 승하면 군림하지. 지금은 철저히 그 본신을 숨기고 살아가고 있어서 그들을 추격하는 일이 여간 어려운 것이 아니오."

"많은 희생이 따랐겠군요."

"안타까운 일이지만……."

노인이 말꼬리를 흐린다. 그러자 천도수가 서책을 들어 보이며 물었다.

"어찌하오리까?"

"흑성의 수련자 중 사관 이상을 통과한 자들을 여러 조로 나누어 마천의 잔당을 쫓는 일을 맡기시오. 그것이 그 어떤 수련보다도 흑성으로 완성되는 가장 빠른 방법일 것이오. 이후에 그들로 하여금 유령의 후예들을 상대하게 하겠소."

"위험한 방법이군요."

"위험한 만큼 가장 확실한 방법일 것이오. 희생은 흑성이 만들어지는 순간부터 감수해야 하는 일이었소."

"후, 알겠습니다. 그리하겠습니다."

"떠나기 전에 그들을 만나 혈맹록을 정리하겠소. 우리에게는 여전히 수련자들이지만 그 아이들에게 수련은 이제 끝난 일이 되어야 할 테니까."

그때 문득 천도수의 시선이 멀리 바닷가로 향했다. 한 척의 배가 바람을 타고 무명도로 들어오고 있었다.

"오는군요."

"궁비영이라……."

노인이 중얼거렸다.

"뛰어난 아입니다."

천도수의 말에 노인이 절레절레 고개를 흔들며 말했다.

"좋은 일은 아니오. 뛰어날수록 우리의 인연이 악연이 될 가
능성이 많으니 말이오."

제7장
오죽노 혜간

무명도로 돌아오자 드디어 중광을 만날 수 있었다. 중광은
화곡에 머물고 있었다.

중광만이 아니었다. 그동안 혹성이 되기 위해 오관에 흩어
져 있던 구천맹의 모든 후기지수가 화곡에 머물고 있었다.

"어딜 갔다 온 거야?"

"밖에."

"밖에? 뭍에 갔었단 말이냐?"

중광이 놀란 표정으로 물었다. 궁비영이 대답 없이 고개를
끄떡였다.

"나가서 뭘 했는데?"

"듣지 못한 거냐?"

"무슨 소리야?"

중광이 되묻는다. 아마도 무명도주와 관주들이 흑성 수련의 마지막 일관문에 대해서 수련자들에게 말하지 않은 모양이었다.

궁비영이 간단하게 흑성 수련의 마지막 일관문과 자신이 뭍에서 겪은 일들을 중광에게 말해줬다. 그러자 중광의 표정이 심각해졌다.

"그러니까 구천맹의 고수들을 함정에 빠뜨린 자들이 있었다는 거지? 그들을 발견하게 된 것은 네가 이관 수련을 위해 들어갔던 무인도에서이고."

"그래."

"그들이 마천의 잔당이라구?"

"도주와 관주들은 그렇게 말했는데… 지금 생각해 보면 이상한 점이 제법 많아."

"왜?"

"청웅기의 고수들이 그들을 부를 때 마천이라는 이름보다는 유령이라는 말을 많이 했어. 유령문이라고 하더라고."

"유령문이라……."

"들어봤어?"

궁비영이 중광에게 물었다. 그러자 중광이 고개를 젓는다.

"처음 듣는 문파인데."

"음, 아무튼 무서운 자들이었어. 청웅기주의 목이 떨어질 뻔했으니까. 흐흐, 내 덕에 살았지."

궁비영이 거드름을 피우며 말했다. 확실히 다른 사람들과 있을 때와 중광과 있을 때의 행동이 많이 다른 궁비영이다.

"잘난 척은. 망할 놈."

중광이 궁비영을 흘겨보며 욕지거리를 내뱉는다.

"넌 어때? 이관까지 마친 거야?"

"뭐, 아주 끝낸 것은 아니라고 할 수 있지. 본래 이관은 공력 없이 백 일간 무인도에서 맹수들을 상대하는 거잖아?"

"그렇지."

"그런데 한 달 만에 날 데리러 왔더라고. 수련은 끝이라고 하면서."

"수련이 끝이라고?"

"그래."

"이상한 일이군. 아직은 삼 년의 수련 기한이 제법 남아 있는데……."

"그렇게 말이야."

본래 맹에서는 흑성 수련으로 삼 년을 말했다. 그 삼 년이 끝나기까지는 아직 여섯 달 정도의 시간이 남아 있었다.

"무슨 일이 있는 걸까?"

"글쎄, 기다려 보면 알겠지."

궁비영이 고개를 갸웃하며 대답했다. 그때였다. 문득 동굴 밖에서 한줄기 목소리가 들려왔다.

"모두 나오라!"

오관주 장유자의 목소리다.

"제길, 뭐가 이리 급한 거야. 한숨 자지도 못했는데."

궁비영이 투덜거렸다.

"너희가 화곡에 입곡한 마지막 사람들이니까."

중광이 대답했다.

"우리 두 사람을 위해 쉴 수는 없다는 건가?"

"흐흐, 당연하지. 나가보자고. 무슨 소리를 하는지."

중광의 말에 궁영이 투덜대면서도 동굴 밖으로 나갔다.


동굴 밖으로 나오자 화곡의 중앙에 있는 커다란 바위 위에 여섯 명의 노인이 서 있는 것이 보인다. 무명도주 천도수와 네 명의 관주, 그리고 그동안 보지 못하던 마의 노인이다.

"저 노인네는 누구지?"

궁비영의 뒤에서 중광이 나직이 물었다.

"글쎄, 처음 보는 인물인데."

마의 노인을 살피며 궁비영이 대답했다.

"범상치가 않아 보여."

"그러게. 도주도 그를 어려워하는 것 같은데?"

"음, 맹에서 나온 자겠군."

중광이 중얼거리는데 문득 무명도주 천도수가 앞으로 나서며 입을 열었다.

"그동안 수고 많았네."

항시 수련자들에게도 예의를 잃지 않는 천도수다. 하지만 사람들은 알고 있다. 그의 부드러운 말 속에 누구보다 독하고 강한 심성이 존재한다는 것을.

"오늘로 수련은 끝이다."

순간 화곡 곳곳에서 웅성거리는 소리가 났다. 아직 육 개월여의 시간이 남아 있다. 그 시간을 염두에 두고 수련의 일정을 조절해 온 사람도 있었다.

그런데 이렇게 갑자기 수련을 중지하면 금, 은, 동 삼 패로 나눠지는 흑성의 등급에서 손해를 보는 자가 생긴다. 아니, 그것보다도 불완전한 수련이 가져오는 전력 손실은 그리 간단한 문제가 아니었다.

"갑자기 수련을 중지하신다니 그게 무슨 말입니까?"

당연히 반발이 나올 수밖에 없다.

"누군가?"

무명도주 천도수가 질문을 던진 자에게 물었다. 물론 천도수는 그가 누군지 알고 있다. 그도 그럴 것이, 질문을 던진 자는 무명도에 든 흑성의 후보자 중에서는 제법 특별한 신분을 지닌 자이기 때문이다.

"백문의 풍석인입니다."

사내가 대답했다. 흑성 수련을 위해 무명도에 든 자 중에는 제법 나이가 많은 축에 속하는 자다. 그는 함께 무명도에 온 풍기욱이라는 자와 쌍둥이 형제지간이었는데 둘 모두 백문의 당대 문주 군자우의 제자였다.

제자를 흑성으로 보냈으니 군자우가 총애하는 자들은 아닐 것이나 그래도 그들의 신분은 무시할 수 없었다.

"자네였군. 그런데 자네 말은 잘못되었네."

천도수가 대답했다.

"그럼 흑성의 수련을 중지하지 않는다는 것입니까?"

"그렇지는 않네. 이제 이 무명도는 폐쇄될 걸세. 다음 대의 흑성을 위해 오랜 시간 비워지겠지."

"그건… 약속과 다른 것 아닙니까?"

"사정이 있어 그리된 것이니 이해하게. 그런데 자네는 삼관을 마쳤다지?"

"그렇습니다. 이관에 들 준비를 하고 있었지요."

"음, 아쉬운 일이기는 하군. 하지만 세상일이란 것이 가끔은 이렇게 불운한 경우도 있으니 이해를 하게. 또한 삼관을 통과한 것만으로도 은패의 흑성으로 인정될 테니 자네가 손해를 볼 일은 없을 걸세. 모두 듣게. 본래 삼 년을 계획한 수련을 여섯 달 먼저 종료하니 수련의 평가 역시 달리할 것이네. 일관을 제외하고 이관을 통과한 자는 금패, 삼관을 통과한 자는 은패, 사관을 통과한 자는 동패네. 그 외의 사람들은 각자의 가문으로 돌아가게 될 것이네."

"아!"

"역시……!"

곳곳에서 탄식이 흐른다. 아직 사관을 통과하지 못한 자가 수십은 되었으니 그들은 흑성이 될 수 없었다.

"아무튼 모두들 수고했네. 흑성으로 일할 사람이나 혹은 고향으로 돌아갈 사람이나 모두 이 무명도를 떠날 것이네. 그러니 다들 떠날 준비를 하게. 자, 이제 흑성의 자격이 부여된 사람들은 이리 내려오게. 다른 사람들은 휴식을 취하고."

천도수의 말에 다시 장내가 술렁거린다. 곳곳에서 화를 내는 소리도 들려온다. 삼 년 가까운 고련을 했건만 흑성이 되지 못한 자들의 울분이 느껴진다.

그러나 탈락한 자들의 울분보다 흑성이 된 자들의 자부심이 더 강렬하다. 사관 이상을 통과해 흑성의 자격을 부여받은 자들이 화곡의 중심부로 내려오기 시작했다.

흑성이 되기 위한 수련의 대부분은 신법이었다. 그것이 경공이든 보법이든 혹은 환술이든 상관없이 모두 몸을 쓰는 법에 집중되어 있었다. 그래서인지 화곡 중심부로 내려서는 자들의 움직임이 모두들 예사롭지 않았다. 수십 명이 움직였는데 한 사람이 움직인 것처럼 조용했다.

그들이 처음 무명도에 왔을 때와는 천양지차의 격차를 보이는 모습들이다.

"모두 모였는가?"

무명도주가 화곡 중앙에 내려선 자들을 보며 입을 열었다. 그러자 오관주 장유자가 대답했다.

"육십 명 모두 모였습니다."

아마도 사관을 통과한 자의 숫자가 모두 육십 명인 모양이다.

'생각보다 많지 않군.'

궁비영은 내심 생각했다. 구천맹 각 문파에서 고르고 고른 자들이니 그래도 어렵지 않게 사관은 통과하리라 생각한 궁비영이다. 그런데 삼 할이 넘는 숫자가 사관을 넘지 못했으니 생각보다 실망스런 결과였다.

"모두 따라오게."

사람들이 모두 모인 것을 확인한 천도수가 훌쩍 바위에서 뛰어내려 걸음으로 옮기기 시작했다.

"왜 아무 말이 없지?"

천도수를 따라 화곡을 떠나면서 중광이 중얼거렸다.

"뭘?"

"저 노인에 대해서 말이야."

중광이 턱으로 마의 노인을 가리켰다.

"곧 알게 되겠지. 네놈은 이게 탈이야. 곰같이 느린 놈이 성질만 급해서 말이야."

"젠장, 그래도 금패의 흑성이다, 망할 놈아."

"수련이 일찍 끝나 제일 덕을 본 놈 중 하나지."

"아유, 그래, 너 잘났다!"

중광이 번개처럼 궁비영의 머리를 후려쳤으나 궁비영의 신형이 어느새 그림자만 남기고 한 걸음 앞으로 가 있다. 덕분에 중광의 주먹은 허공을 갈랐다. 그러자 허공을 가른 자신의 주먹을 보며 중광이 중얼거렸다.

"저놈, 확실히 다른걸. 역시 나완 다른 건가?"


천도수는 육십 명의 흑성을 자신의 거처를 지나쳐 동쪽 해안가로 데려갔다. 그곳 역시 암석으로 가득했는데, 그중 한 곳에 제법 큰 서탁이 놓여 있고 그 앞에 십여 개의 의자가 놓여 있다. 아마도 사람의 힘으로 돌을 들어내고 서탁을 놓을 자리를 만든 것이 분명했다.

"모두 도착했는가?"

천도수가 일행의 가장 끝에 있던 사람들이 서탁 앞에 도착하자 물었다.

"모두 왔습니다."

대답하는 것은 역시 그동안 흑성 수련자들을 관리해 온 오관주 장유자다.

장유자의 대답에 천도수가 고개를 끄떡이고는 천천히 새롭게 흑성이 된 자들을 둘러보았다. 그리고 잠시 후 입을 열었다.

"모두들 그동안 고생했네. 그러나 그대들이 흑성이 된 것을 축하해 주지는 못하겠군. 그 이유는 자네들이 더 잘 알 걸세. 알다시피 흑성은 결코 화려한 이름이 아닐세. 어둠 속에서 맹을 위해 자신의 모든 것을 내려놓아야 하는 신분이지. 그래서 맹의 늙은이로서, 그리고 자네들을 흑성으로 단련시킨 사람으로서 고맙다는 말을 하고 싶네."

천도수의 말에 조금은 소란했던 장내에 갑자기 비장감이 흐른다. 마천과의 싸움은 이미 끝난 지 오래지만 그래도 흑성은 위험한 신분이다.

"흑성의 삶이 얼마나 고단한지는 이미 전대 흑성 중 살아 있는 사람이 채 다섯이 안 된다는 것으로도 알 수 있을 걸세."

'살아 있는 자가 있었어?

궁비영의 눈빛이 반짝인다. 그는 전대 흑성이 모두 죽은 줄 알고 있었다. 그런데 그중 극소수가 아직 살아 있다지 않는가. 그렇다면 아버지 궁도요의 삶에 대해 좀 더 세세하게 알 수 있는 기회가 있을지도 모른다.

"마천과의 싸움은 치열했네. 비단 흑성뿐 아니라 맹의 무사 삼 할이 죽임을 당했지."

천도수가 바다를 보며 잠시 말을 끊었다. 마천과의 싸움을 새삼스레 떠올리고 있는 모양이다. 그런데 잠시 후 천도수의 입에서 사람들을 경악시키는 말이 흘러나왔다.

"그러나 안타깝게도 마천과의 싸움은 아직 끝나지 않았네."

순간 장내가 죽음처럼 조용해졌다. 마천이 몰락하고 구천맹이 다시 천하의 주인이 된 것이 벌써 오 년이 넘었다. 그런데 마천과의 싸움이 끝나지 않았다니 사람들의 얼굴에 의혹이 생기는 것은 당연한 일이었다.

"마천의 마졸들은 시작과 끝이 없는 족속이지. 강호에 마(魔) 란 존재가 생겨난 이후 신분과 이름을 바꾸면서 그 명맥을 끊임 없이 이어왔네. 흥하면 세상을 지배하고 쇠락하면 숨어 때를 기다린다. 그것이 마천의 행보일세."

"그럼 지금도 강호에 마천의 잔당이 남아 있다는 말입니까?"

질문을 한 자는 모두가 알고 있는 소림의 해로다. 그는 사관을 끝내 금패의 흑성이 된 자다.

"그렇다네. 그들은 여전히 강호에 존재해. 물론 중원에서는 극히 일부만이 활동하지. 대부분의 마졸은 새외로 도주해 그곳에서 힘을 기르고 있다네. 그래서 새롭게 흑성이 된 자네들이 할 일 역시 전대의 흑성들과 마찬가지로 마천과 싸우는 일이 될 걸세."

사람들이 얼굴에 두려움이 떠오른다. 마천(魔天)! 이 얼마나 두려운 이름인가. 그 두려운 이름이 과거에서 되살아나 그들의 눈앞에 다가와 있다.

두려움이 장내를 휩쓸고 지나간다. 개중에는 아마도 자신이 사관을 통과해 고향으로 돌아가지 못한 것을 후회하는 자도 있을 터였다.

"그러나 너무 두려워 마시게들. 누가 뭐래도 마천은 몰락했고, 그 잔당의 힘은 과거에 비할 바가 아니니까."

천도수가 부드러운 말로 두려움 가득한 흑성들을 다독인다. 그러자 장내의 냉기가 조금 풀린다.

"아무튼 마천과의 싸움에서 흑성은 언제나 가장 앞에 서 있을 수밖에 없다네. 그래서 흑성에게는 맹에서 특별한 호의를 베풀지. 알고 있는 사람도 있을 것이고, 오늘 처음 듣는 사람도 있을 것이네. 모두 혈맹록에 대해 들어보았나?"

천도수가 물었다.

'벌써 혈맹록을 정리하겠다는 건가?'

궁비영은 내심 놀랐다. 혈맹록을 정리하겠다는 것은 흑성들을 즉시 실전에 투입하겠다는 의미다.

'섬 밖에 급박한 일이 생겼다는 의미인데…….'

어쩌면 그가 뭍에 나가 상대하던 자들 때문인지도 몰랐다. 하긴 그들이라면 충분히 흑성을 투입할 필요가 있었다.

"혈맹록은 그대들의 희생에 대한 맹의 작은 보답일세. 오늘 혈맹록에 각자가 원하는 것을 기록하게 될 것일세. 이후 흑성으로 십 년의 시간을 견뎌낸다면 그대들은 혈맹록에 기록된 그 비원을 이루게 될 것일세. 물론 임무를 수행하다 목숨을 잃어도 가능한 일이라면 지정한 후인에게 그 소망이 이어질 걸세."

"지금 바로 결정해야 합니까?"

누군가 물었다. 그러자 천도수가 대답했다.

"그렇다네. 혈맹록은 한 번 쓰이면 다시 변경할 수 없네. 그러니 신중하게들 생각하게. 그전에 한 분을 그대들에게 소개하겠네. 모두들 궁금했을 걸세. 처음 보는 어른이 있어서 말이야. 그러나 이분이 누구인지 안다면 그대들은 이분을 뵙게 된 것을 무척 큰 기쁨으로 생각할 것이네."

천도수의 말에 마의 노인이 자리에서 일어났다. 그리고는 천천히 걸음을 옮겨 천도수의 곁에 섰다.

"소개하겠네. 이분이 바로 오죽노시네."

"아!"

"오죽노!"

사람들 사이에서 탄성이 흘러나왔다. 궁비영 역시 놀란 눈으로 마의 노인을 주시했다.

오죽노 혜간!

천하제일현자라 불리며 실질적으로 구천맹을 이끌어가는 인물이다. 구천맹을 이루는 아홉 문파 수장들의 신뢰가 반석과 같으며 그의 결정이라면 누구도 반대하지 않는다는 사람이다.

마천의 공격으로 몰락 일보 직전까지 갔던 구천맹을 구원해 회심의 반격으로 다시 천하를 되찾은 자가 바로 그 오죽노 혜간이다.

"저 양반이 바로 그군."

중광이 오죽노 혜간을 존경 어린 눈빛으로 보며 중얼거렸다. 구천맹에 속한 자들, 아니, 강호 무림인들에게 오죽노 혜간은 절대적인 존경을 받는 존재였다. 그런 그가 이곳에 직접 나왔다는 것은 놀라지 않을 수 없는 일이다.

"모두 반갑소. 내가 바로 혜간이오. 그대들을 지옥불 속으로 몰아넣고 있는 사람이오."

마의 노인이 조금은 힘겨운 표정으로 말했다.

"모두가 맹을 위한 일 아닙니까. 결코 노야의 책임이 아닙니다."

무명도주 천도수가 얼른 대답했다.

"아니오, 아니오. 천하가 평화로워지려면 검은 별이 떠야 한다고 고집을 피운 사람이 바로 내가 아니오?"

"덕분에 마천을 물리치고 천하는 평화를 찾았지요."

천도수가 말했다.

"글쎄올시다. 여러 사람의 편안함을 위해 몇 사람이 희생을 해야 하는 일이 과연 옳은지 나는 아직도 잘 모르겠소."

"죽은 형제들도 대의를 위해 자신을 희생한 것을 오히려 자랑스러워할 것입니다."

"그들은 제대로 무덤도 없지."

혜간의 얼굴에서 여전히 괴로움이 사라지지 않는다.

"누구도 자신이 원하지 않으면 이 일을 하지 않습니다. 모두가 스스로 택한 길이지요."

"음, 그렇기는 하지만, 어쨌든 여러분, 그래서 난 그대들에게 최고의 보답을 하자고 맹의 수뇌들에게 요구했소. 그리고 그 동의를 얻어냈소. 여기 혈맹록이 있소. 이곳에 그대들이 원하는 것을 기록하시오. 맹이 감당할 수 있는 것이라면 무엇이든 가능하게 될 것이오."

혜간이 새롭게 흑성이 된 젊은이들을 보며 말했다. 순간 궁비영이 속으로 물었다.

'과연 그 약속은 정말 지켜지는 것이오?'

아버지 궁도요도 아마 저 혈맹록이라는 곳에 자신이 원하는 바를 기록했을 것이다. 그러나 궁비영과 궁가에는 어떤 변화도 일어나지 않았다. 오직 남은 것은 제룡가주가 준 은자 한 상자뿐. 그것이 아버지가 원한 것일까?

궁비영이 고개를 흔들었다. 아무리 무욕인 아버지라도 은자

한 상자를 원했을 리 없다. 그러니 어찌 혈맹록의 약속을 믿을
수 있겠는가.

"한 시진을 주겠소. 고민들 하고 자신이 원하는 바가 무엇인
지를 기록하시오."

혜간이 말하고는 신형을 돌려 다시 자신이 앉아 있던 곳으
로 돌아갔다.

혜간의 말은 짧았으나 장내의 젊은이들은 묘한 흥분을 느끼
고 있었다. 그들은 혜간과 구천맹이 그들을 얼마나 중요하게
생각하는지, 그리고 흑성의 임무가 끝났을 때 자신들이 원하
는 바를 이룰 수 있음을 확신하고는 스스로가 무척 대단한 존
재가 되었다는 자부심을 가지게 된 것이다.

"뭘 요구할 거냐?"

중광이 물었다. 그러자 궁비영이 고개를 저었다.

"아직은……."

"나도 뭘 써야 할지 모르겠네."

"생각을 좀 해보자. 되든 안 되든."

"못 믿겠다는 거냐? 그는 오죽노 혜간이야."

그러자 궁비영이 고개를 돌려 중광을 보며 물었다.

"우리 아버지들, 궁가와 중가의 가주들께서는 뭘 원했을 것
같냐? 그리고 그 약속이 지금 지켜졌다고 생각하냐?"

"그, 그야……."

중광이 말을 흐린다.

"내가 알기로 두 양반은 맹에서 요구하는 기간을 다 채우지

는 못했어도 흑성으로 임무를 수행하다 일을 당하셨지. 그럼 그 양반들이 원한 일들이 이뤄졌어야 한다. 그런데 궁가와 중가에 남은 건 뭐지? 겨우 은자 한 상자야."

"젠장, 듣고 보니 그러네. 가서 따져볼까? 그 양반들과 한 약속을 보여달라고."

"아서라. 괜히 쥐도 새도 모르게 죽는 수가 있어."

"설마……."

중광이 그럴 리는 없다는 듯 궁비영을 바라봤다.

"지켜지지 않은 혈맹록의 맹약이 있다는 것을 우리가 문제 삼는다면 맹에서 우릴 살려두겠냐? 어떤 핑계를 대서라도 우리 입을 막으려 할 거야."

"그렇기는 하지."

중광이 고개를 끄덕였다. 그러자 궁비영이 말했다.

"그러니까 그 문제는 묻어두고 원하는 거나 생각해 봐. 너무 거창하게 말고 말이야. 원하는 게 거창하면 아무래도 이뤄지기가 어려울 거야."

"넌 뭘 요구할 거냐?"

"글쎄… 생각해 둔 것이 있기는 한데, 과연 문제가 되지 않을지……."

"거창한 걸 원하면 안 된다며? 그런데 가능성이 불확실한 요구를 하겠다는 거야?"

중광이 의아한 표정으로 물었다.

"어찌 보면 아무것도 아닌 요구거든. 지금이라도 들어줄 수 있는. 그런데 또 달리 생각하면 참 어려운 요구이기도 하지."

"도대체 뭔데?"

중광이 답답해 죽겠다는 표정으로 물었다. 그러자 궁비영이
대답했다.

"북산 제룡가를 떠나는 것!"

"응?"

중광이 화들짝 놀란 표정으로 궁비영을 본다.

"제룡가의 외가 사람이란 굴레에서 벗어나는 것을 원한다
면 들어줄까?"

궁비영의 물음에 중광이 얼굴을 찌푸린다.

"야야, 그거 정말 애매한 문제다."

"그렇지?"

"그럼. 너 하나 제룡가 떠나는 것은 문제가 아니지만 그렇게
되면 구천맹 각 가문에 어쩔 수 없이 매여 있는 자들에게 자유
로워질 수 있다는 선례를 남기게 되는 것이니까."

"그래서 고민이란 말이지."

"음, 정말 제룡가를 떠나고 싶냐?"

"나란 놈은 빌어먹어도 남의 밑에 있지 못하는 놈이지."

"그렇기는 하다만… 한 가지 조건을 달아."

중광이 말했다.

"조건?"

"응, 제룡가는 떠나되 맹은 떠나지 않겠다는. 그렇다면 그는
네 요구를 받아들일 거다. 그에게 중요한 것은 맹이지 제룡가

가 아니니까."

"그럴까? 뭐 구천맹은 특별히 누가 주인이랄 것이 없는 조직이니 일단 제룡가를 떠나면 자유로워지는 것이긴 하지."

"흐흐, 평생 흑성으로 살아야 할지도 모르지."

"이렇게 정해야겠다. 새로운 궁가를 만들겠다고. 물론 그 궁가는 제룡가의 외가는 아니지만 맹에 충성을 다할 거라고."

"가문을 들고 나온다? 그건 제룡가에서 더 크게 문제 삼을 수도 있겠는데?"

"제길, 궁가에 남은 사람이 누가 있다고. 겨우 나 하나야. 내가 떠나면 궁가도 떠나는 거지."

"하긴 그렇기는 하다."

중광이 고개를 끄떡였다.

"넌 어쩔 거야?"

"에… 에이, 나도 너하고 같은 요구를 하겠어."

"이런 망할 놈을 보았나. 한 사람의 요구면 몰라도 둘의 요구는 문제가 달라."

궁비영이 중광에게 화를 낸다. 그러자 중광이 손을 저으며 말했다.

"아아, 나도 몰라. 나도 제룡가를 떠나겠다고 할래. 뭐 들어줄지 말지도 모르는 일인데 일단 요구는 해보고."

"어이구, 내가 말을 하는 것이 아닌데……."

궁비영이 중광을 노려봤다.

"진정 이것이 자네가 원하는 건가?"

오죽노 혜간이 궁비영에게 물었다. 혈맹록에 맹과 흑성들의 약속을 기록하는 것은 오직 한 사람씩 이뤄졌다. 혈맹록에 쓰인 약속들은 타인에게 공개되지 않는다. 오직 맹의 수뇌부와 흑성 자신만이 알 뿐이다.

"그렇습니다."

"너무 작군."

오죽노 혜간이 고개를 갸웃하며 말했다.

"어찌 보면 무리한 요구라고 생각하고 있습니다만……."

궁비영이 대답했다. 그러자 오죽노 혜간이 고개를 젓는다.

"미안하지만 내가 알기로 자네의 궁가는 제룡가에 그리 중요한 가문은 아닌 듯하던데……."

"그렇지요. 이젠 뭐 외가로 칭하기에도 부끄러울 처지지요."

"그럼 무리한 요구가 아니지 않나?"

"그것이… 세상에는 체면과 명분이란 것이 있으니까요."

"후후, 머리가 좋군. 궁가 하나 내보내는 것은 문제가 아니나 그리되면 제룡가의 외가에 대한 장악력이 약해질 수도 있다는 거지?"

"그렇습니다."

"그건 걱정 말게. 어떻게 떠나느냐가 중요한 거니까. 제룡가의 가주께서 외가를 정리하며 방출하는 형태가 되면 문제가 없을 걸세. 물론 궁가에는 불명예겠지만 말이야."

오죽노의 말에 궁비영이 기분 나빠 하는 대신 외려 반색을 한다.

"그렇군요. 그런 방법이 있었군요. 역시 오죽노십니다."

"하하, 누구나 생각할 수 있는 방책이 아닌가?"

"이 멍청한 놈은 그런 생각을 못했지요."

"궁비영이라고 했지?"

"그렇습니다."

궁비영이 대답했다.

"도주와 관주들의 칭찬이 자자하더군. 가장 기대되는 흑성이라고 말이야."

"운이 좋은 면은 있지요, 제가."

궁비영이 능글거리며 말한다. 제룡가를 아무 문제 없이 떠날 방법을 찾은 것이 못내 기분 좋은 궁비영이었다.

"나도 기대하고 있겠네. 부디 실망시키지 말게나."

"최선을 다하지요."

궁비영이 오죽노에게 짐짓 포권까지 해 보인다.

"좋아, 제룡가로부터의 분가. 그 약속이 혈맹록에 기록되었네."

오죽노가 기분 좋게 대답했다. 그렇게 혈맹록의 정리가 끝나자 궁비영이 오죽노에게 고개를 숙여 보이고는 자리를 벗어났다.

그러자 조금 떨어져 있던 무명도주 천도수가 오죽노 곁으로 다가섰다.

"어찌 저리 같을까? 쯧쯧."

오죽노 혜간이 혀를 찬다.

"그러게 말입니다."

"그 운명은 다르기를 바라야지."

"좋은 재목입니다."

"그래 보이네. 하지만 궁도요 그도 좋은 재목이었지만 그를 지키지 못했네."

"그것은 노야의 잘못이 아니지요."

"아니야. 내 잘못이야. 그의 죽음은 사실 내가 막을 수 있었네. 그러나 그리하지 못했지."

"그랬다가는 필시 구천맹이 커다란 내분에 휩싸였을 겁니다. 노야께서도 그 싸움에 휘말렸을 것이고 말입니다."

"그랬겠지."

오죽노 혜간이 무겁게 고개를 끄떡였다. 그러자 천도수가 혈맹록에 적힌 궁비영의 요구를 보며 말했다.

"이 약속, 이번에는 지켜질까요?"

"세상일을 누가 알겠는가. 휴."

오죽노 혜간이 나직하게 한숨을 내쉬었다. 혈맹록의 맹약은 반드시 지킨다고 약속한 자의 입에서 흘러나온 말치고는 믿을 수 없는 나약함이다.


혈맹록을 정리하는 일은 밤까지 이어졌다. 평소 해가 지면 암흑으로 변하던 무명도에 횃불이 밝혀졌다.

"무슨 말들이 저리 많을꼬."

오죽노 앞에서 자신이 원하는 바를 말하고 있는 한 사내를 보며 중광이 혀를 찼다.

"소원을 들어주겠다는데 어떻게 소홀할 수가 있겠어?"

"그렇긴 하지만 그래도 마치 어린애들 같지 않아?"

중광이 물었다. 그러자 궁비영이 대답했다.

"지금 생각해 보면 이 혈맹록이라는 물건이 흑성들을 위해서 만든 것이 아니라 오히려 맹을 위해 만든 것 같아. 그 안에 쓰인 약속을 믿고 흑성들은 목숨을 버릴 테니 말이야."

"야, 듣고 보니 맞는 말이다. 이제 보니 마물이로세."

중광이 크게 고개를 끄떡였다.

"어쨌든 네놈도 그렇게 말했단 말이지?"

궁비영이 중광을 보며 물었다.

"그랬다니까."

"그가 뭐라던?"

궁비영이 턱으로 오죽노 혜간을 가리키며 물었다.

"친구 따라 강남 가냐고 묻더라고."

"우리 사이를 알고 있었던가?"

"모를 리가 있냐? 북산의 두 망나니를."

"하긴 그가 모르는 것이 세상에 있을까."

"보기에는 제법 유한 성정인 것 같은데……."

중광이 횃불 아래 얼굴을 드러내고 있는 오죽노를 보며 말했다.

"그렇게 생각했다가는 큰코다친다. 아마도 천하에서 가장 독한 사람일 거다."

"흐흐흐, 나도 알지. 그의 머리가 수천의 마졸을 죽였다는 것을. 그런 사람이 어찌 성정이 유할까. 아무리 천하를 위한다고 해도 말이야."

"가끔 네놈이 정말 무식한 건지 의심스러울 때가 있어. 그런 소리를 다 하고 말이야."

"글쎄 겉모습만 이렇다니까. 난 사실 무척 똑똑한 사람이야."

중광이 어깨를 으쓱하며 말했다. 그때 멀리서 무명도주 천도수의 목소리가 들렸다.

"모두 모이게!"

"끝났나 보군."

드디어 혈맹록을 정리하는 일이 끝난 모양이다. 궁비영과 중광이 자리를 털고 일어나 십여 개의 횃불이 원을 그리며 서 있는 곳으로 다가갔다.

불빛 아래 서 있던 오죽노 혜간이 흑성 육십 명이 모이자 입을 열었다.

"이제 혈맹록 정리는 끝이 났네. 이것으로 그대들은 맹의 흑성이 되었네. 축하한다는 말은 하지 않겠네. 고난의 길일 테니까. 난 맹과 무림을 위해 자네들의 희생을 요구하겠네."

"명에 따르겠습니다."

흑성이 일제히 대답한다.

"내일 그대들은 무명도를 떠날 것이네. 각자 하나씩의 임무를 부여받고 말이야. 이후 자네들은 철저히 흩어져서 활동하게 될 걸세. 아주 특별한 경우를 제외하고는 다섯 이상의 흑성이 한자리에 모이는 일은 없을 걸세. 누가 죽었는지, 혹은 누가 살았는지도 모르게 되겠지. 그래서 오늘이 아마도 자네들이 서로를 보는 마지막 날이 될 수도 있네."

오죽노의 말에 새로운 흑성들의 얼굴에 긴장감이 서린다. 오죽노의 말에서 자신들이 이제 정말 구천맹을 지키는 검은 별이 되었다는 사실을 실감했기 때문이다.

"아마 수련 중에도 서로 간의 교류는 거의 없을 걸세. 그러나 한곳에서 수련을 했으니 어찌 인연이 아주 없겠는가? 그동안 지교를 맺은 사람들끼리는 오늘 밤 회포를 풀기 바라네. 내일이면 각자의 길로 가야 하니 말이야. 도주, 오늘은 이들에게 술과 음식을 내어주시는 것이 어떻겠소?"

"그리하겠습니다."

"그럼 그만 돌아갑시다."

"알겠습니다. 자, 모두 다시 화곡으로 돌아가게. 오늘이 화곡에서 보내는 마지막 밤이네. 돌아가면 술과 음식이 준비되어 있을 걸세."

화곡으로 돌아온 흑성들은 사관을 통과하지 못해 흑성이 되지 못한 사람들이 그사이 화곡을 떠났다는 것을 알아챘다. 화곡에서 어떤 인기척도 들리지 않기 때문이다.

"그새 모두 떠났군."

중광이 말했다.

"그래서 일부러 우리를 동쪽 해안으로 데려갔던 것이군."

"그런가?"

그때 그들의 뒤를 따라 일단의 무사가 십여 마리의 말에 짐을 싣고 화곡으로 들어왔다.

"짐을 풀게."

짐을 실은 말들이 화곡에 들어오자 천도수가 명을 내렸다. 그러자 말을 끌고 온 사내들이 화곡 중앙의 커다란 바위 위에 싣고 온 짐을 부리기 시작했다.

"술이다."

중광의 눈이 크게 떠진다. 보지 않아도 알 수 있을 정도로 중광의 코는 주향을 잘 맡는다.

"좋은 술인 것 같군."

궁비영 역시 북산에서 중광과 어울려 술깨나 마셨으므로 금세 바위 위에 내려진 술이 귀한 것임을 알아봤다.

그사이 말에 실려 온 짐이 모두 내려졌다. 산해진미. 무명도에 들어오기 전에도 맛볼 수 없던 귀한 음식들이 흑성들 앞에 놓였다.

"자, 모두 자유롭게 마시고 먹게. 오늘 밤은 그대들을 위한 시간이네. 누구도 간섭하지 않을 걸세. 난 내일 아침에 오겠네."

천도수가 흑성들에게 말하고는 신형을 돌려 관주들과 함께 화곡을 떠나갔다. 오죽노 혜간은 이미 해안가에서부터 사람들 눈에서 사라진 뒤였다.

천도수가 물러가자 잠시 정적이 흘렀다. 갑자기 찾아온 자유와 풍성한 먹거리가 오히려 흑성들을 어색하게 만들었다.

"아니, 뭣들 하는 거요, 먹을 걸 앞에 두고?"

역시 가장 먼저 움직인 사람은 북산에서 주귀라고 놀림받던 중광이었다.

중광이 바위로 다가가 술 한 통과 안줏거리 몇 개를 집어 들고는 궁비영에게 다가왔다.

"동굴로 갈까?"

"그게 좋겠지?"

"하긴 술에 취한 사람처럼 번거로운 것은 없으니. 쓸데없는 인연 만들지 말고 올라가자."


그녀가 찾아온 것은 결국 중광이 술에 곯아떨어졌을 때다. 한 말들이 술통을 가져와서는 그중 팔 할을 혼자 마신 중광이다. 궁비영 역시 술을 마다하는 성정은 아니지만 주량에 있어서는 중광에 비할 바가 아니다.

중광이 코를 골며 잠이 들자 궁비영은 잠시 바람을 쐬러 동굴 밖으로 나왔다. 그런데 뜻밖에도 그녀가 그곳에 있었다.

"어쩐 일이시오?"

궁비영이 당목을 발견하고는 놀란 표정을 지으며 물었다. 당목이 자신을 찾아오리라고는 생각지 못한 것이다.

"인사나 하려고 왔소."

당목이 말했다.

"음, 하긴 우리가 함께한 시간이 제법 되는구려. 말없이 헤어지기는 아쉬운 인연이오."

궁비영이 고개를 끄덕였다.

"그동안 고마웠소."

당목이 궁비영을 보며 말했다.

"고마울 거야, 뭐……."

"이관에서 궁 대협이 아니었다면 난 죽었을 것이오. 그래서 헤어지기 전에 인사를 드리고 싶었소. 작은 답례로 선물 하나 드리고 싶소."

"굳이 그럴 필요까지야."

"목숨 빚을 갚을 정도는 아니지만 그래도 제법 귀한 물건이오. 요긴하게 쓰시기 바라오."

당목이 궁비영에게 작은 목함을 내민다. 그러자 궁비영이 얼떨결에 목함을 받아 들었다.

"해우(解憂)라는 해독단이오. 당가에서 내가 직접 만든 것인데, 아마 강호에 흘러 다니는 웬만한 독에는 모두 효과가 있을 것이오."

"이렇게 귀한 걸……."

"나야 언제든 만들 수 있으니 귀한 것은 아니오. 그럼 부디 무운을 빌겠소."

당목이 가볍게 고개를 숙여 보이고는 총총히 떠나갔다. 그러자 궁비영이 얼른 말했다.

"몸조심하시오."

그러자 당목이 고개를 돌려 궁비영을 보며 말했다.

"그대 역시."

그녀의 얼굴에 살짝 미소가 감돈다. 이때만큼은 당목이 여인의 얼굴을 하고 있었다. 그러나 그도 잠시뿐, 어느새 당목은 어둠 속으로 사라지고 있었다.

"역시 자세히 보면 정말 아름다운 여인이란 말이야."

궁비영이 나직이 중얼거렸다.

제8장

청마표국

　무명도주 천도수가 궁비영과 중광, 그리고 다른 세 명의 흑성을 부른 것은 다음 날 정오 무렵이었다.

　이미 떠날 준비를 하고 있었으므로 궁비영 등은 지체하지 않고 무명도주 천도수의 통나무집으로 이동했다.

　천도수의 거처에서 궁비영은 오죽노 혜간을 다시 봤다. 그는 아직 무명도를 떠나지 않고 있었다.

　"어서 오게."

　천도수가 다섯 사람을 맞이한다. 다섯 명의 흑성이 고개를 숙여 보이자 오죽노 혜간이 고개를 까딱여 인사를 받았다.

　"앉게들."

　천도수가 궁비영 등에게 자리를 권하고 자신도 자리에 앉았다. 그러자 오죽노가 입을 열었다.

"편히들 쉬었는가?"

"덕분에 호사를 누렸지요."

중광이 넙죽 대답한다. 이럴 때는 중광 같은 사람이 있어야 대화가 매끄럽게 진행되는 법이다.

"좋아, 잘 쉬었다니 다행이군. 그러니 이제 일을 시작해야지?"

"밥값은 해야죠."

"후후, 흑성의 일은 밥값 이상이지."

오죽노가 미소를 짓는다.

"저희가 할 일이 무엇입니까?"

궁비영 등과 같이 온 흑성 중 한 명이 물었다. 은패의 흑성으로 자부문 출신 갈류다.

"음, 먼저 해둘 말이 있네. 맹은 육십의 흑성을 열두 개 조로 나누어 운용할 생각이네. 자네들은 그중 삼조네. 삼조를 이끄는 것은 당연히 금패의 흑성인 자네들 두 사람이네."

오죽노가 궁비영과 중광을 보며 말했다.

"알겠습니다."

궁비영이 대답했다.

"좋아, 그럼 자네들의 첫 번째 일을 설명하지. 마천이 무너진 지 오 년이 지났네. 그동안 강호는 제법 평안했지."

오죽노가 강호의 정세를 입에 올리는 것으로 이야기를 시작했다. 그러나 그의 말은 사실과 달랐다. 강호는 결코 마천의

시대보다 평안하지 않았다. 군림하기 시작한 구천맹의 억압을
여타의 가문들이 감당하기가 그리 녹록하지 않았던 것이다.

"그러나 세월은 모든 것을 변화시키지. 시간은 가끔 죽은 나
무도 싹을 살려내고 어린 나무도 무성하게 만든다네."

오죽노의 말에 궁비영이 사람들 모르게 살짝 눈살을 찌푸렸
다. 오죽노처럼 장황하게 말을 늘어놓는 것을 질색하는 궁비
영이다.

그러나 다른 사람들은 다른 모양이었다. 상대가 천하제일현
자이자 구천맹을 움직이는 오죽노이니 그의 말 한마디가 금과
옥조처럼 여겨지는 흑성들이다.

"강호의 흐름도 이 이치와 같네. 구천맹은 어느새 나태해져
가고 있고, 마천의 잔당들은 천하 곳곳에서 다시 그 모습을 보
이기 시작했지. 자네들이 할 일은 바로 그 마천의 잔당들을 상
대하는 일일세."

오죽노의 말에 흑성들의 얼굴이 긴장으로 굳어진다. 예상하
고 있었지만 마천이란 언제 들어도 사람을 긴장시키지 않을
수 없는 이름이다.

"지난번 뭍에서 보았던 자들을 쫓는 것입니까?"

궁비영이 물었다. 그는 조금이라도 빨리 본론으로 들어가고
싶었다.

"아닐세. 그들은 다른 사람들이 추격할 걸세."

오죽노의 대답에 궁비영이 아쉬운 표정을 짓는다. 이상하게
도 그는 그 괴인들에 대해 적대감보다는 호기심이 강렬하게

일어나고 있었다.

그들이 보여준 그 괴이한 무공들 때문인지도 모르고, 또 어딘가 자신과 닮아 있는 그들의 기운 때문일지도 몰랐다.

"아쉬운가 보군."

"특별한 자들이었지요."

궁비영이 대답했다. 그러자 오죽노가 미소를 지으며 말했다.

"앞으로 자네들이 감당해야 할 자들도 모두 특별한 자들이네. 마천의 종자치고 특별하지 않은 자가 없으니까."

"누굽니까?"

궁비영이 물었다. 그러자 오죽노가 한 장의 지도를 탁자 위에 펼쳤다. 하늘을 찌르는 봉우리들이 빼곡하게 그려진 지도다.

"어딘지 알겠는가?"

오죽노가 물었다. 그러자 한참 동안 지도를 들여다보고 있던 흑성 중 한 명이 입을 열었다.

"이건 사천 서쪽 변경과 곤륜의 지도군요."

"비산문 출신이라 식견이 높군."

오죽노가 입을 연 자를 칭찬한다. 지도의 위치를 알아본 자는 비산문 출신 이태거라는 자로 동패의 흑성이다.

"곤륜으로 갑니까?"

궁비영이 물었다.

"그렇다네."

"곤륜이라면……."

궁비영이 중얼거린다.

"왜 그러는가?"

"아버님이 마지막으로 가신 곳으로 알고 있습니다만……."

"음, 그랬지."

"그들입니까? 듣기로는 당시 유령마라는 자를 쫓고 있었다고 하던데……."

궁비영이 다시 물었다. 그러자 오죽노가 머리를 저었다.

"모르네. 연관이 있을 수도 있지. 확실한 것은 그대들이 가서 알아내야 하네. 그것이 흑성이 일이네."

오죽노의 대답이 매정하다.

"알겠습니다."

궁비영이 자신이 성급했음을 깨닫고는 이내 고개를 숙여 보였다.

"그리고 한 가지 당부를 하겠네. 물론 모두 개인적인 사연들이 있어 흑성이 되었을 것이네. 그러나 흑성으로 일하는 동안은 개인사는 묻어두게. 흑성은 오직 맹을 위해 움직일 뿐이네."

경고를 하는 오죽노다.

"명심하겠습니다."

궁비영을 비롯한 흑성들이 일제히 대답했다. 그러자 오죽노가 만족한 듯 고개를 끄덕이고는 다시 말을 이었다.

"최근 들어 사천의 상계에 변고가 생겼네. 기존에 사천의 상계는 금호문, 청마표국, 장자가, 이 세 가문이 장악하고 있었지. 사람들은 이들을 가리켜 사천삼상이라 부르네. 본 맹의 문파 중 그들에게 자금을 지원받는 곳이 여럿 있지."

천하의 상계는 무림과 뗄 수 없는 관계다. 칼을 든 자도 밥을 먹어야 하고, 또한 싸움터에는 수많은 이권이 생기니 이들은 마치 표리와 같은 관계라 할 수 있었다.

그래서 가끔 상계의 변화는 강호무림의 변화를 알리는 단초가 되기도 했다. 오죽노 혜간은 바로 그 단초를 발견한 듯싶었다.

"그런데 최근 들어 구화방이라는 상가가 출현해 세 가문을 위협하고 있네. 그들은 무서운 속도로 사천의 상권을 장악하고 있는데 사천삼상은 전혀 손을 쓰지 못하고 있지."

"이상한 일이군요. 사천삼상이라면 저도 잘 알고 있습니다. 그들은 결코 쉽게 상권을 내줄 가문들이 아니지요. 알게 모르게 본 맹의 지원도 받고 있고 말입니다."

입을 연 자는 화산의 자우다. 명문 출신답게 검을 잘 쓰기로 유명한 그지만, 이번 혹성의 수련에서는 동패의 지위를 얻는 데 만족해야 했다. 그러나 명문 출신답게 강호의 정세에 대해서는 누구보다 밝은 식견을 가지고 있는 인물이기도 했다.

"맞네. 만약 구화방이 무력을 쓰거나 간계를 써서 사천삼상의 상권을 빼앗고 있다면 당연히 강력한 반격을 받았을 걸세. 그런데 일이 진행된 경과를 보면 그들을 공격할 빌미가 없어."

"이해가 되지 않는군요. 어떤 방법을 썼길래……."

자우가 고개를 갸웃한다.

"방법이랄 것도 없네. 사천삼상의 상권이 스스로 그들의 손에 굴러들어 갔으니까."

오죽노의 말에 의하면 이 년 전부터 사천삼상의 상행에 문제가 생기기 시작했다. 근 십여 년 동안 한 번도 표행에 실패하지 않은 청마표국이 이 년 사이 사 할의 실패를 경험했다. 사 할의 표행이 실패한다는 것은 표국 문을 닫아야 할 정도로 심각한 문제였다.

청마표국의 표행 실패가 그들에게만 영향을 미친 것은 아니었다. 사천삼상 중 금호문과 장자가는 그들의 모든 거래를 청마표국에 의지하고 있었다. 오랜 시간 서로 간에 쌓아온 신뢰를 바탕으로 두 가문에서 일으킨 거래를 모두 청마표국이 도맡아 처리해 온 것이다.

그런데 청마표국의 표행에 문제가 발생하자 두 가문은 한순간에 발이 묶이게 되었다.

본래 표행을 실패하면 그 손실을 표국에서 물어내야 하지만 지금까지 손해를 본 금자는 청마표국을 모두 털어도 모자랄 정도이니 금호문과 장자가의 손실 역시 막심했다.

그러나 그것보다 더 큰 문제가 있었다. 그건 바로 사천삼상의 위기로 공백이 발생한 상행을 대신해 줄 문파가 나타났다는 것이다. 그들이 바로 구화방이었다.

"구화방은 절대 사천삼상의 거래처에 먼저 접촉하지 않았네. 그들은 앉아서 그들이 찾아오기를 기다렸지. 그리고 그들은 완벽하게 사천삼상을 대신해 주었네."

오죽노의 말에 흑성들의 표정이 심각하게 굳어졌다. 보이지 않는 손이 느껴지는 일이다.

"기이한 일이지. 어느 날 갑자기 생겨난 상가에 그런 능력이 있다는 것은. 하지만 어쨌든 그렇게 그들이 능력을 보여주자 사천삼상과 거래하던 자들이 빠르게 구화방으로 이동하기 시작했다. 사천삼상으로서도 거래처를 잡아둘 방법이 없었네. 청마표국이 무너진 이상, 다른 두 가문도 제대로 된 거래를 할 수 없기 때문이지."

"뭔가 있군요."

중광이 말했다.

"맞아. 세상일에는 반드시 그 이유가 있게 마련이네. 그러나 겉으로 드러난 상황은 사천삼상이 자멸한 꼴이네. 그래서 구화방을 비난하는 사람은 아무도 없네. 그러니 비록 구화방의 배후가 의심스럽다 해도 그들을 추궁할 수는 없는 실정이라네."

"흑성이 필요한 일이군요."

다시 중광이 말했다.

"바로 그러하네. 이런 일이야말로 흑성이 필요한 일이지."

오죽노가 고개를 끄떡인다. 그러자 궁비영이 신중하게 물었다.

"구화방에서 마천의 흔적이 발견되었습니까? 노야께선 우리의 일이 마천의 잔당을 상대하는 일이라 하셨는데……."

"음, 눈에 보이는 흔적은 없었네. 그러나 사람에게는 예감이라는 것이 있어. 더군다나 구화방이 사천 상권을 장악한 그 경위야말로 예전 마천이 처음 강호에 모습을 드러내 세력을 구축할 때와 몹시 닮아 있네. 주변의 비난을 받지 않으면서도 세력을 키우고, 그 세력이 누구도 침범할 수 없을 만큼 커졌을 때 패권을 드러내는 것이지."

"그런 이유만으로는……."

궁비영이 고개를 갸웃한다. 단지 그 행보가 닮아 있다는 것으로 구화방이 마천의 잔당과 연결되어 있을 거라 단정할 수는 없었다. 그렇게 따지면 천하에 마천의 잔당과 연결되었다고 의심받을 가문이 수백은 될 터였다.

"그래서 조사를 구화방에서 시작하지 않네."

"그럼 어디를 먼저……?"

"자네들은 먼저 청마표국으로 가게. 그곳에서 표사로 위장한 후 곤륜으로 들어가게. 청마표국의 표행이 가장 많이 공격당한 곳이지. 본래 사천삼상은 곤륜을 오가며 서장과 거래했지. 그 길이 막힘으로써 몰락이 시작된 것이고. 그러니 다시 그 길을 뚫으려 한다면 필시 구화방의 배후에 있는 자들이 움직이게 될 걸세."

오죽노는 이미 모든 계획을 세워놓고 있었다.

"표국의 표사로 들어가는 일은 저희가 알아서 해야 합니까?"

일행 중 유일한 은패의 흑성 자부문의 갈류가 물었다.

"기본적으로 그렇기는 하지만 도와줄 사람이 있네."

"누굽니까?"

"청마표국의 총관 여계명이라는 사람이지. 그가 곤륜으로의 표행을 계획하고, 그를 위해 강호에서 사람들을 끌어모을 걸세. 그가 도울 걸세. 자네들은 그 기도를 철저히 감추게. 물론 그야 수련을 통해 이미 능숙해졌을 거라 생각하네."

당연한 일이다. 사관문을 통과하며 수련한 환술 천환에는 변신술도 포함되어 있었으니까.

*　　　*　　　*

바다를 나와 산과 강을 지났다. 사람들로 넘쳐나는 큰 성읍도 여러 개를 거쳐 궁비영과 그 일행은 사천의 경계에 들어섰다.

그사이 그들은 변해 있었다. 그들에게서 더 이상 무공의 흔적이나 혹성으로서 가졌던 그 팽팽하던 긴장감은 찾을 수 없었다.

다섯 모두 검 하나 차고 세상을 떠돌며 팔자 좋게 살아가는 유랑 검객의 모습이 되어 있었다.

그중 중광은 무성한 구레나룻까지 자라 본래보다 십여 세는 더 많아 보인다. 궁비영은 흐릿한 눈빛에 무료한 표정까지 천생 게으른 한량으로 보였다.

나머지 사람들도 하나같이 지저분한 모습을 하고 있다. 그래서 누구라도 상면하기를 피할 자들의 행색이다.

그나마 그중에 제대로 된 사람처럼 보이는 자는 화산의 자우였는데, 아무래도 명문 정파 출신의 기도가 아무리 숨기려 해도 조금씩은 묻어나기 때문일 터였다.

"사천인가?"

산마루에 올라서자 문득 중광이 손을 들어 햇볕을 가리고는 광활하게 펼쳐진 산맥을 보며 중얼거렸다.

"생각보다 빨리 왔구려."

자우가 말했다.

"음, 표사를 뽑는 것이 언제라고 했더라?"

중광이 중얼거리자 자우가 바로 대답한다.

"보름이오."

"서둘러야겠군."

"배를 타고 가면 금방이야."

궁비영이 두 사람의 말을 듣고 있다가 대답했다.

"그래도 중도에 무슨 일이 생길 줄 알고. 서두르자고."

"뭐, 네놈이 그러겠다면 나야 말릴 생각은 없다. 난 어디 가서 술이나 마시고 가자고 했던 건데."

"흐흐, 술이야 사천에 가서도 충분히 마실 수 있겠지."

"하긴 그곳에 가면 좀 더 흥청하게 놀긴 해야겠지. 그럼 배를 타러 가자."

궁비영이 시선을 돌려 산 아래 굽이져 흐르는 강 한쪽의 나루터를 보며 말했다.

배를 타자 일행은 채 열흘이 지나기 전에 사천의 중심인 성도에 도착했다. 그것도 배가 이곳저곳을 들러 왔는데도 시간은 꽤 많이 남아 있었다.

일행은 구화방 인근의 객잔에 여장을 풀고 그때부터 줄곧 술추렴을 하기 시작했다.

허름한 옷차림에 금자가 없을까 꺼리던 객잔 주인도 궁비영 등이 허리에 차고 있는 검을 보고는 어쩔 수 없이 술을 내주었다. 이후에는 차림과 달리 그들의 주머니에서 술값으로 은자가 꼬박꼬박 나오자 시키지도 않은 술을 상 위에 올리기까지 했다.

그렇게 엿새를 실컷 논 일행이 어느 날 아침 객잔 주인을 불렀다.

"부르셨습니까, 대협님!"

칼을 차고 있다고 모두 대협 소리를 들을 수는 없다. 그러나 객잔 주인에게 이들은 충분한 자격이 있었다. 왜냐하면 지난 엿새 동안 이들이 내놓은 은자가 적지 않았기 때문이다. 객잔에선 술 많이 먹고 은자 잘 내는 자가 곧 대협이었다.

"음, 오늘 떠날까 하오."

중광이 말했다.

"아이구, 벌써 말입니까?"

객잔 주인이 진심으로 아쉬운 표정을 짓는다. 그러자 중광이 다시 입을 열었다.

"할 일이 있어서 말이오. 그런데 혹 청마표국에 아는 사람이 있소?"

중광이 물었다.

"청마표국이요? 가끔 그곳에서 일하는 사람들이 술을 마시러 오기는 하지만 특별히……."

"제길, 그럼 어렵겠군."

"무슨 일인데 그러십니까?"

객잔 주인이 물었다. 그러자 중광이 호탕한 목소리로 말했다.

"우리가 말이오, 청마표국의 표사가 돼보려 하오."

"예? 표사요?"

객잔 주인이 당황한 표정을 짓는다. 그도 그럴 것이, 표사는 칼만 차고 있다고 될 수 있는 것이 아니었다. 엄정한 규율과 자신을 희생할 수 있는 충성심이 요구되는 것이 표사다.

더군다나 청마표국의 표사라면 비록 최근 급격히 세가 기울었다고는 해도 사천 최고의 무사들이 모여드는 자리다.

그러니 시전 왈패 같은 낭인무사들이 표사로 뽑힐 리 없었다. 표사는 고사하고 문전박대나 당하지 않으면 다행일 터였다.

"왜 굳이 표사를……?"

나이로 보자면 객잔 주인이 궁비영 일행보다 훨씬 많다. 비록 도검을 들고 은자를 쓰니 존대를 하고 있지만 세상 사는 이치는 객잔 주인에 비할 바가 아니다. 그러니 연장자로서 이쯤에서는 제대로 된 충고를 해야 한다고 생각하는 객잔 주인이다.

"이렇게 낭인으로 떠돌아다니는 것도 지겨워서 말이오. 우리도 이제 나이가 있으니 한곳에 정착하는 것이 좋을 것 같소이다."

"그러나 청마표국의 표사가 되기란 여간 어려운 것이 아닙니다. 사천에서 날고 기는 무인들도 거절당하기가 십상이지요."

"음, 그래서 물어보는 것 아니오? 주인께서 표국의 힘 있는 자와 연결해 주면 표사 자리 하나 얻지 못하겠소?"

"아이고, 객잔이나 해서 목에 풀칠하고 사는 제가 어디 그런 힘이 있겠습니까?"

객잔 주인이 말도 되지 않는다는 듯 고개를 저었다. 그러자 궁비영이 정색을 하며 말했다.

"이보시오, 주인장!"

"예, 대협!"

궁비영이 정색을 하자 객잔 주인이 슬쩍 겁을 먹은 표정으로 대답했다.

"세상에 재물로 안 되는 일이 있소?"

"그, 그게 무슨 말씀인지……?"

객잔 주인이 되묻자 궁비영이 자신의 짐 속에서 두 개의 전낭을 꺼내 객잔 주인에게 건넸다.

"이건……?"

"보시오."

궁비영의 말에 객잔 주인이 슬며시 전낭을 열어본다.

"헉!"

객잔 주인이 너무 놀라 헛바람을 흘린다.

"하나는 일을 성사시키는 데 쓰고 하나는 주인장의 것이오. 어디 그뿐이오? 우리가 청마표국의 표사가 되면 항상 이곳에 와서 술을 마시고 음식을 먹을 터이니 이 일이 성사되면 사실 이득을 보는 것은 우리가 아니라 주인장일 것이오."

궁비영의 구슬림이 아니더라도 객잔 주인의 혀는 연신 입술에 침을 바르고 있다. 전낭에 든 것은 금(金)이었다. 객잔을 일 년 정도는 운영해야 벌 수 있는 액수와 비슷했으니 객잔 주인으로서는 욕심이 나지 않을 수가 없었다.

객잔 주인이 잠시 말을 끊고 생각을 굴리기 시작했다. 그가 알고 있는 청마표국 사람 중에 재물을 좋아할 자를 찾기 시작한 것이다. 그러다가 문득 눈빛을 반짝이며 말했다.

"마침 괜찮은 사람이 있을 것도 같습니다."

"좋소, 하면 일을 도모해 보시오."

궁비영이 마치 나라라도 세우려는 사람처럼 말했다. 그러자 객잔 주인이 머리를 조아리며 말했다.

"하루만 기다려 주십시오. 대신……."

"말하시오."

"대협님들이 옷차림은 조금……."

"아! 이런 모습으로는 표사가 되기 좀 그런가? 알았소. 그럼 새 옷도 몇 벌 준비해 주시오."

"옷값은 이 금으로 할까요?"

"무슨 말씀. 당연히 따로 드려야지."

궁비영이 이번에는 두 닢의 금자를 탁자 위에 올려놓았다. 그러자 객잔 주인이 재빨리 금자를 집어 들며 말했다.

"그럼 제가 최선을 다해보겠습니다."

"수고 좀 해주시오."

"그럼 전 이만……."

객잔 주인이 궁비영 등이 다시 금자를 빼앗을 것을 걱정하는 사람처럼 재빨리 장내를 벗어났다. 그러자 화산의 자우가 궁비영을 보며 물었다.

"굳이 이럴 것까지 있소? 어차피 청마표국의 총관이 우리 뒤를 봐줄 것인데……."

"그는 드러나면 안 되는 사람이오. 그의 힘은 우리가 표국에 들어간 이후에 은밀히 쓰여야 되오. 들어갈 때는 최대한 그의 힘을 빌리지 말아야 그 또한 우리를 돕기 편할 것이오."

"음, 그렇긴 하구려."

자우가 금세 사정을 이해하고 궁비영의 결정에 수긍한다.

무리의 우두머리는 궁비영과 중광이다. 그럼에도 불구하고 궁비영과 중광은 갈류 등을 함부로 대할 수 없었다. 금, 은, 동으로 나뉜 신분은 일의 선후를 결정하는 역할은 할 수 있어도 권력의 서열을 정한 것은 아니기 때문이다.

"일단 객잔 주인이 돌아오길 기다려 봅시다."

궁비영이 말했다.

"그가 과연 제대로 된 자를 소개해 줄 수 있을까?"

중광이 물었다.

"이 객잔에 든 이유는 청마표국의 표두들이 이곳을 즐겨 찾기 때문이었다. 그러니 그중에는 반드시 객잔 주인이 접촉할 만한 자가 있을 거야."

"그렇기는 하지만 사람이 영 가벼워서……."

"그래도 이득이 눈앞에 있으면 어떤 일이든 해낼 사람이야. 내 눈에는 노련한 자로 보였다."

"하긴 이런 규모의 객잔을 운영하는 자라면 나름 장점이 있겠지."

중광이 천천히 고개를 끄떡였다.


객잔 주인 목대거가 돌아온 것은 그날 밤 늦은 시간이었다. 생각보다 빠른 일 처리다. 궁비영의 말대로 무척 노련한 인물인 듯싶었다.

"곽건상이라……. 어떤 자요?"

"청마표국에서 잔뼈가 굵은 사람이지요. 짐을 나르는 잡부로 시작해 표두가 되었으니 독종이기도 하고 말입니다. 그래서 그를 대할 때는 조심해야 합니다."

"그런 자가 뇌물을 받고 표사를 들인단 말이오?"

"그의 어머니가 중병이지요. 효성이 지극한 자인데 그동안은 청마표국 국주의 도움으로 비싼 약을 구할 수 있었습니다. 하지만 최근 청마표국의 사정이 그리 녹록하지 않아서 국주의 도움을 바랄 수 없는 지경이지요."

"믿을 만한 자요?"

"어머니의 병이 아니라면 절대 이런 일을 할 사람이 아니지요. 자신이 한 약속은 칼에 목이 들어와도 지키는 사람입니다."

"좋군."

"대신 조건이 있습니다."

"무엇이오?"

"첫째, 실력이 있을 것. 둘째, 표국에 들어오면 자신의 명을 따를 것."

객잔 주인의 말에 궁비영이 고개를 갸웃한다.

"이상하군. 실력을 요구하는 것이야 당연한 일이지만 자신의 명을 따르라니, 표국에 파벌이 있소?"

"그렇습니다."

"좋지 않군."

"예전에는 이런 일이 없었지요. 그러나 표국이 쇠락하기 시작하니 각자의 이득을 챙기기 위해 파벌이 생기더군요."

객잔 주인 목대거는 생각보다 청마표국의 사정을 깊이 알고 있었다.

"그는 어느 쪽이오?"

"그게……."

"무슨 문제가 있소?"

"그는 사실 어느 파벌에도 속하지 않은 사람입니다. 오직 국주에게 충성을 다하는 자지요. 그도 그럴 것이, 국주가 챙겨준

어미의 약값이 적지 않은 액수였습니다."

"음, 그렇구려."

"해서… 사실 그는 표국 내에서 크게 권력을 가진 자가 아닙니다. 이미 권력은 국주에 대한 충성보다 자기 이득을 챙기는 사람들이 틀어쥐었지요."

"그런데 어떻게 우릴 표사로 뽑아준단 말이오?"

궁비영이 미심쩍은 눈으로 객잔 주인을 보며 말했다. 그러자 객잔 주인이 의심을 사지 않으려는 듯 얼른 대답한다.

"오히려 그게 도움이 되었지요."

"무슨 말이오?"

"이번에 청마표국에서 서장으로 향하는 큰 원행을 준비 중입니다. 몰락하고 있는 가세를 회복하기 위한 건곤일척의 표행이지요."

"그 이야기는 나도 들었소. 그래서 우리가 이곳에 온 것 아니오. 표사를 구한다고 하기에……."

"맞습니다. 워낙 중요한 원행이라 사람을 뽑는 것도 무척 신중합니다. 청마표국주는 그래서 그 일을 곽 표두에게 맡겼지요. 표국 내에 파벌이 없으니 오직 실력만으로 표사를 뽑을 거란 이유 때문입니다. 다른 자들에게 맡기면 필시 자신에게 충성하려는 자들을 뽑을 것이 분명하니까."

"오호라, 그래서 우리에게 기회가 생긴 거군."

"그렇습니다. 그로서는 참으로 하기 힘든 결정을 한 거지요."

"그렇군. 국주는 그를 믿고 표사 뽑는 일을 맡겼는데 외려 금자를 받고 우리를 뽑으려니 말이야."

"그래서 이런 조건을 붙인 겁니다. 그는 대협들이 청마표국에 들어와서 분란을 일으키는 것을 바라지 않습니다."

객잔 주인 목대거의 말에 궁비영이 히죽 웃음을 흘리며 말했다.

"이제 보니 주인장께서 우리의 행색에 대해 설명을 한 모양이구려."

"아이구, 그럴 리가 있겠습니까?"

목대거가 손을 내젓는다. 그러나 그의 과장된 행동을 보았을 때 필시 그는 표두 곽건상에게 궁비영 등이 제대로 된 무사가 아닌 왈패 같은 모습을 하고 있다고 말했을 것이다.

곽건상이 비록 금자를 얻기 위해 이들을 표사로 뽑겠다고는 했으나 실력과 복종, 이 두 가지 조건이 필요한 이유는 바로 그 때문일 터였다.

"뭐, 실력이라면……."

곁에서 중광이 중얼거린다.

"자리를 잡을 때까지 잠시 고개를 숙이는 것도 나쁘지는 않을 것 같소."

이번에는 자우가 말했다.

"그럼 모두 동의하는 거요?"

궁비영이 흑성들을 돌아보며 물었다. 당연히 누구 하나 반대하는 자는 없다.

"좋소, 일은 성사됐소. 그에게 전하시오. 실력은 보면 알 것이고, 표국에 들어가서는 그의 신세를 지겠다고."

"알겠습니다. 그럼 그리 일을 진행하겠습니다."

객잔 주인 목대거가 큰 금자가 생기는 거래를 성사시켰다는 기쁨에 웃음을 참지 못하며 대답했다.

*       *       *

성도 서쪽에 위치한 청마표국은 을씨년스럽기 그지없었다. 표사를 뽑는다는 소문이 사천 전체에 퍼졌을 텐데도 표국을 찾는 무사는 그리 많지 않았다.

"참 세상 인심이란 것이 말이야……."

중광이 청마표국의 썰렁함을 보며 중얼거렸다. 아마 과거였다면 청마표국의 표사가 되기 위해 표국 앞이 인산인해를 이루고 있었을 것이다.

"덕분에 우리에겐 큰 도움이 되었지."

궁비영이 말했다.

"이거 괜히 금자를 준 것 아냐? 뇌물을 주지 않아도 쉽게 표사가 될 수 있었을 것 같은데……."

"표사가 되기 위해 금자를 준 게 아냐."

"그럼 뭣 때문에 금자를 준 거냐?"

"믿음을 얻기 위해서지."

"이런 멍청한 놈! 세상에 뇌물을 주고 믿음을 사는 경우가 어딨냐? 그는 우리를 뇌물이나 바치는 소인배로 생각할걸. 결코 제대로 된 사람이라고 생각하지 않을 거야."

"바로 그 마음이 필요한 거다. 우리 같은 자가 다른 일을 하기 위해 표국에 왔다고 의심할 것 같아?"

궁비영의 말에 중광이 뭔가를 깨달은 듯 궁비영의 머리를 쓰다듬었다.

"아이구, 역시 잔머리는 네놈 따라갈 자가 없다."

"재물은 때론 이렇게도 쓰이는 거지. 그래서 요물이라는 거고."

궁비영이 대답했다. 그러자 묵묵히 뒤에서 따라오던 갈류가 입을 열었다.

"이제 보니 궁 대협은 계책에도 능하시구려."

진심으로 한 말이었지만 궁비영은 농으로 받아들였다.

"흐흐, 계책이 아니라 얕은 술수요. 뭐, 북산 망나니로 살 때의 버릇이라고 해둡시다."

궁비영의 농에 흑성들이 잠시 임무의 부담에서 벗어나 나직하게 웃음을 흘렸다.

"아무튼 말이오, 그들이 모습을 드러낼 때까지는 철저하게 청마표국의 표사로 살아야 하오. 혹 텃세를 부리는 자가 있더라도 참고 견디시기 바라오."

"알겠소이다."

궁비영의 당부에 다른 흑성들이 나직하게 대답했다. 그러는 사이 어느새 다섯 사람은 청마표국의 문 앞에 섰다.

"어떻게 왔소?"

썰렁한 표국의 정문을 지키고 있던 무사가 물었다.

"표사를 뽑는다고 해서 왔소이다."

중광이 굵은 목소리로 대답했다. 그러자 경비무사가 일행을 죽 둘러본다. 객잔 주인 목대거가 구해다 준 옷을 입어 그런대로 차림새가 괜찮아서인지 경비무사는 특별히 거부감을 보이지 않았다.

"들어가서 오른쪽 건물 뒤로 가시오. 그곳에서 표사를 뽑고 있으니."

"알았소이다. 고맙소."

궁비영이 고개를 숙여 보이고는 일행을 데리고 표국 안으로 들어갔다. 그러자 그 모습을 보며 경비무사가 중얼거렸다.

"멍청한 자들이 아닌가? 지금 표국이 몰락해 사람들이 떠나고 있는데 오히려 표사가 되겠다고 찾아오다니. 제길, 나도 이 표두님과의 인연만 아니라면 벌써 떠났을 텐데. 구화방에서 경험 있는 표사를 뽑는다고 하던데……."

표국 안으로 들어선 궁비영은 경비무사의 말대로 오른쪽 건물 뒤쪽으로 돌아갔다. 그러자 너른 공터에 긴 탁자를 놓고 다섯 사람이 앉아 있는 것이 보였다.

그들 앞에 세 사람이 긴장한 표정으로 서 있었는데 아마도 궁비영 등처럼 표사가 되기 위해 찾아온 사람들 같았다.

"저런 것들도 표사가 되겠다고 하는군."

중광이 중얼거렸다. 탁자 앞에 서 있는 세 사람은 한눈에 보아도 표사와는 어울리지 않았다. 허름한 복색에 어디서 구했는지 녹슨 칼을 차고 있다.

"청마표국의 몰락이 실감나는구려."

이태거가 말했다.

"기다려야 하나?"

궁비영이 귀찮은 표정으로 중얼거렸다. 그런데 그때 표사를 뽑기 위해 나와 있던 청마표국 사람 중 한 명이 궁비영들을 불렀다.

"표사가 되기 위해 왔소?"

"그렇습니다."

궁비영이 얼른 대답했다.

"그럼 이쪽으로 오시오."

사내의 말에 궁비영 등이 탁자가 있는 곳으로 이동하자 먼저 도착해 있던 삼 인이 주춤거리며 자리를 내어준다. 그러자 그들을 보고 얼굴에 거친 수염이 난 자가 타이르듯 말했다.

"자네들은 그만 돌아가 보게. 표사는 아무나 할 수 있는 일이 아니야. 도검에 목숨을 걸어야 하는 일이네. 그런 일을 자네들이 할 수 있겠나? 만약 자신이 있다면 내 검을 십 초만 받아보게. 받아낸다면 청마표국의 표사로 받아들이지."

사내의 말에 세 사람의 얼굴이 붉어지더니 그중 한 명이 말한다.

"됐소. 우리도 비무까지 해가며 청마표국의 표사가 될 생각은 없소. 청마표국의 처지가 곤궁하다 하여 도움을 주러 온 것인데 비무를 요구하니 어쩔 수 없구려. 가세. 구화방에서도 사람을 뽑는다니."

"그러세. 원, 비무는 무슨!'

세 사람이 퇴짜를 맞은 것에 화풀이를 해대고는 서둘러 장내를 떠나갔다. 그러자 청마표국 사람 중 한 명이 한탄했다.

"허허, 참으로 비통한 일이야. 이젠 저런 놈들까지 우리 표국을 우습게 아니."

"어쩌겠소. 표국 사정이 그러하니. 보자, 그대들도 표사가 되기 위해 왔다고 했소?'

수염을 기른 자가 물었다. 눈빛이 형형한 것이 무공은 몰라도 강단이 있는 자가 분명했다.

"그렇습니다."

궁비영이 대답했다. 그러자 사내가 다시 물었다.

"어디서 뭘 하다 왔소?'

'생김새로 보면 이자가 곽건상인데 말투가 곱지 않군.'

궁비영이 쓸쓸한 미소를 지었다. 이미 그들은 표두 곽건상에 대해 객잔 주인 목대거에게 자세히 들었으므로 수염 기른 자를 보는 순간 그가 곽건상임을 알아챘다.

그리고 그건 곽건상 역시 마찬가지일 터였다. 객잔 주인이 청탁을 하면서 자신들의 행색을 전하지 않았을 리 없다. 다섯 명의 젊은 낭인무사라는 소리만으로도 이들이 자신에게 청탁을 넣은 자들임을 알아챘을 곽건상이다.

자신들의 정체를 알고 있으면서도 이렇게 냉랭하게 나오는

것은 비록 뇌물을 받기는 했으나 뇌물로 표사가 되려는 궁비
영 등을 경멸하는 것이 분명했다.

"천하를 유랑하며 세상 구경을 하다 이제 나이도 들고 해서
정착하려 합니다."

"나이가 몇이나 되었소?"

"서른 전이지요."

"모두 그렇소?"

"그렇습니다."

궁비영이 대답했다. 그러자 수염 기른 자 옆에 있는 중년 사
내가 물었다.

"도검은 좀 쓰시오?"

"죽지 않을 만큼은……."

"시험해 봐도 되겠소? 표행이란 것이 전장에 나가는 일과
비슷해서 실력이 없다면 애당초 나서지 않은 것이 좋소."

"어렵지 않은 일이지요. 비무를 하리까?"

궁비영이 망설이지 않고 대답했다. 그러자 질문을 한 사내
보다 곽건상의 눈빛이 변했다.

비무를 두려워하지 않는다는 것은 무공에 자신이 있다는 의
미. 더군다나 청마표국 같은 곳에서의 비무를 두려워 않는다
면 제법 도검을 다룰 줄 안다는 것이다.

"내가 시험하겠소."

곽건상이 자리에서 일어났다. 그는 뇌물을 받고 표사로 들
이려는 자들의 실력을 직접 확인하고 싶은 모양이었다. 만약

이들의 실력이 제법이라면 그나마 뇌물을 받은 죄책감이 조금
은 덜해질 것이다.

"곽 표두께서 직접 나서실 것까지야……."

궁비영에게 실력을 보이라고 말한 자가 놀란 표정으로 곽건
상을 바라봤다.

"도를 든 지 오래되어서 몸을 풀어보고 싶구려."

"그러시다면야……."

사내가 고개를 끄떡인다.


"누가 먼저 실력을 보이겠소?"

공터로 나온 곽건상이 궁비영 등을 보며 물었다. 그러자 궁
비영이 물었다.

"우리 모두 해야 합니까? 아니면 한 명만……."

"시간이 많지 않으니 자신 있는 사람 한 명만 나서시오."

곽건상이 말했다. 그러자 궁비영이 앞으로 나서려는데 중광
의 손이 궁비영의 어깨를 잡았다.

"이 일은 내게 맡겨."

"네가 하게?"

"심심하던 차에 잘됐지, 뭐."

중광이 어깨를 으쓱거리며 말한다. 비무에 대한 긴장감은
전혀 찾아볼 수 없었다.

"조심해."

"걱정 마. 멍청한 짓은 하지 않을 테니."

중광도 궁비영이 걱정하는 것이 무엇인지 알고 있다. 궁비영은 중광이 자신의 능력을 숨기지 않고 비무를 할까 걱정하고 있을 것이다.

"난 곽건상이라 하오. 만나서 반갑소."

중광이 나서자 곽건상이 무뚝뚝한 표정으로 자신을 소개했다.

"중명이라 합니다. 살살 좀 부탁드립니다."

중광이 넉살좋게 말한다. 청마표국에 들어오면서 궁비영 일행은 모두 다른 이름 하나씩을 새로 만들어 쓰고 있었다.

"표사를 뽑는 비무이니 실수를 쓰는 일은 없을 것이오. 그러나 도검을 들고 겨루는 일은 언제나 위험하니 조심하시오."

곽건상이 경고 같은 당부를 한다. 그러자 중광이 한 줄기 미소를 지으며 대답했다.

"표두께서도 조심하십시오. 이놈의 도는 도통 주인의 말을 잘 듣지 않아서……."

중광의 말에 곽건상의 안광이 변한다. 중광의 말에서 거칠지만 강인한 기백을 읽어낸 것이다.

"기대가 되는군."

곽건상이 혼잣말을 중얼거린다. 그리고는 천천히 중광을 향해 도를 들어 올렸다.

제9장

서장행

　곽건상의 얼굴이 벌겋게 달아올랐다. 생각지도 못한 무위를 선보이는 중광 때문이었다. 그렇다고 중광이 싸움의 승기를 잡고 있는 것은 아니었다. 다만 노련한 고수 곽건상의 공격을 어렵지 않게 막아내고 있을 뿐이었다.

　사람들도 중광의 몸놀림에 놀라고 있었다. 장내에 있는 모든 사람은 물론 함께 청마표국에 온 동료들까지도 중광이 곽건상을 맞아 힘으로 맞설 것이라고 생각했다.

　생김새가 주는 선입견 때문일 수도 있었으나, 중광에겐 타고난 신력을 바탕으로 한 강력한 도법이 어울려 보였다.

　그러나 중광은 모두의 예상과 달리 빠른 움직임으로 곽건상의 도를 피하고 있었다. 곽건상의 도법은 시시각각 오묘한 변화를 일으켰으나, 중광은 아슬아슬하게 그의 공격을 모두 피해냈다.

그렇다고 무명도에서 수련한 월천보나 천환의 비술을 펼치는 것도 아니었다. 중광은 오직 본능적인 움직임으로 곽건상의 공격을 피해내고 있었다.

물론 그 본능이 무명도에서 칼처럼 날카롭게 벼려졌다는 것은 부인할 수 없는 일이다.

아무튼 그렇게 중광이 모든 공격을 피해내자 곽건상이 흥분하기 시작했다. 자신이 뇌물을 받아 표사로 뽑으려는 자들이기에 이들에 대한 우월감이 가득했던 곽건상이다. 그런데 이자들의 실력이 만만치 않을뿐더러 자칫하면 오히려 자신이 큰 창피를 당할 판이다.

자존심이 강한 곽건상으로서는 자신과 청마표국의 명예를 위해 이 비무를 반드시 이겨야 했다.

"조심하시오!"

한순간 곽건상의 경고가 흘러나왔다. 그리고 다음 순간, 그의 도에 뿌연 안개가 어른거렸다. 도기의 흔적이다.

'도기라……. 일개 표국의 표두가 도기라니… 역시 청마표국은 저력이 있군.'

멀리서 두 사람의 비무를 지켜보고 있던 궁비영이 내심 곽건상의 무위에 감탄했다. 그러면서도 중광의 대응이 걱정되기 시작했다.

물론 중광이 다치거나 비무에서 패할 것을 걱정하는 것은 아니었다. 차라리 그리되면 외려 일은 더 쉬워질 것이다. 의심 없이 청마표국의 표사가 될 테니까.

그러나 만약 중광이 호승심을 일으켜 본신의 무공을 드러내면 아마도 청마표국 사람들은 필시 자신들을 의심할 터였다. 그러니 지금은 중광의 패배가 필요할 때였다.

'저놈이 잘해야 할 텐데……'

비무에서 이기는 것보다 자연스럽게 패하는 것이 더 어렵다. 더구나 중광 같은 다혈질의 사내에게는 더욱 힘든 일이다.

파파팟!

허공에서 곽건상이 일으킨 도기가 어지럽게 움직였다. 서너 개로 분리된 도기가 무서운 속도로 중광을 덮쳐온다. 순간 중광의 입에서 다급한 목소리가 흘러나왔다.

"어이쿠!"

도기까지 일으킨 곽건상의 무공에 놀란 기색이 역력하다. 중광이 힘을 모아 자신의 도를 힘껏 휘두르며 뒤로 물러났다.

차창!

중광과 곽건상 사이에서 눈부신 불꽃이 일어났다. 도와 도가 충돌하며 만들어내는 불꽃이다. 한 번의 격돌에서 우열은 확연히 드러났다. 중광이 곽건상의 공세를 이기지 못하고 계속해서 뒤로 물러났다.

이쯤 되면 중광이 도를 거두고 패배를 자인해도 이상할 것이 없는 상황이었다. 그러나 중광은 이를 악물고 오기를 부리는 듯 계속 곽건상의 공세를 견뎌냈다.

그러다가 결국 중광이 공터 서쪽에 놓인 석등에까지 이르렀다. 사람 키 반 정도 되는 석등이었는데 그 크기만으로도 중광의 움직임을 방해하기에 충분했다.

턱!

중광의 엉덩이가 석등에 닿았다. 더 이상 뒤로 물러날 수는 없다. 그런 그를 향해 항복을 받아내겠다는 듯 곽건상의 도가 날아든다. 순간 중광이 누구도 예상치 못한 행동을 했다.

"에잇! 으랏 차!"

웅!

한순간 중광이 몸을 비틀며 그의 뒤를 막고 있는 석등을 들어 올리더니 힘껏 내던졌다. 공력을 뽑아내지 않은 상태에서 보여주는 중광의 힘은 그야말로 신력이라고 할 수 있을 만큼 놀라웠다.

"웃!"

곽건상이 자신을 향해 날아오는 석등에 놀라 다급성을 흘리며 뒤로 물러났다. 그런 그의 발 앞에 석등이 무거운 소리를 내며 떨어졌다.

곽건상이 옆으로 몸을 돌려 석등을 피해냈다. 그리고는 재빨리 자세를 바로잡고 중광의 기습에 대비했다. 그러나 중광은 예상과 달리 곽건상을 공격하지 않았다. 대신 석등이 서 있던 곳에 떨어져 있는 도를 거둬들이며 말했다.

"이만하면 표사 노릇을 할 수 있겠지요?"

더 이상 비무를 하지 않겠다는 뜻이다. 그 모습을 보고 궁비영이 빙그레 웃는다. 중광의 호승심이 극에 이르렀음을 알 수 있기 때문이다.

만약 더 비무를 한다면 중광은 반드시 자신의 능력을 드러내 승부를 보고 말 것이다. 그리고 그런 행동이 궁비영 일행에게는 큰 부담이 될 것을 중광 역시 알고 있다.

그래서 마지막 순간에 석등을 들어 던지는 괴력을 보여주는 것으로 호승심을 풀어버리고는 이렇게 비무를 끝낸 것이다.

"충분하오."

곽건상이 중광의 물음에 대답했다. 그의 말투에선 뇌물을 주고 표사가 되려 하는 자들에게 대한 경멸 같은 것은 찾아볼 수 없었다. 오히려 생각보다 뛰어난 자들을 얻었다는 기쁨마저 엿보였다.

"다른 친구들은 적어도 나보다는 더 나은 재주를 가지고 있으니 시험할 필요 없을 겁니다."

"물론 믿소."

곽건상도 더 이상 궁비영 일행을 시험할 생각이 없었다. 이런 자들이라면 오히려 그가 금자를 주고 청마표국으로 끌어들이고 싶은 심정이다.

"그럼 이제 우린 청마표국의 표사가 된 겁니까?"

"그렇소."

"흐흐, 이봐들! 이제 우리도 어엿한 표사가 되었어!"

중광이 궁비영 등을 보며 말했다. 그러자 궁비영이 대답했다.

"고생했어."

궁비영이 중광에게 손을 들어 보인다.

"나중에 술이나 한잔 사라고!"

중광이 어깨를 으쓱하며 일행이 있는 곳으로 돌아갔다.

"시험은 끝났소. 혹 가져올 짐이 있소?"

곽건상이 물었다. 그러자 궁비영이 고개를 저었다.

"우리 같은 사람에게야 몸뚱이밖에 건사할 것이 없지요."

"음, 좋소. 하면 지낼 곳으로 안내해 주리다. 이보게, 복계!"

"예, 표두님!"

곽건상의 부름에 옆에 있던 중년 사내가 대답했다.

"이들을 오대의 숙소로 안내해 주게."

"알겠습니다."

중년 사내가 얼른 대답하고는 자리에서 일어나 궁비영 등에
게 다가오며 말했다.

"반갑소. 난 복계라 하오. 날 따라오시오."

복계가 누가 자신을 잡을 것처럼 서둘러 궁비영 등을 이끌
고 공터를 떠났다.

"오대에 넣으시렵니까?"

궁비영 등이 장내를 벗어나자 남아 있던 자 중 한 명이 곽건
상에게 물었다.

"그렇다네."

"오랜만에 충원된 자들인데 다른 표두님들과 상의를 하시
는 것이……."

"자넨 본 장의 전통을 모르는가?"

"물론 표두님들께서 각 대의 표사를 직접 거두는 것은 알고 있습니다만……."

"그래서 사람이 필요한 곳은 직접 표두가 표사를 뽑는 곳에 나와 있어야 하지. 그런데 오늘 나 말고 이곳에 나온 표두가 있는가?"

"그렇지는 않습니다만, 대신 저희가……."

"단호, 자네가 지금 감히 날 무시하는 것인가?"

"그, 그게 무슨 말씀이십니까? 제가 어떻게……."

사내가 얼른 꼬리를 내린다.

"이 표두 대신 이곳에 나왔다고 감히 나와 같은 권한이 있다고 생각한다면 난 그걸 나에 대한 도전으로 받아들이겠네."

곽건상의 말에 단호라 불린 자가 파랗게 질렸다.

"아, 아닙니다. 제가 어찌 감히……."

단호 역시 청마표국에서 뼈가 굵은 사람이다. 그는 이 곽건상이라는 인물이 부러질지언정 휘지 않는 기백을 지닌 사람이란 것을 잘 알고 있었다.

그만큼 자존심도 강하다. 비록 자신이 청마표국 최고의 실권자라는 이표두 차의명의 수족이라 해도 곽건상은 망설이지 않고 도를 뽑을 사람이었다.

"그대가 이표두의 심복이란 걸 알고 있다. 나 역시 다른 표두들과 척을 지고 싶지는 않아. 그러나 그것 때문에 나에 대한 도전을 용납할 만큼 너그럽지도 않다. 그러니 앞으로 조심하게."

"명심하겠습니다."

표사 단호가 굽실거린다.

"좋아, 오늘은 이만 파하지. 더 이상 올 사람도 없는 것 같은데. 그래도 오랜만에 쓸 만한 자 다섯을 얻었으니 국주께서도 기뻐하시겠군. 먼저 가겠네."

곽건상이 단호에 대한 감정을 털어버렸는지 사람 좋은 미소를 남기고 자리를 떴다. 그러자 남아 있는 자 중 하나가 단호를 향해 조롱기 섞인 표정으로 말했다.

"단 표사님 오늘 큰일 날 뻔했소."

"무슨 말인가?"

"아, 그 독한 곽 표두의 심기를 건드렸으니 말이오."

"아무리 곽 표두라 해도 날 어찌하지는 못하네."

단호가 뒤늦게 호기를 부린다.

"후후, 그런데 왜 그렇게 굽실거리셨소?"

"지금 내게 시비를 거는 건가?"

"아이구, 그럴 리가 있겠소. 단지 난 걱정이 돼서."

"흥, 남 걱정 말고 자네 걱정이나 하게!"

단호가 차갑게 대꾸하고는 장내를 떠났다. 그러자 단호와 말상대를 하던 자가 웃음을 흘리며 말했다.

"흐흐, 단호 저자가 오늘 아주 제대로 당했어."

"그러게 말이오. 그간 이표두를 믿고 어찌나 거만하게 굴었소. 오늘 제대로 임자를 만난 거지."

"속이 다 시원하네. 그런데 곽 표두께서 그들에게 욕심을 내실 줄은 몰랐소."

"음, 그들에게 특별한 능력이 있는 건가? 그 중명이란 자의 신력이 특별하기는 했지만 다른 자들은 그저 왈패에 지나지 않는 것 같던데."

"예전부터 곽 표두의 안목은 정평이 나 있지 않소? 그런 사람이 그들을 욕심냈으니 보통 자들은 아닐 것 같소."

"음, 듣고 보니 그렇구려. 우리도 어서 갑시다. 이 일은 표두님들께 보고를 드려야 할 일인 것 같소."


"이곳이 오대의 숙소요."

궁비영 등을 이끌고 온 표사 복계가 청마표국의 서남쪽에 있는 제법 큰 건물 앞에서 말했다.

건물이 크고 단단한 것이 과거 청마표국의 위세를 보여주는 듯했다. 그러나 한동안 제대로 건사를 하지 않아 곳곳에 손볼 곳이 많은 곳이기도 했다.

"대협도 오대 소속이오?"

궁비영이 물었다.

"그렇소."

복계가 대답했다.

"음, 그럼 앞으로 잘 부탁드리오."

"나야말로 잘 부탁드리겠소. 사실 오대의 표사로 살아가는 것이 그리 녹록하지가 않다오. 세가 부족하니 항상 다른 대에 비해 손해를 보는지라……."

"흐흐, 그래도 대청마표국의 표사 아니오? 그것만으로도 족하지요."

복계의 등 뒤에서 중광이 걸쭉한 목소리로 말했다.

"살다 보면 꼭 그렇지만도 않다는 걸 알게 될 거요. 아무튼 안으로 들어갑시다."

"그런데 몇이나 있소?"

궁비영이 건물 안으로 들어가려는 복계에게 물었다.

"본래는 스무 명이 한 대를 이루오. 그러나 지금은 나를 포함해 겨우 셋이 남아 있을 뿐이오."

"셋이라……. 그럼 뭐 거의 와해된 것 아니오?"

"그대들이 오지 않았다면 아마도 곧 그리되었을 거요."

복계가 대답했다.

"다른 대는 어떠하오?"

"다른 쪽은 사정이 나은 편이오. 모두 열 이상은 남아 있으니까. 그조차 얼마나 갈지 모르지만."

"듣자 하니 이번에 청마표국에서 서장으로 큰 표행을 간다고 하던데……."

궁비영이 슬쩍 물었다. 그러자 복계가 뜻밖이라는 표정으로 궁비영에게 물었다.

"그 소문은 어디서 들었소?"

"성도에 도착해서 묵은 객잔에서 들었소."

"흥, 목대거 그자가 또 본 표국의 일을 지껄였나 보군."

복계가 화난 표정으로 말했다.

"그래도 그 양반이 청마표국에 대한 애정이 많더구려."

"우리 덕에 먹고살았으니 당연한 일이오."

"아무튼 서장으로 갈 사람을 뽑는다 해서 이렇게 표사로 지원하게 된 거요. 사람들이 잘 모이지 않았다니 혹시나 하고 말이오. 사실 우리 같은 왈패들이야 특별한 경우가 아니면 표사가 되기 쉽겠소?"

"내가 보기에 그대들은 좋은 표사가 될 수 있을 거요."

"에이, 그저 시키는 일만 할 뿐이지 뭐 아는 게 있어야……."

"며칠 지내다 보면 표사란 직업에 익숙해질 테니 그런 걱정은 마시구려. 자, 들어갑시다."

복계가 일행을 안으로 들인다.


청마표국 오대는 최근 들어 유명무실한 존재가 되어 있었다. 표사 스무 명이 있어야 하는 대에 표두를 빼고 세 명만 남았으니 당연한 일이라고 할 수 있었다.

그럼에도 불구하고 청마표국주가 오대를 남겨두고 있는 것은 명목이나마 청마표국을 대표하는 다섯 개 표대를 유지하고 싶었기 때문이다.

오대를 없앤다면 그건 곧 표국의 몰락을 스스로 인정하는 꼴이 될 것이니 표국주 위정풍으로서는 이름만 남은 오대라도 유지할 필요가 있었던 것이다.

그나마 다행인 것은 그 오대의 표두 곽건상이 그 누구보다

국주에게 충성을 다하는 사람이란 것이었다. 고지식하기는 하지만 국주의 명이라면 목숨을 내놓을 수 있는 곽건상이었다.

오대를 제외한 다른 네 개 대의 우두머리들은 청마표국이 쇠락하기 시작하자 표사들을 자신의 사사로운 수하로 만들기 시작했다. 만약 청마표국이 완전히 멸망한다면 자신을 따르는 표사들을 이끌고 다른 표국을 찾아가거나, 혹은 스스로 독립해 작은 표국이라도 시작해 보려는 꿍꿍이들을 가지고 있기 때문이다.

그러니 사실 청마표국은 이미 와해된 것이나 다름없었다.

"모여보게."

숙소 안으로 들어간 복계가 어둠 속에서 들어오는 자들을 지켜보고 있는 두 사람을 불렀다. 그러자 두 명의 중년 사내가 복계 앞으로 다가왔다.

"새 사람이 왔네."

"우리 오대에 말인가?"

"그렇다네."

그러자 두 사내가 궁비영 등을 재빨리 살피더니 의아한 표정으로 복계에게 물었다.

"처음 보는 친구들인데?"

"오늘 새로 표사로 들어온 사람들이네."

"음, 그럼 그렇지. 다른 대에서 사람을 내어줄 리 없지."

사내가 실망한 표정으로 말했다.

"괜찮은 친구들일세. 표두께서 직접 비무를 한 후 인정했으니까."

복계의 말에 사내들이 놀란 표정을 짓는다.

"표두께서 직접?"

"그렇다네."

"그렇다면 제대로 된 친구들이란 뜻이군. 반갑네. 난 조위
찬이라 하네. 오대에 온 걸 환영하네."

중년 사내가 환하게 웃으며 궁비영 등을 맞이한다.

"난 궁산이라 하오. 이쪽은 중명, 그리고 저 양반은 갈환, 나
머지 두 사람은 각기 자추월과 이태문이란 이름을 가지고 있
소이다. 앞으로 잘 부탁드리오."

궁비영이 이곳에 오며 만든 가명으로 일행을 소개했다. 그
러자 표사 조위찬이 다시 입을 열었다.

"하하하, 자네들 덕분에 오대가 살았군. 그것만으로도 고마
운 일이지. 이봐, 호락, 자네도 인사를 좀 하지?"

표사 조위찬이 그와 함께 있던 사내에게 말했다. 그러자 사
내가 조금은 냉랭하게 입을 열었다.

"구호락이라 하오. 반갑소."

"반겨줘서 고맙소이다."

냉랭함을 느끼면서도 궁비영이 넉살좋게 대답한다. 그러자
구호락이란 자가 고개를 끄떡이고는 본래 자신이 있던 곳으로
돌아갔다.

"자, 이제 지낼 곳을 봅시다."

인사가 끝나자 복계가 다시 다섯 사람을 건물 위층으로 이

끌었다.


"오대의 표사들이 지내는 곳은 이곳이오. 모두 열 개의 방인데, 예전에는 두 명이 한 방을 썼소. 하지만 지금이야 사람은 부족하고 방은 충분하니 방 하나씩을 써도 괜찮소. 각자 좋을 대로 하시구려."

"뭐, 어차피 곧 서장으로 간다니 지내는 거야 아무래도 좋소이다. 그런데 밥은?"

중광이 물었다.

"식사는 매끼마다 아래층에서 하시면 되오. 표국의 찬모들이 식사를 숙소로 가져올 거요."

"아이구, 편하게 되었군."

중광이 넉살을 떤다.

"조금 있다가 표두께서 오실 것이오. 자세한 이야기는 그때 다시 나눕시다. 그동안 쉬고 계시구려."

복계가 오랜만에 동료를 들인 것이 기쁜지 연신 부드러운 목소리로 말하고는 일층으로 내려갔다.

"이제 시작된 건가?"

복계가 내려가자 중광이 정색하고 말했다.

"그렇다고 봐야지. 일단 각자 방을 정해 쉬시오. 행동에 각별히 조심하고 말이오."

궁비영이 다른 흑성들을 돌아보며 말했다. 그러자 갈류가 말했다.

"패를 나누어 방 두 개만 쓰도록 합시다."

"아니, 귀찮게 왜 그러잔 말이오?"

중광이 물었다.

"저들은 우리가 오랜 시간 함께 지내온 사람들이라고 알고 있소. 그런데 오자마자 뿔뿔이 흩어져 각자 생활하면 필시 의문을 품을 것이오."

"그런가? 뭐, 그렇기도 하구려. 비영, 나와 함께 있자."

"그러지. 그럼 그대들은 함께 있겠소?"

"그러겠소이다."

갈류가 대답했다.

"알겠소이다. 그럼 편히 쉬시구려."

궁비영이 고개를 끄떡이고는 중광과 함께 가장 가까운 방으로 들어갔다.

*       *       *

궁비영 일행이 청마표국주 위정풍을 만난 것은 하루 뒤였다. 일이 생각보다 빠르게 진행되고 있었다. 청마표국 역시 쇠락했다는 평이 무색하게 분주하게 서장행을 준비하는 듯 보였다.

그러나 궁비영 등이 청마표국주 위정풍을 만난 순간 그들은 표국의 몰락을 자신의 눈으로 확인하는 듯싶었다.

검버섯 가득한 얼굴에 머리는 반 이상이 빠진 국주 위정풍

은 거동조차 제대로 할 수 없을 만큼 노쇠한 모습이었다. 국주
가 이 지경이라면 각 대의 표두들이 자기 살길 찾는 것을 비난
할 수도 없을 터였다.

"이름이 뭐라고?"

위정풍이 제대로 듣지 못했는지 다시 묻는다. 그러자 표두
곽건상이 다시 말했다.

"궁산, 중명, 갈환, 자추월 그리고 이태문입니다. 재주 있는
사람들이니 이번 표행에 큰 도움이 될 겁니다."

곽건상의 말에 위정풍이 힘겹게 눈을 들어 궁비영 등을 바
라본다. 순간 궁비영은 이자가 결코 늙지 않았다는 것을 깨달
았다.

그의 눈빛은 호랑이처럼 강렬했으며 곧이라도 검을 들어 천
하를 호령할 기세다. 그러나 그도 잠시, 이내 그 강렬하던 눈빛
은 거짓말처럼 사라졌다.

"다 쓰러져 가는 표국에 왜 몸을 의탁하려는가?"

위정풍이 힘겹게 물었다. 그러자 궁비영이 망설이지 않고
대답했다.

"급할 때 도움을 주면 보답이 크리라 생각했습니다."

"오호라, 표국의 위기가 그대들에겐 기회란 말이지? 흠, 젊
은 사람들이 생각하는 바가 영악하군. 하지만 좋아. 상계에선
그런 심성이 필요하지. 자네 말이 맞아. 만약 이번 서장 원행
이 성공하면 우리 청마표국은 다시 재기하게 될 거야. 그때가
되면 자네들도 큰 상을 받게 되겠지."

"기대하겠습니다."

궁비영이 욕심을 숨기지 않는다. 그러자 위정풍이 묘한 미소를 지어 보이고는 손짓하며 말한다.

"좋아, 이 늙은이랑 오래 이야기를 나눠봐야 입만 아플 것이고, 인사는 잘 받았으니 그만 물러가게. 총관과 오표두는 잠시 남고."

위정풍의 말에 궁비영 등이 고개를 숙여 보인 후 위정풍의 처소를 나갔다.

그런데 궁비영 등이 나가자 갑자기 위정풍이 천천히 몸을 바로 세웠다. 순간 그의 모습이 일변했다. 노약한 늙은이는 사라지고 형형한 눈빛을 흘리는 상계의 거목으로 변한 위정풍이다.

"쓸 만한 자들이군."

"큰 도움이 될 겁니다."

곽건상이 대답했다. 그러자 위정풍이 처음부터 장내에 있었으나 한 번도 입을 열지 않은 초로의 인물에게 물었다.

"총관이 보기에는 어떠한가?"

초로의 인물이 바로 현재 청마표국을 실질적으로 움직이고 있다는 총관 여계명이다.

"나쁘지 않습니다."

"나쁘지 않다……. 아주 좋지도 않다는 말이군."

"맹에서 보낸 자들이고 실력은 이미 오표두께서 확인했으니 믿을 만하지만 과연 표행 중에 명에 충실할지는 모르겠습니다."

"음, 그렇기는 하군. 맹의 사람이라면 자존심이 강할 테지. 하지만 지금으로썬 그들의 힘에 의지할 수밖에 없네. 아무튼 얼추 사람이 찼으니 표행은 예정대로 출발시키게."

"알겠습니다. 그런데……."

"뭔가?"

"정말 아가씨로 하여금 이 일은 맡게 하시렵니까?"

"음. 그래야겠네."

"아가씨의 영명함이야 모르는 바가 아니나 이 일은 표국의 운명이 걸린 일입니다. 더군다나 아가씨는 서장에 다녀온 경험이 없지 않습니까? 반드시 그자들이 다시 나타날 것이고……."

총관 여계명이 걱정스런 표정으로 말한다. 그러자 위정풍이 고개를 끄덕였다.

"물론 총관의 생각이 틀린 것은 아니네. 그러나 나와 소아는 이 일에 우리 위씨 가문의 운명을 걸기로 했네. 표국이 이리된 것은 잇단 표행의 실패 때문이기도 하지만 내게 사람들이 인정할 만한 후계가 없기 때문이기도 하지. 그래서 표국이 어려워지자 표두들이 자기 살길 찾기 바쁜 것이 아닌가."

"그렇기는 하지요."

"내게 유일한 혈육은 소아뿐이야. 그 아이는 영명하지. 그러나 사람들은 됨됨이보다 남녀의 구분을 우선하지. 소아가 남자아이였다면 오늘날과 같은 표국의 위기는 없었을 것이네. 이번 표행에 성공하면 표두들보다 표사들이 먼저 소아에게 마음을 열 것이네. 표사들의 마음을 움직일 수 있다면……."

"판을 새롭게 짤 수도 있겠지요."

여계명이 말했다.

"그렇지. 새 술은 새 부대에 담는 것이 옳은 이치니까. 두 사람의 도움이 필요하네."

위정풍이 총관 여계명과 표두 곽건상을 보며 말했다. 간곡한 진심이 느껴지는 표정이다.

"목숨을 걸고 아가씨를 보필하겠습니다."

곽건상이 굳은 표정으로 대답했다.

"표국의 일은 걱정 마십시오. 적어도 아가씨가 돌아올 때까지는 아무 일 없을 겁니다. 물론 표행이 성공한다면 구정물을 퍼내는 일은 제가 알아서 하겠습니다."

여계명도 다부진 표정으로 말했다.

"좋아, 모두 알다시피 내 몸이 썩 좋지 않아. 길어야 이삼 년이네. 그 안에 새로운 청마표국을 보고 싶군."

"그런 말씀 마십시오. 국주께서는 반드시 백수를 누리실 겁니다."

곽건상이 큰 목소리로 말했다. 그러자 위정풍이 미소를 지으며 대답했다.

"내게 사람이라고는 자네들 두 사람뿐이지. 생각해 보면 다른 자들에게 너무 비정했어. 그래도 여 총관과 곽 아우가 곁에 있으니 좋군."

"국주!"

여계명과 곽건상이 동시에 비통한 표정으로 고개를 숙인다.

"아무튼 말이야, 사지에서 생로를 찾는다고, 이번 기회에 표국을 한번 갈아엎어 보자고. 그래야 새 농사를 짓지. 또 한 번의 기회가 올 줄 누가 알았겠는가. 구천맹이 손을 내밀다니. 후후후."

위정풍의 가는 눈 속에서 차가운 안광이 쏟아졌다.


탁!

얇은 서책을 서탁에 올리자 그 기세에 촛불이 흔들린다.

"무엇이오?"

궁비영이 물었다. 그러자 촛불 아래 얼굴을 드러낸 청마표국의 총관 여계명이 대답한다.

"본 표국에 있는 사람들의 명부요. 그 특징과 내력이 모두 적혀 있소."

"이걸 내게 넘기는 이유는 뭐요?"

궁비영이 다시 물었다.

"이 안에 표국의 적이 반드시 존재할 거요."

"적이 외부에 있는 것이 아니라 내부에 있다?"

"그렇소. 지금까지 실패한 표행들을 살펴보면 내부에 적이 있다는 확신이 있소. 적들이 표행의 행로를 너무도 정확하게 꿰뚫고 있기 때문이오."

"흠, 내부의 적이라……."

"그들을 찾을 수 있다면 그들을 통해 외부의 적도 만날 수 있을 것이오."

여계명의 말에 궁비영이 천천히 고개를 끄떡이며 서책을 집어 품 안에 넣었다. 그리고는 여계명을 보며 물었다.

"총관께선 맹의 사람이오?"

그러자 여계명이 고개를 저었다.

"아니오. 난 시작도 끝도 청마표국 사람이오."

"그런데 어떻게 맹의 일을 하게 된 거요?"

"상계에서 장사를 하려면 여러 사람의 도움이 필요하오. 당연히 나 역시 구천맹과 적지 않은 인연을 맺고 있소."

"그렇구려. 아무튼 잘 알겠소. 하실 말씀 더 없소?"

궁비영이 물었다. 그러자 여계명이 잠시 망설이다가 입을 열었다.

"이번 표행을 인솔하는 사람이 누군지 아시오?"

"그야 표두들이 아니겠소?"

"물론 표두 셋이 함께 갈 거요. 그러나 표행을 책임지는 사람은 그들이 아니오."

"그럼 누가? 혹 총관께서도 가시오?"

"난 표국을 비울 수 없소. 국주님을 지켜야 하니까. 표행을 책임지는 사람은 국주님의 손녀시오."

"국주의 소녀요?"

"그렇소. 올해 스물다섯이 되셨는데 타고난 재질이 놀라운

분이오. 소위 말해 천재라고 할 수 있는데, 다만 그분이 여인의 몸으로 태어났기에 표국의 표두들에게 신뢰를 받지 못하고 계시오."

궁비영은 눈치가 빠른 사람이다. 그는 금세 총관이 하는 이야기를 알아들었다.

"그러니까 이번 기회에 표행을 성공시킴으로써 표국을 이끌 수 있다는 것을 증명해 보이겠다는 것이구려."

"그렇소이다."

여계명이 고개를 끄떡였다.

"뭐, 능력이 있는 사람이라니 나로서야 왈가불가할 일이 아닌 것 같소."

그러자 여계명이 간곡한 표정으로 말한다.

"난 대협께 아가씨를 부탁하고 싶소."

"그건 또 무슨 소리요?"

"이미 말했지만 이번 표행에는 세 명의 표두가 동행하오. 그러나 그중 아가씨께 충성을 다할 사람은 곽 표두밖에 없소. 만약의 경우 일이 어려워지면 다른 자들은 아가씨를 버리고 다른 길을 찾을 거요. 그래서 대협께 아가씨를 돌봐 드리길 부탁드리는 거요."

여계명의 말에 궁비영이 차가운 표정으로 말했다.

"내가 왜 이곳에 왔는지 모르시는 거요?"

"물론 알고 있소. 그러나 함께 표행을 떠나니 충분히 아가씨를……."

"그런 일은 내게 원하지 마시오. 난 사천 상계에 분란을 일으킨 자들을 찾으러 온 거지 청마표국의 표행을 위해 온 사람이 아니오. 표국의 영애를 지키시려거든 다른 사람을 찾는 것이 좋을 거요. 난 언제라도 표행에서 벗어날 수 있는 사람이오."

"물론 그렇기는 하지만, 그래도 여행 중 가능하면 아가씨를 돌봐주시길 부탁드리겠소."

'이거 완전히 고집쟁이 늙은이일세.'

궁비영이 자신을 향해 고개를 숙이는 여계명을 보며 혀를 찼다. 흑성으로서의 임무를 완수하는 것도 벅차다. 그 와중에 어찌 여인을 지킬 여력이 있을까.

"다시 말하지만 나와 내 동료들을 너무 믿지 마시오. 우린 청마표국이 믿을 사람들이 아니오. 하지만 그들을 찾기 전에야 표사로서 살아야 하니 그동안은 총관의 부탁을 마음에 두겠소."

"고맙소이다."

여계명이 다시 고개를 숙인다.

"그러나 내가 충고하자면 그녀의 곁에 다른 믿을 만한 사람을 두는 것이 좋을 거요. 우리가 표행에 끝까지 동행할 확률은 거의 없소."

"알고 있소이다. 물론 아가씨 곁을 지킬 호위무사 역시 준비 중이오. 그러나 그들이 어찌 맹의 고수 분들과 비교할 수 있겠소."

"준비가 되어 있다니 다행이오. 그럼 난 그만 나가보겠소."

궁비영이 더 이상 여계명에게 시달리기가 싫어 자리를 털고 일어났다. 그러자 여계명이 얼른 같이 일어나 다시 한 번 포권을 해 보인다.

"대협의 도움에 감사드리오."

"쉬시구려."

궁비영이 집요한 여계명의 행동에 질린 표정을 지으며 그의 거처를 벗어났다. 그러자 여계명이 궁비영이 나간 문을 보며 중얼거렸다.

"마음이 여린 자다. 나로서야 잘된 일이지만 어찌 저런 자가 흑성이 되었을꼬? 어쨌거나 이번 표행은 반드시 성공하게 될 거야. 구천맹에서는 반드시 별도의 고수들로 하여금 표행의 뒤를 따르게 할 것이다. 우리로서는 호가호위, 구천맹의 힘을 빌려 이 표행을 성공시킬 수 있게 될 테지."

여계명의 입가에 미소가 머문다. 일개 표국의 총관이 흑성의 존재를 알고 있다. 그건 곧 여계명이 평범한 장사치가 아니라는 의미이다.

"더군다나 아가씨께서 그것들을 가져올 수 있다면 맹에서도 더 이상 우리 표국을 모른 체하지는 못할 것이다. 인심이 사나워. 그동안 구천맹에 들인 재물이 얼마인데."

\*　　　　\*　　　　\*

"훠이훠이!"

새 쫓는 소리가 흘러나왔다. 그러나 정말로 새를 쫓는 소리는 아니다. 길게 늘어선 마필, 그리고 장원의 앞마당을 가득 메운 표사, 과거 화려하던 시절의 모습에 비할 바는 아니지만 근래 들어 가장 큰 규모의 표행이 시작되는 날 아침이다.

일행의 앞쪽에선 공들여 불러온 술사가 흰 천을 휘두르며 표행의 무사 안녕을 기원하고 있었는데, 그가 울음처럼 흘려내는 소리가 마치 새를 쫓는 소리처럼 들린 것이다.

"제길, 마치 상여 나가는 기분이야. 사람이 죽었나? 저 무당, 제대로 된 놈 맞아?"

중광이 연신 투덜거린다.

"영험하다던데?"

궁비영이 대꾸했다.

"아니, 듣자 하니 어제도 사원에 가서 빌었다던데 다시 술사를 부르다니 이게 무슨 짓이냐?"

"그만큼 간절한 거지. 그리고 청마표국의 전통이라고 하더라구."

"그래? 하긴 어느 상가나 상행에 앞서 제를 지내는 것이 보통이기는 하지. 그나저나 언제 떠나지?"

중광의 물음에 궁비영이 턱으로 국주의 거처를 가리켰다. 중광이 시선을 돌리니 국주가 총관 여계명의 부축을 받아 밖으로 나오고 있다.

그리고 그 뒤로 한 명의 여인이 따라 나오고 있었는데 검은 영웅건을 이마에 두르고 상투를 틀어 올린 모습이 영락없는 미청년이다.

"저 여잔가?"

중광이 여인을 보며 중얼거렸다.

"그런가 보군."

"생각보다 예쁜데?"

"미친놈!"

궁비영이 중광을 구박하고는 고개를 돌려 다른 흑성들을 보며 말했다.

"저 여인이 이번 표행의 우두머리인 위소아요. 만약 누군가 표행을 노린다면 저 여인이 가장 중요한 목표일 테니 항상 그녀에게서 눈을 떼지 마시오."

궁비영의 당부에 흑성들이 고개를 끄떡이며 위소아를 바라봤다.

그때 문득 청마표국주 위정풍이 앞으로 나서며 입을 열었다.

"형제들! 모두 준비가 되셨는가?"

"옛, 국주!"

도열해 있던 표사들이 일제히 대답한다.

"이렇게 표국을 위해 길을 나서주니 고맙소. 모두 알다시피 본 표국은 무척 힘든 상황이오. 이대로라면 도저히 표국을 유지할 수 없는 지경이지. 건곤일척! 이 말이 지금 우리에게 필요한 때요. 이번 한 번의 표행이 성공하면 천하제일표국의 영광을 다시 찾을 것이고, 실패하면 폐문의 치욕이 기다릴 것이오. 그러니 모두 최선을 다해주기 바라오."

"알겠습니다, 국주!"

표사들이 우렁차게 대답한다.

"좋소, 그럼 잘 부탁하오. 소아!"

"예, 할아버님!"

"신중하고 또 신중하게 표행을 이끌거라."

"걱정 마세요. 반드시 무사히 돌아올게요."

"그래, 믿는다. 그럼 출발하거라."

위정풍의 말에 위소아가 고개를 숙여 보이고는 앞으로 나섰다. 그리고는 여인답지 않은 강인한 목소리로 명을 내린다.

"출발하라!"

위소아의 명이 떨어지자, 이번에 함께 표행에 나서게 된 이대의 표두 차의명이 명을 받아 전달한다.

"선두! 출발하라!"

차의명의 목소리가 장원을 뒤흔든다. 그러자 길게 늘어선 행렬이 서서히 움직이기 시작했다.

"훠이훠이!"

다시 무당의 구슬픈 목소리가 흘러나오기 시작했다.

제10장
그림자

　말 일백 필, 표사 사십, 표두 셋에 거간꾼 다섯, 그리고 무리를 이끄는 위소아와 시녀 둘, 그녀를 호위하는 두 명의 무사까지 쉰이 넘는 인원이다.

　말이 일백 필이나 필요한 것은 서장으로 이어지는 고도의 험준함 때문이었다. 그 길은 말들도 쉬어가며 짐을 질 수밖에 없었다.

　건곤일척의 부활을 노리는 청마표국으로서는 가히 전력을 기울인 표행이라 할 수 있었다. 그러나 의문이 든다.

　"이상한 일이지?"

　궁비영이 중얼거렸다.

　"뭐가?"

중광이 되물었다.

"사람과 말이 너무 많아."

"표국의 운명이 걸린 표행이니 그렇지. 내가 보기엔 외려 적은 것 같은데? 쟁자수들이 없어."

"서장행에서는 표사가 쟁자수 노릇까지 해야 한다잖아."

"그래도 그렇지. 그런데 네 생각에는 너무 많다고?"

"말을 잘못했네. 사람이 너무 많은 것이 아니라 짐이 너무 적어."

"응?"

궁비영의 말에 중광이 고개를 갸웃하더니 산허리 외길을 따라 이동하는 청마표국의 행렬을 바라봤다. 그러다가 고개를 끄떡이며 맞장구를 친다.

"듣고 보니 그러네. 사람이 오십이고 말이 백 필이야. 그런데 짐을 실은 말은 겨우 이십여 필. 더군다나 그중 다섯 마리 말에 실은 차(茶)를 제외하면 표물을 실은 것은 겨우 열다섯이란 말인데, 정말 표물이 너무 적네."

"분명 국주나 총관 모두 이 표행에 청마표국의 운명을 걸었다고 했는데……."

"크기는 작아도 아주 귀한 표물을 가져가는 것은 아닐까? 그러고 보니 이상하잖아? 표물이 뭔지 밝히지 않았어."

"그럴지도 모르지. 그리고 또 하나 생각해 볼 게 있지."

"뭔데?"

"서장으로 가져가는 표물보다 서장에서 가져올 표물이 더 많을 수 있지."

"그렇구나. 하긴 서장에는 중원에 들여오면 만금을 받을 수 있는 진귀한 보물이 많다고 했으니. 하지만 그래도 안쓰럽군. 예전 같으면 청마표국이 서장행을 한다고 하면 사천은 물론 중원의 상가들까지 표물을 맡겼을 텐데, 이번에는 십여 곳이라지?"

"그나마 청마표국과 오래 인연을 맺은 곳들이지. 아무튼 표행의 대가로 받는 금자로는 본전도 뽑기 힘들 것 같고, 필시 무슨 다른 이득을 볼 방법이 있다는 말인데……."

궁비영이 고민스러운 표정으로 중얼거린다.

"에이, 우리가 고민할 게 뭐야? 우리야 중도에 빠질 수도 있는 거고, 사실 표행하고는 상관이 없잖아?"

"상관이 있지."

"아니, 청마표국이 망하든 흥하든 그게 우리랑 무슨 상관이란 거냐?"

중광이 떨떠름한 표정으로 물었다.

"그런 말이 아니라 청마표국이 이 표행을 통해 얻으려는 이득이 혹시 다른 것이라면 우리와 상관이 있을 수 있단 말이야."

"네놈이 헛소리를 할 녀석은 아니고, 말해봐라. 무슨 생각인지."

"이런 경우는 가장 기본적인 문제를 생각해야 해. 우릴 보낸 사람들이 누구지?"

"그야 구천맹… 아, 그러니까 이 표행이 사실은 구천맹의 요구에 의해 거짓으로 만들어진 표행이란 거냐?"

"그럴 수도 있지. 맹에서는 사천 상계에서 벌어진 일이 마천의 잔당들에 의한 것이라고 의심하고 있으니까."

"표물이 아니라 표행 자체가 거래라는 거군. 하지만 맹에서 우리 다섯만 보낸 것을 보면 이 큰 표행을 거짓으로 보기는 어려울 것 같은데?"

중광이 고개를 갸웃한다. 그러자 궁비영이 고개를 돌려 자신들이 지나온 길을 보며 중얼거렸다.

"누가 우리뿐이래. 보이지 않는 곳에서 어떤 일이 벌어지는지 모르는 일이지."


*            *            *


다섯 명의 흑의인이 곤륜의 고봉들을 바라보고 있다. 그들의 눈에 길게 이어진 청마표국 표행의 행렬이 보인다. 지친 듯 보이지만 끊임없이 움직이는 표행에서 청마표국의 저력이 느껴진다.

"앞서 가는 것이 어떻겠소?"

문득 껑충 키가 크고 마른 체구에 날카로운 눈매를 가진 사내가 입을 열었다. 그러자 그의 앞에 있는 조금은 왜소해 보이는 흑의인이 고개를 돌렸다. 당목이다.

수련이 끝난 후 흑성은 십여 개 조로 나뉘어 천하 각지로 각

자의 임무를 부여받아 떠났다. 그런데 놀랍게도 당목과 그녀를 중심으로 모인 오조의 흑성들은 청마표국의 표행을 따르고 있었다.

"뒤를 따르면 위험하겠소?"

당목이 물었다.

"산에 나무가 너무 없어서……."

"하지만 앞서 가려면 저 산을 넘어야 하는데……."

당목이 청마표국의 표행이 따라가고 있는 외로운 고도 옆의 거대한 설산을 가리켰다.

"그 정도야……."

하긴 무명도의 수련을 견뎌낸 자들에게 설산을 넘는 것은 그리 어려운 일이 아니다.

"모두 동의하오?"

당목이 뒤에 있는 다른 흑성들에게 물었다. 오조는 그녀를 포함해 다섯이다. 이 다섯을 책임지는 사람이 유일한 금패의 흑성인 당목 그녀였다.

"귀찮기는 해도 그렇게 하는 것이 좋을 듯싶소이다."

머리를 밀고 검은 무복을 입은 자가 말했다. 머리를 민 그의 모습이 기이하기는 했으나 사실은 무복을 입은 것이 더 이상하다고 할 수 있는 그였다. 왜냐하면 그는 소림 출신의 승려 해법이기 때문이다.

"그럼 산을 넘도록 합시다."

당목이 결정을 내리고는 앞서서 걸음을 옮기기 시작했다.

당목이 이끄는 오조가 이 일에 투입된 것은 어찌 보면 당연한 일이었다. 당목은 사천 출신으로 서쪽 지형에 익숙하므로 청마표국의 뒤를 따르는 일에 그녀만큼 적임자는 없었다.

휘이잉!

산의 팔부를 올라서자 바람이 차가워지고 눈이 휘날리기 시작했다. 곤륜의 설산이 사람의 접근을 허용치 않겠다는 듯 갑자기 성을 내기 시작한 것이다.

"서두르시오. 자칫 표행을 놓칠 수가 있소."

당목이 뒤따르는 흑성들을 재촉한다. 흑성들이 그녀의 말에 힘을 내어 눈보라를 뚫고 전진했다.

그렇게 눈보라 속을 한 시진 정도 이동하자 일행이 드디어 산의 정상에 닿았다.

"이런 망할 놈의 날씨 같으니라구!"

정상에 이르자 오조의 흑성 중 한 명인 달솔이 청명한 하늘을 보며 투덜거렸다. 산의 정상은 언제 눈보라가 휘날렸냐는 듯 구름 한 점 없이 맑았다.

"그래도 다행히 표행을 놓치지는 않았구려."

껑충 키가 큰 자가 입을 열었다. 키가 커서인지 그는 다른 사람보다 눈이 두어 배는 밝았다. 당목이 시선을 돌려보니 건너편 산 중턱을 따라 이동하는 청마표국의 표행이 보인다.

"산을 내려가면 반나절은 앞서 있겠구려."

당목이 말했다.

"그렇소이다. 산을 넘기로 한 결정은 잘한 일인 것 같소."

"조금 쉬어 가도 되겠구려. 모두 반 시진 정도 쉬어 갑시다. 산을 오르느라 고생들 하였으니."

당목의 말에 흑성들이 가볍게 한숨을 내쉬며 쉴 곳을 찾아 흩어졌다. 고된 수련으로 단련된 흑성들이지만 그들조차도 곤륜의 험준한 산을 쉬지 않고 주파하는 것은 힘든 일이었던 것이다.

흑성들이 흩어지자 잠시 청마표국 일행을 바라보던 당목이 문득 걸음을 옮겨 키 큰 사내 곁으로 다가갔다.

"뭐 하나 물어봐도 되겠소?"

당목이 사내에게 말을 걸었다.

"물론 괜찮소이다."

사내가 대답했다. 그러자 당목이 조금 망설이는 듯하다가 입을 열었다.

"그는 어떤 사람이오?"

"그라면……?"

"삼조의 조장 말이오."

"아, 궁 형을 말하시는 것이구려."

"그렇소이다."

"음, 사실 나도 그에게 대해서는 잘 알지 못하오."

"같은 제룡가 출신이 아니오?"

당목의 물음에 사내가 고개를 끄떡인다.

사내는 궁비영, 중광 등과 함께 무명도에 든 제룡가의 무사

종풍이었다. 종풍은 무명도의 수련에서 삼관을 통과해 은패의 흑성이 되었는데 그건 궁비영과 중광을 제외하고는 제룡가 후기지수 중 가장 좋은 성과였다.

"같은 제룡가 출신이라 하더라도 북산에 있을 때 궁 형은 제룡가 출입을 하지 않았었소. 본래 제룡가에 속한 외가들은 그자손이 스무 살이 넘으면 제룡가에 들이는 것이 관례인데 그는 그러지 않았소."

"이유가 뭐요? 그의 실력이라면 제룡가에게서 그냥 놓아두지 않았을 텐데?"

당목이 의아한 표정으로 물었다.

"사실 나조차도 그의 능력을 제대로 알게 된 것은 함께 무명도로 올 때 있던 비무에서였소. 그전에 그는 친구인 중광과 함께 북산의 망나니로 유명했소이다."

"그 말은 들은 것 같기도 하오."

"크고 작은 싸움이 여러 번 있었고, 매일같이 주루 출입을 해서 제룡가의 일을 맡기기에는 어울리지 않는다는 평이 많았소. 그러나 그 이유 때문에 그들이 제룡가에 들어오지 않은 것은 아닐 것이오."

"다른 이유가 있다는 것이오?"

"두 사람의 가문인 비산 궁가와 격포 중가는 비록 몰락하여 이젠 이름만 남았지만 두 가문의 전대 가주들은 무척 뛰어난 사람들이었소. 또한 가문의 번영을 위해 모든 것을 바쳐 마천과의 싸움에 임했다고 하오. 덕분에 가문은 더욱 피폐해졌지만 제룡가주님의 인정은 얻어냈소. 그 이유로 궁 형과 중광 두 사람이 제룡가에 들어가 강호의 칼부림 속에 나아가는 것이 잠시 늦춰졌다는 말이 있소."

"아버지의 후광 때문이란 말이구려."

"후광이랄 것까지는 없고, 약간의 보은이라고 하는 것이 좋을 것이오. 그런데 그에 대해서는 왜 물어보시는 거요?"

이번에는 종풍이 당목에게 물었다.

"무명도에서의 수련 마지막에 그와 몇 달간 시간을 보낸 적이 있소."

"그렇소이까?"

종풍이 몰랐다는 듯이 되물었다. 하긴 무명도의 수련에서 수련자들은 자신에게 주어진 관문을 통과하는 것에 급급해 다른 사람이 어떻게 지내는지 관심을 둘 여유가 없었다.

"그때 난 그의 도움으로 목숨을 구했소."

"이관에서의 일인 모양이구려."

"그렇소."

"생명의 은인이라 그에 대해 궁금한 것이오?"

"꼭 그런 것만은 아니오. 다른 것보다는 오히려 그의 무공이······."

"대단하긴 하오."

종풍이 고개를 끄떡인다.

"그의 무공을 제대로 보았소?"

당목이 물었다.

"무명도로 오던 중간에 비무가 있었소. 제룡가의 천무당주께서 마련한 자리였는데 그때 처음 그의 무공을 보았소. 그 비무를 보기 전까지 그 두 사람은 제룡가의 후기지수들에게 비웃음을 사는 존재였소. 북산의 망나니로 알려진 자들이니 당연한 일이었소. 그런데 그때 그가 이공가의 후손인 이격과 비무를 하는 것을 본 후에는 누구도 그를 무시할 수 없었소. 아니, 오히려 두려워했지."

"처음부터 특별했구려."

"그때 이후 난 그에 대해 이런 생각을 했소. 물이 없어 승천하지 못하는 잠룡이 아닐까 하는……."

"그런 의욕이 있기는 했소?"

함께 지낼 때 궁비영은 세상에 대해 별다른 욕심이 없는 듯 보이는 사람이었다.

"사람의 속마음을 어찌 알겠소. 하지만 한 가지 분명한 점은 그가 자신의 능력을 숨기고 있었다는 사실이오. 본래 그런 사람들은 음흉하거나 혹은 큰 뜻을 품고 있게 마련 아니겠소? 그런데 적어도 내가 보는 그는 음흉한 것과는 거리가 멀었소. 물론 좀 방탕해 보이기는 해도."

"그렇구려. 그런데 그가 이 일을 성공할 것 같소?"

"글쎄, 그건 나도 알 수 없구려."

종풍의 말에 당목이 잠시 침묵을 지키다가 혼잣말처럼 중얼거렸다.

"이해할 수 없는 일이오."

"무엇이 말이오?"

"이제 갓 수련을 마친 흑성에게 이런 일을 맡긴 것이 말이오. 우리처럼 뒤따르며 후대에 연락하는 역할이야 충분히 할 수 있지만 저렇게 미끼가 되는 일은……."

"저들이 미끼라고 생각하오?"

종풍의 의아한 표정으로 물었다.

"맹의 고수들이 뒤를 따르고 있소. 낚시꾼이 있는데 어찌 미끼가 없겠소."

"음, 그럼 정말 위험할 수도 있겠구려. 본래 바늘에 꿰인 미끼는 고기를 낚더라도 상처를 입게 마련이니."

종풍이 고개를 끄떡인다. 당목이 시선을 들어 청마표국의 표행을 바라본다. 그러다가 이내 고개를 젓고는 쉴 곳을 찾아 종풍에게서 멀어졌다. 그러자 종풍이 당목을 보며 중얼거렸다.

"도움을 받았다고는 하나 지나친 관심이군."

\*　　　\*　　　\*

강풍에 몸이 날아갈 듯하다. 나무도 없는 바위산에서 이런 강풍을 만난다는 것은 불행한 일이다. 그러나 그들은 찢어질 듯 펄럭이는 흑포로 몸을 감싸고 묵묵히 청마표국의 표행이 움직이는 것을 지켜보고 있었다.

머리에는 검은 두건을 써서 추위와 바람을 막고 있어 그 얼굴이 드러나지는 않았다. 풍기는 기세에는 귀기가 서려 있어 낮에 보아도 귀신처럼 느껴지는 자들이었다.

"어찌하면 좋겠습니까?"

"좀 더 지켜본다."

"그러나 오 일 안에 치지 않는다면 기회를 놓칠 것입니다."

"함정일 가능성이 커."

"사천에서 확인한 것으로는 표행에 참여한 자들이 청마표국의 노련한 표사이기는 해도 그중 외부에서 들어온 자는 몇몇 젊은 표사를 제외하고는 없었습니다. 함정이라면 일행 중에 고수를 숨겨두거나 혹은 뒤를 따르는 자들이 있어야 하는데……."

"방심할 수 없다. 구천맹은 본 천과의 싸움을 치르면서 무척 영리해졌어."

"그렇기는 합니다만……."

"일단 목왕께 전서를 보내라. 이후에 공격 여부를 결정한다."

"시간이……."

"반드시 공격해야 한다면 서장에서 그들이 돌아올 때 해도 늦지 않다. 만사불여튼튼! 천변이 일어난 이유가 방심에 있었음을 잊지 마라."

"알겠습니다."

사내가 고개를 숙여 보이고는 전서구를 보내기 위해 뒤로 물러났다. 그러자 다른 자가 입을 열었다.

"검마께서 수시로 육천의 회합을 요구하고 계십니다. 목왕께서는 그전에 구화방과 인연을 맺기를 원하십니다. 표행이 돌아오려면 적어도 두 달은 걸릴 것인데……."

"괜찮다. 검마께서 그리 요구하신다 하더라도 다른 천주들이 응하지 않을 것이다. 더군다나 검마께서는 회합을 강요할 수 있는 명분이 없어. 시간은 충분하다."

"그렇기는 하지요. 천변이 일어나는 해에 검마께서는 천산으로 물러나 마천이 무너지는 것을 관망하셨으니까요."

"이유가 없는 것은 아니나 어쨌든 그 일이 검마께는 치명적인 흠결이지. 그러니 시간을 걱정할 필요는 없다. 오히려 걱정이라면……."

문득 사내가 눈을 들었다. 눈부신 하늘이 보인다. 하늘에서 빛이 내려와 사내의 얼굴을 비춘다. 얼굴에 자상이 길게 난 사내는 젊었을 때는 무척 잘생겼을 생김새다.

"그들이라면 걱정할 필요가 없는 것 아닙니까?"

지금껏 사내와 대화를 나누던 자가 물었다.

"어찌 두려워하지 않겠느냐? 마천이 무너진 것이 바로 그들 때문이거늘!"

"하지만 그들 역시 마곡산에서 구천맹의 배신으로 전멸하지 않았습니까?"

"마천이 멸한 후에도 우리는 살아 있다. 하물며 그들은 어떻겠느냐? 유령의 피가 얼마나 무서운지 알고 있지 않느냐?"

"그렇기는 합니다만……."

"물론 다행인 점도 있지. 이제 더 이상 그들이 구천맹을 돕지 않는다는 것, 그것 하나는 큰 소득이라고 할 수 있을 것이다."

"그들은 어찌 행동할까요? 양쪽 모두에게서 배신을 당한 것인데……."

"우리에겐 이미 복수를 했다. 마천을 멸망시키는 것으로. 이젠 구천맹에게 복수를 하겠지. 그리고 그것이 우리에게 기회를 줄 것이다. 그들이 구천맹을 공격하기 시작하면… 구천맹은 큰 혼란에 빠질 테니까."

"역시 기다리는 것이 좋겠군요."

"그렇다. 검마께서 요구하신 회합을 거부할 명분이 또 하나 있는 것이지. 아무튼 저들의 꼬리를 놓치지 마라. 납살까지 따른다. 그곳에서 저들이 어떤 일을 벌이는지 확인한 후 움직인다."

"알겠습니다. 그런데 구화방은 움직이지 않을까요? 지금까지 그들의 행보로 보아서는 가만있지 않을 것 같은데……."

"예측할 수 없다. 그들도 갑작스런 이 표행을 의심할 테니 쉽게 움직이지는 않겠지."

"그렇군요. 그럼 모두에게 일사자님의 명을 전하겠습니다."

사내가 고개를 숙여 보이곤 뒤로 물러난다. 그러자 명을 내린 자가 하늘을 보며 중얼거렸다.

"하늘의 뜻은 오묘하다. 천변이 일어나 마천이 몰락했지만 그 일로 인해 나 관묘검에게도 하늘로 향할 수 있는 길이 열렸으니 말이야. 후후후!"

사내의 웃음이 소름 끼친다. 그의 주위에 있던 자들이 부르르 몸을 떨며 사내를 두려운 눈으로 바라봤다.

*　　　*　　　*

"뭐가 잘못된 것 아닐까?"

중광이 눈앞에 펼쳐진 성스러운 궁전을 보며 중얼거렸다. 서장의 도읍지인 납살이다. 멀리 라마들이 모여 사는 별궁이 아름답게 서 있다.

청마표국의 표행이 납살에 이른 것이 반나절 전이다. 납살까지의 표행이 순조롭게 끝난 것이다.

납살에 도착한 일행은 일단 큰 객잔 하나를 전부 빌려 숙소를 정하고는 하루의 휴식을 허락받았다.

거간꾼들을 내세워 맡겨진 표물을 주인들에게 전하고 다시 사천으로 가져갈 물건을 모아들이는 일은 내일부터 시작될 것이다.

궁비영과 중광도 객방 하나를 차지하고 오랜만에 편안한 휴식을 취하고 있었다. 그 와중에 중광이 갑자기 의문을 드러낸 것이다.

"뭐가?"

"납살에 도착했어. 그런데 아무 일도 없었다. 그럼 뭔가 잘못된 거지. 애초에 맹의 예측이 잘못된 거든지, 아니면 우리의 계획이 새어 나간 것인지. 둘 중 하나는 분명해."

"멍청한 놈!"

궁비영이 중광에게 면박을 준다.

"뭐가 멍청하다는 거야? 내 말이 틀렸다는 거냐? 마천의 잔당은커녕 그 흔한 마적조차 나타나지 않았어."

"표행은 이제 반이 지났을 뿐이다. 돌아갈 길이 남아 있어."

"그렇기는 하지만……."

"나라도 오는 길보다는 돌아가는 길을 노렸을 거야."

"왜?"

"올 때보다 돌아갈 때 더 많은 재물을 가지고 갈 테니까. 이곳에서 거래가 끝나면 그 재물이 올 때보다 적어도 세 배는 늘어나 있을 거야."

"오라, 생각해 보니 그렇군. 그럼 돌아갈 때가 진짜이겠군."

"만약 누군가가 구화방을 앞세워 사천의 상권을 장악하려 한다면 반드시 이 표행을 막을 거다."

"알았어. 괜한 걱정을 했네."

중광이 뻘쭘한 표정을 짓는다. 그런데 그때 문득 표두 곽건상이 오대의 표사들을 불러 모았다.

"오대의 표사들은 모두 모이게."

객방 밖에서 들리는 소리에 중광의 표정이 일그러졌다.

"제길, 오늘 하루는 쉬라더니……."

중광이 투덜거리며 자리를 털고 일어났다.

두 사람이 나오자 다른 방에 들어 있던 오대의 표사들도 모두 모습을 드러냈다. 표두 곽건상은 객방 앞마루에 있는 작은 탁자에 앉아 일행을 기다리고 있었다.

"무슨 일입니까?"

오대의 표사 복계가 곽건상 앞으로 다가서며 물었다. 그러자 곽건상이 다른 표사들이 모두 자신의 주위로 모여들 때까지 기다렸다가 입을 열었다.

"오늘 밤 소국주님을 모시고 출타한다. 모두 준비하도록!"

"아니, 오늘 밤에 말입니까?"

중광이 불만스런 표정으로 되물었다.

"그렇다네. 일이 그렇게 되었으니 힘들더라도 준비해 주게."

곽건상은 궁비영 등이 오대에 들어온 후에도 다른 표사들을 대하는 것과 달리 하대를 하지 않았다. 아직은 궁비영 등을 완전한 청마표국의 식구로 받아들이지 않고 있다는 의미일 터이다. 그러니 그에게 궁비영 등은 어쩌면 용병 같은 존재일 수도 있었다.

"알겠습니다. 그런데 어디로 가는 겁니까?"

다시 복계가 물었다. 그러자 곽건상이 고개를 저었다.

"그건 나도 알 수 없다. 목적지를 아는 사람은 오직 소국주뿐이시다."

"위험한 일이군요."

곽건상에게조차 비밀인 장소로 가는 것이라면 결코 단순한 일이 아니다.

"위험한지는 모르겠고, 중요한 것은 맞다. 아마도 표국의 운명이 걸린 일일 것이다."

'이것이었군.'

곽건상의 대답에 궁비영은 그동안의 의문이 한 번에 풀리는 듯했다. 표행의 규모에 비해 지나치게 표물이 적었다.

그 이유가 밝혀졌다. 청마표국은 표물의 운송을 통해 이득을 취하려는 것이 아니라 이곳 납살에서 별도의 방법으로 이득을 취하려 한 것이다. 결국 거창한 표행은 예상대로 눈속임에 지나지 않았다.

'뭘까?'

문득 호기심이 생긴다. 청마표국을 회생시킬 기회라면 보통 일은 아닐 것이다.

"반 시진 뒤 다시 모이게."

곽건상의 명에 일행이 다시 뿔뿔이 흩어져 자신의 객방으로 들어갔다.


빛은 오직 하나다. 푸른빛을 내는 초롱을 든 표사 복계가 일행의 앞에 섰다. 그 뒤로 두 명의 표사가 따르고 일행의 가운데에 소국주 위소아와 그녀의 호위무사 귀로와 서성이 따른다.

납살까지 따라온 위소아의 시녀들은 보이지 않았다. 하긴 가문의 운명을 결정하는 야행에 시녀를 데려갈 만큼 위소아가

철없는 여인은 아니었다.

궁비영과 흑성들은 일행의 후미를 맡았다. 다른 두 대의 표사들은 객잔에 머물며 모습을 보이지 않았다. 어쩌면 그들은 위소아의 출행 자체를 모르고 있을 수도 있었다. 그만큼 일행은 은밀히 객잔을 벗어났다.

"어디로 가는 걸까?"

중광이 속삭이듯 물었다.

"낸들 아냐?"

궁비영이 퉁명스레 대답했다.

"납살 어딘가에 보물이라도 숨겨뒀나?"

"미친놈!"

"맞아. 미친 소리지. 이 먼 서장 땅에 보물을 숨겨놓았을 리없지. 그럼 도대체 어딜 가는 걸까?"

중광이 고개를 주억거리며 앞서 가는 위소아에게 시선을 준다. 위소아는 군은 표정으로 묵묵히 걸음을 옮기고 있었다. 흐린 달빛에 비춘 그녀의 모습이 신비로움을 자아낸다.

"신기한 여인이지?"

다시 중광이 입을 열었다.

"입 좀 닫으면 안 되겠냐?"

궁비영이 다시 구박을 한다.

"아, 알았어."

궁비영이 진심으로 귀찮아하는 것을 알아챈 중광이 얼른 입을 닫았다.

납살은 고원에 위치한 성읍이다. 외곽으로 나오니 찬바람이 살을 파고든다.

"도대체 어디로 가는 거야? 에이!"

입을 닫고 있던 중광이 다시 투덜거렸다. 그러나 이번에는 궁비영도 중광을 타박하지 않았다. 그 역시 위소아의 행보에 의구심을 품고 있는 중이기 때문이다.

거래를 하려면 납살 성내에서 해야 한다. 성내를 벗어났다는 것은 사람을 만나 거래를 하러 가는 것이 아니란 뜻이다.

"정말 어디다 보물이라도 숨겨두었나?"

궁비영이 중얼거렸다. 그게 반가운지 중광이 얼른 궁비영에게 붙으며 속삭였다.

"그렇지? 정말 이상하지?"

"설마 불공을 드리러 온 것은 아니겠지? 이 밤중에."

궁비영이 중얼거렸다.

"불공이라니?"

중광이 의아한 표정으로 되묻자 궁비영이 턱으로 일행의 앞쪽을 가리켰다. 그러자 희미한 달빛 아래 절벽을 뚫어 만든 석굴들이 모습을 드러냈다.

"저건……?"

"절이야."

"정말 대단하군. 절벽에 굴을 파고 절을 짓다니. 그것도 한두 개가 아닌 것 같은데?"

"용문이나 돈황에는 저런 석굴이 있지."

"그렇기는 하지만……."

중원에도 굴을 파고 수련처를 만든 사찰이 적지 않았다. 그러니 석굴을 파 절을 지은 것이 놀랄 일은 아니다. 문제는 위소아가 왜 이 밤중에 이곳을 찾아왔느냐는 것이다.

일행이 걸음을 멈췄다. 위소아가 누군가를 기다리는 듯 연신 주변을 살폈다. 그러던 중 어둠 속에서 불쑥 한 사람이 나타났다. 붉은 가사에 염주를 손에 들었고 머리는 파릇하게 깎은 노승이다.

"소국주, 오셨습니까?"

"법사님, 오랜만에 뵙습니다."

승려는 중원의 말을 했고, 위소아는 공손하게 그에게 합장을 해 보인다.

"많이 자랐군요."

승려가 위소아를 보며 미소를 짓는다.

"십오 년이나 지났는걸요."

"허허, 벌써 그리되었나요? 토굴 속에 들어 살다 보니 세월 가는 줄 몰랐군요. 자, 들어갑시다."

승려가 위소아를 이끌고 석굴이 즐비한 절벽으로 안내한다. 그러자 위소아가 승려를 따라 걸음을 옮기기 시작했다.

"자네들은 이곳에서 기다려 주게. 주변을 잘 살피고 잡인의 출입을 금해야 하네."

어두운 밤중에 산중 석굴을 찾아올 사람이 또 있을 리 만무

하지만 곽건상이 정색한 얼굴로 표사들에게 명을 내린다.

"알겠습니다."

표사들 중 우두머리 노릇을 하고 있는 복계가 대답했다. 그러자 위소아와 그녀의 두 호위무사, 그리고 곽건상이 승려를 따라 석굴 안으로 사라졌다.


구구구!

밤새가 구슬프게 울음을 운다. 집 떠난 나그네들 마음이 괜스레 우울해진다.

"이런 날은 술이나 한잔하면 좋겠는데……."

그동안 말이 없던 표사 위찬이 멀리 보이는 서장의 높은 산봉우리들을 보며 중얼거렸다. 노련한 표사인 그도 한밤중 밤새 소리에 가슴이 흔들리는 모양이었다.

"내려가서 시간이 나면 내가 한잔 사겠네."

복계가 말했다.

"자네가 웬일인가? 술을 다 사겠다고 하고."

"왠지 나도 마음이 쓸쓸하군."

"별일일세. 표행에 나서면 술은 입에 대지도 않는 사람이."

복계가 희미한 미소를 지으며 대답을 대신하는데 갑자기 지금껏 말이 없던 오대의 다른 표사 구호락이 나직하게 말한다.

"이상합니다."

"뭐가 말인가?"

복계가 구호락에게 물었다.

"느낌이……?"

그때 궁비영이 두 사람의 대화를 끊어낸다.

"다른 사람이 오기로 했소?"

그러자 복계가 고개를 저었다.

"올 사람은 없소. 그런데 왜?"

"그럼 불청객이 있구려."

"정말이오?"

복계가 놀란 표정으로 주변을 살피려는데 궁비영이 재빨리 말했다.

"가만히 계시오. 밤손님이 놀라겠소."

"음……."

궁비영이 주의를 주자 복계가 이내 말뜻을 알아듣고는 얼굴에서 당황한 기색을 지운다. 그러자 궁비영이 조금 큰 소리로 말했다.

"그런데 소피는 어디서 봐야 하는 거지?"

"흐흐, 절간에 냄새 피우지 말고 멀리 가서 해결하고 와라."

중광이 맞장구를 치며 말했다.

"음, 그럼 그럴까?"

궁비영이 겸연쩍은 표정으로 대답하고는 어기적거리며 장내를 벗어나기 시작했다. 그러자 중광이 문득 고개를 갸웃하며 중얼거렸다.

"이런 제길! 그리고 보니 나도 소피가 마렵네. 이봐, 궁산! 같이 가자고!"

중광이 얼른 궁비영을 뒤를 따른다. 두 사람이 장내를 벗어
나자 복계가 표사들을 보며 말했다.

"방심하지 말고 단단히들 지키시게."

"알았소이다."

흑성 갈류가 대답을 하면서도 시선은 줄곧 궁비영에게서 떨
어지지 않았다.


푸드득!

갑자기 밤새가 날아올랐다.

"요런 쥐새끼 같은 놈! 눈치는 빨라서!"

중광이 욕지거리를 내뱉으며 벼락같이 신형을 날렸다. 궁비
영은 벌써 십여 장 밖에서 도주하고 있는 검은 흑영을 따라붙
고 있었다.

두 사람이 불청객을 추격하기 시작하자 뒤에 남아 있던 표
사 중 일부가 움직이려 했다. 그러자 복계가 재빨리 표사들을
말렸다.

"우리를 끌어내려는 수작일 수도 있소. 이곳을 지킵시다.
놈을 잡는 것보다 소국주님의 안위가 더 중요하오."

복계의 말에 궁비영과 중광을 따라가려던 표사들이 걸음을
멈췄다. 그사이 어느새 궁비영과 중광은 표사들의 시야에서
사라지고 없었다.


*            *            *

"잡을까?"

중광이 물었다. 그러자 궁비영이 냉정한 목소리로 대답했다.

"적당히 쫓아."

"그래야겠지?"

"잔챙이 하나 잡자고 우리 정체를 드러낼 수는 없다. 이 정도 속도로만 쫓아. 놓치면 어쩔 수 없는 일이고."

"그냥 돌아갈까?"

"그게 나을지도 모르지. 아쉽기는 하지만."

"아예 저자를 시작으로 표행을 떠나 마천의 잔당들을 추격하는 것은 어때? 일단 꼬리를 잡았으니."

"아서. 저자가 마천의 잔당인지 어떻게 알아? 기다리면 놈들이 반드시 표행을 노릴 거야."

"그들이 도발하지 않으면?"

"그럼 어쩔 수 없지. 표행은 성공적으로 끝날 것이고, 청마표국은 부활할 거야."

"우리 임무는?"

"놈들이 나타나지 않는 이상은 어쩔 수 없는 일이지."

대화를 나누던 중에 두 사람이 거의 동시에 거대한 바위를 날아 넘었다. 여전히 불청객의 꼬리가 멀게만 느껴진다. 이쯤에서 추격을 접어야 할지를 심각하게 고민해야 할 때다.

그런데 그때였다. 갑자기 궁비영과 중광 두 사람이 좌우로 갈라지며 도검을 뽑아 들었다. 순간 어둠 속에서 다급한 목소리가 흘러나왔다.

"적이 아니오."

궁비영이 재빨리 검을 거둬들였다. 귀에 익은 목소리이기 때문이다. 순간 궁비영과 중광 앞에 다섯 사람이 모습을 드러냈다.

"어? 당신들은?"

중광이 놀란 표정을 지었다.

"저자는 우리가 맡겠소."

어둠 속에서 나타나 두 사람을 멈추게 한 사람은 당목과 그가 이끄는 오조의 흑성들이었다.

"처음부터 뒤를 따르고 있었던 거요?"

궁비영이 침착하게 물었다.

"그렇소."

"역시 이 일은 맹의 작품이군."

"놈은 추격하는 것은 우리가 하겠소. 그러니 그대는 의심을 사기 전에 돌아가시오."

"알겠소이다. 그런데……."

"말씀하시오."

당목이 말했다.

"맹의 고수들은 어디 있소?"

"그건 나도 모르오. 나 역시 전서로만 지시를 받고 있을 뿐이오."

"음, 알겠소이다. 그럼 수고하시오."

"그대도 조심하시오. 표행을 살피는 자가 저자만은 아닐 거요. 그럼."

궁비영에게 주의를 준 당목이 서둘러 신형을 날렸다. 그러자 그녀를 따르는 흑성들이 금세 어둠 속으로 사라졌다.


"야야, 이거 정말 기분 더럽군."

당목이 사라지자 중광이 투덜댄다.

"뭐가?"

"짐작은 하고 있었지만 맹에서 뒤를 따르고 있다는 것을 속인 거 말이야. 이거 우릴 너무 무시하는 거 아냐?"

"우린 미끼야. 제대로 미끼 노릇을 하려면 모르는 것이 낫다고 생각했겠지."

"젠장, 시작부터 흑성이 어떻게 쓰이는지 적나라하게 보여주는군."

"돌아가자."

궁비영이 신형을 돌렸다. 그러자 갑자기 중광이 궁비영의 어깨를 감싸 안으며 은근한 목소리로 물었다.

"말해봐."

"뭘?"

"정말 당 여협과 아무 일 없었어?"

"무슨 일?"

"에이, 알면서 왜 그래?"

"미친놈! 무명도에서 정분이라도 날 줄 알았냐?"

"그게 아니라면 이상하군. 그토록 차가운 여인이 네 걱정을 다 하고 말이야. 눈빛도 아주… 욱!"

급기야 궁비영의 손이 중광의 입을 막는다.

"쓸데없는 소리 지껄이지 말고 서둘러 가자. 무슨 일이 일어났을지도 모르니까."

궁비영이 훌쩍 신형을 날렸다.


우려는 현실이 되었다. 궁비영과 중광이 석굴 앞에 도착했을 때 석굴 앞에서는 복면을 한 괴인들과 청마표국의 표사들 사이에 치열한 싸움이 벌어지고 있었다.


『검은 별』 3권에 계속…

천산루

FANTASTIC ORIENTAL HEROES

조돈형 新무협 판타지 소설

『궁귀검심』, 『장강삼협』의 작가 조돈형
그가 그려내는 새로운 이야기!

무림삼비(武林三秘)

천외천(天外天), 산외산(山外山), 루외루(樓外樓).

일외출(一外出), 군림천하(君臨天下)!
이외출(二外出), 난세천하(亂世天下)!
삼외출(三外出), 혈풍천하(血風天下)!

가문의 숙원을 위해, 가문을 지키기 위해
진유검, 무림의 새로운 질서를 세우다!

현대백수 장편 소설

간웅

FUSION FANTASTIC STORY

**뇌성벽력이 치는 어느 날!**
고려 황제의 강인번을 들고 있던
어린 병사가 낙뢰를 맞고 쓰러졌다.

하지만… 다시 눈을 뜬 이는
현대 대한민국에서 쓸쓸히 죽은
드라마 작가 지망생.

**고려 무신 시대의 격변기 속에서 눈을 뜬 회생[回生].
살아남기 위해! 죽지 않기 위해!
그의 행보로 인해 고려는 서서히
변하기 시작하는데……:**

치세능신 난세간웅(治世能臣 亂世奸雄)!

격동의 무신 시대!
회생, 간웅의 길을 걷다!

Book Publishing CHUNGEORAM

유행이 아닌 자유추구 -
**WWW.chungeoram.com**

절정고수들이 하늘 높은 줄 모르고 질주하는 현 세상.
서른여덟 개의 세력이 서로를 견제하는 혼돈의 시대.

그 일촉즉발의 무림 속에
첫 발을 디딘 어린 소년.

"나는 네가 점창의 별이 되기를 원한다."

사부와의 약속을 지키고
난세로 빠져드는 천하를 구하기 위해
작은 손이 검을 들었다!

박선우 新무협 판타지 소설 FANTASTIC ORIENTAL HE

풍운사일

# 내일을 향해 쏴라

## 김형석 장편 소설

FUSION FANTASTIC STORY

1만 시간의 법칙!
'성공은 1만 시간의 노력이 만든다' 는 뜻이다.

그러나…
사회복지학과 복학생 수.
전공 실습으로 나간 호스피스 병동에서
미지와 조우하다.

1만 시간의 법칙?
아니, 1분의 법칙!

**전무후무한 능력이 수에게 강림하다!
맨주먹 하나로 시작한 수의
인생역전이 시작된다!**

Book Publishing CHUNGEORAM

청어람이 만드는 작은우주
WWW.chungeoram.com

한량 아버지를 뒷바라지하며
호시탐탐 가출을 꿈꾸던 궁외수.

어린 시절 이어진 인연은
그를 세상 밖으로 이끄는데…….

"내가 정혼녀 하나 못 지킬 것처럼 보여?"

글자조차 모르는 까막눈이지만,
하늘이 내린 재능과 악마의 심장은
전 무림이 그를 주목하게 한다.

"이 시간 이후 당신에겐 위협 따윈 없는 거요."

무림에 무서운 놈이 나타났다!

Book Publishing CHUNGEORAM

유행이 아닌 자유추구 -
WWW.chungeoram.com